FURY

FURY-BRÜDER
BUCH 1

ANNA HACKETT

1

MILA

Starke Hände packten mich von hinten.

Adrenalin schoss durch meine Blutbahn. *Nein.* Ich werde nicht zum Opfer. Ich wirbelte herum und rammte dem Angreifer meinen Ellbogen in den Bauch. Ich hörte ein Grunzen, blieb aber in Bewegung. Mein Herz pochte heftig.

Ich hob mein Knie und rammte es mit aller Kraft in den Magen des Kerls, bevor ich ihn zu Boden stieß. Ich werde auch niemandes Beute. So weit würde es nie wieder kommen. Mit einem Stöhnen schlug er auf der Matte auf.

„Mila, ausgezeichnete Arbeit."

Als meine Ausbilderin nickte und lächelte, richtete ich mich auf und wippte leicht auf meinen Füßen. Um mich herum grinsten die anderen aus meinem Selbstverteidigungskurs.

Mein ‚Angreifer' hob den Kopf. „Warum genau habe ich mich noch mal freiwillig gemeldet?"

Shay, die Ausbilderin, reichte dem jungen Mann die

Hand und half ihm auf. „Weil du mein allerbester Freund bist und keine andere Wahl hattest." Shay war eine fitte Mittdreißigerin mit einem durchtrainierten Körper, um den ich sie beneidete. Ihr schwarzes, bauchfreies Sporttop zeigte ihren Sixpack. Ihr blondes Haar hatte sie zu zwei langen Zöpfen geflochten.

Sie sah wieder in meine Richtung. „Mila, wirklich toll. Du hast alles genau so gemacht, wie ich es dir beigebracht habe."

Ich nickte und freute mich über ihr Lob. „Ich habe eine tolle Lehrerin."

Shays Lächeln wurde breiter. „Und du bist eine ausgezeichnete Schülerin."

Weil ich keine Wahl hatte. Ich ließ mir nichts anmerken und lächelte weiter. Ich musste wissen, wie ich mich verteidigen konnte, denn noch einmal würde ich mich ganz bestimmt nicht überrumpeln lassen.

„Also gut, Leute." Shay klatschte in die Hände. „Das wars für heute. Wir sehen uns in der nächsten Stunde."

Ich schnappte mir meine Wasserflasche und mein Handtuch, legte es mir um den Nacken und nahm einen großen Schluck Wasser.

Die Geräusche von Schlägen, Stößen und Grunzlauten hallten durch das Fitnessstudio. Hard Burn war eine der beliebtesten Muckibuden in ganz New Orleans. Sie befand sich in einem großen Lagerhaus im Warehouse District und der größte Teil der riesigen Fläche war mit Boxringen vollgestellt. Eine Glaswand am Ende teilte den Bereich mit den Trainingsgeräten und Gewichten ab.

Ich hatte gehört, dass es hier eine Warteliste für eine

Mitgliedschaft gab. Glücklicherweise bot das Hard Burn auch Selbstverteidigungskurse an, und als ich hierhergezogen war, hatte ich einen Platz ergattert. Es war perfekt, denn ich arbeitete nur ein paar Türen weiter.

Das Fitnessstudio gehörte einem der berüchtigten Fury-Brüder. Die Leute *liebten* es, über die fünf Männer zu reden. Sie waren allerdings nicht blutsverwandt, sondern Wahlbrüder. Ich hatte schon viele Geschichten über sie gehört, aber die häufigste war, dass sie zusammen in einer Pflegefamilie aufgewachsen waren und danach zusammengeblieben waren, um sich gemeinsam ein gutes Leben aufzubauen.

Es half vermutlich, dass sie alle reich und heiß waren.

Einer von ihnen war zufällig auch mein Boss. Ihm gehörte der Nachtclub, in dem ich arbeitete, die Bar nebenan sowie zwei Restaurants. Genau genommen, gehörte ihm und seinen Brüdern der ganze Häuserblock.

Kopfschüttelnd beobachte ich zwei Typen in Handschuhen, die in einem der Boxringe aufeinander losgingen. Ich hatte mir einen Job im angesagtesten Nachtclub von New Orleans besorgt, weil ich gehört hatte, dass die Fury-Brüder knallhart waren. Sie beschützten ihren Teil der Stadt und boten den Gangs, Kartellen und Kriminellen die Stirn.

Damit war mein Arbeitsplatz der perfekte Ort, um unterzutauchen.

„Machs gut, Shay." Ich winkte ihr zu. „Ich muss jetzt zur Arbeit." Ein Blick auf die Uhr sagte mir, dass ich genau fünfzehn Minuten Zeit hatte, um zu duschen, meine Uniform anzuziehen und hinüber in den Club zu laufen.

„Bis bald, Mila.“

In der Damenumkleide tippte ich den Code ein, öffnete den Spind und zog meinen Rucksack heraus. Als Erstes überprüfte ich, ob mein Laptop noch da war – das war inzwischen zur Gewohnheit geworden. Als ich das kühle Metall berührte, ließ der innere Druck, den ich immer zu spüren schien, ein wenig nach.

Außerdem bewahrte ich ein Bündel Geldscheine in einem Geheimfach auf, das ich in den Boden des Rucksacks eingenäht hatte. Für Notfälle. Momentan war ich etwas knapp bei Kasse, aber der Stapel würde langsam wieder wachsen.

Ich brauchte zwei Minuten, um zu duschen und mich umzuziehen. Im beschlagenen Spiegel über der Reihe von Waschbecken betrachtete ich mein Spiegelbild. Es war immer noch ein Schock, die dunklen Haare zu sehen. Ich hatte sie schwarz gefärbt, nachdem ich geflohen war, und sie sahen einfach schrecklich aus. Ich zog die Nase kraus. Schwarz stand mir nicht. Ich vermisste mein karamellblondes Haar. Ich hatte es geliebt und Stunden damit verbracht, es zu stylen.

Jetzt trug ich mein schwarzes Haar, das mich strenger wirken ließ, meist in einem lieblosen Knoten oder Pferdeschwanz.

Mein einziges Ziel war es, mich zu verstecken und zu überleben.

Ich fingerte an dem goldglänzenden Neckholdertop. Alle Barkeeper und Kellnerinnen im Club trugen schwarze Hosen und goldene Oberteile. Nun, die Männer bekamen schwarze Hemden mit goldenen Nähten, aber ich war einfach nur froh, dass mein Oberteil nicht tief ausgeschnitten oder trägerlos war. Das Neckholdertop war eigentlich ziemlich bequem.

Nachdem ich meine Sachen in meinen Rucksack gepackt hatte, machte ich mich auf den Weg. Es war ein lauer Sommerabend in New Orleans. Ich war in Louisiana aufgewachsen und daher an warme Temperaturen und hohe Luftfeuchtigkeit gewöhnt.

Ich eilte die Straße hinunter. Ich mochte den Arts/Warehouse District. Hier gab es unzählige Kunstgalerien und noch mehr Restaurants, aber es war nicht ganz so verrückt wie das French Quarter und die Bourbon Street. Die meisten der alten Lagerhäuser waren in Galerien oder Loftwohnungen umgewandelt worden, und ich wünschte mir sehnlichst, ich könnte es mir leisten, in einer davon zu wohnen.

Ich ging am Smokehouse vorbei. In der Bar herrschte reger Betrieb. Ich sah mehrere Gruppen auf der vorderen Terrasse sitzen, die zusammen ihre Getränke genossen und miteinander lachten. Über der Mitte eines Tisches schwebten ein paar Heliumballons. Hier feierte wohl jemand Geburtstag. An einem anderen Tisch saß ein Pärchen, das offensichtlich ein Date hatte, und an einem weiteren eine Familie mit Teenagern, die über ihre Handys gebeugt waren.

All diese Menschen gingen ihrem Leben nach, amüsieren sich und taten Dinge, die normale Menschen eben so taten. So ein Mensch war ich auch einmal gewesen. Es war gerade einmal vier Monate her, obwohl mir die Zeit an den meisten Tagen wie eine Ewigkeit vorkam.

Tränen stiegen mir in die Augen. All die Dinge, die ich nicht haben konnte.

Verdammter Mist. Ich schniefte. Mich selbst zu bemitleiden, war doch reine Energieverschwendung.

Ich erreichte das Ember. Der Name leuchtete in goldenen Neonbuchstaben über einer goldenen Doppeltür. Reggie stand davor. So früh war nur ein Türsteher im Dienst und ein weiterer würde später dazukommen, wenn es voller wurde, zusätzlich zu den Sicherheitsleuten im Inneren.

Der gut aussehende Mann mit der schokoladenbraunen Haut lächelte mich an. Er war gebaut wie ein Linebacker. „Hey, Mila. Bereit für eine volle Bude?"

„Immer doch."

Er winkte mich durch.

Es fühlte sich jedes Mal an, als würde ich eine Welt der Sünde betreten. Alles hier war in luxuriösem Schwarz und Gold gehalten. Der Boden war schwarz poliert und an einer Wand stand eine Reihe goldener Amphoren, die fast so groß waren wie ich selbst. Lichter flimmerten über die Tanzfläche. Die lange Bar leuchtete in goldenem Licht und auf einer Seite befand sich der abgesperrte VIP-Bereich.

Am besten gefiel mir jedoch die Decke. Ich sah hoch. Sie war mit einem Meer aus goldenen Blumen bedeckt. Sie wirkten, als würden sie alle auf uns herabflattern, wenn ein Windstoß hereinwehte. Es war genau die Art von Club, in der ich gern selbst meine Freizeit verbracht hätte.

Als ich in Richtung Umkleideraum ging, begrüßte ich im Vorbeigehen die Barkeeper, die sich bereits auf den bevorstehenden Abend vorbereiteten. Ich tippte den Code in das Zahlenfeld an der Tür ein, die zum Umkleideraum für Mitarbeiter führte, und verstaute meine Tasche in meinem Spind.

Showtime. Es war Samstagabend in New Orleans und bald würde hier im Club die Hölle los sein.

Als ich zur Bar zurückkam, tauchte Venus, die Chef-Barkeeperin auf. Sie war Mitte vierzig, groß und hatte ihr lockiges, schwarzes Haar verdammt kurz geschnitten. Ihr Neckholdertop zeigte unglaublich durchtrainierte Arme, für die ich töten würde. Sie konnte jeden Cocktail zubereiten, den ein Gast verlangte, und bediente die Leute mit einer Leichtigkeit, die ich auch in hundert Jahren nicht hätte.

„Mila, du stehst heute Abend hinter der Bar, aber wenn die Kellner Hilfe brauchen, springst du ein."

„Geht klar."

„Und kannst du heute dichtmachen?"

„Ja. Kein Problem."

Sie atmete tief durch. „Das ist wirklich toll. Bryce hat nämlich morgen gleich in der Früh diese Tanzaufführung." Venus war alleinerziehende Mutter von zwei Jungen. „Wenn ich wenigstens ein paar Stunden schlafen kann, sollte ich morgen zumindest die Augen dafür aufbekommen."

„Ich übernehme jederzeit gern den Schlussdienst, wenn du mich brauchst, Venus."

„Das weiß ich zu schätzen." Sie legte den Kopf schief. „Hast du an neuen Cocktailkreationen gearbeitet?"

Ich lächelte. „Vielleicht?"

Venus nickte. „Gut. Du hast ein Händchen dafür."

Ich hatte ein Händchen dafür, neue Drinks zu

kreieren, weil ich viele Nächte zu Hause verbracht und Cocktailrezepte auswendig gelernt hatte. Außerdem hatte ich das Blaue vom Himmel gelogen, um den Job hier zu bekommen. Ich hatte behauptet, schon in Clubs gearbeitet zu haben, und die ganze Zeit über zu Gott gebetet, dass mein gefälschter Ausweis nicht auffflog.

Ich war nicht mehr Amelia Clifton, Marketing-Guru. Jetzt war ich Mila Clarke, Barkeeperin. Zum Glück lernte ich schnell und hatte mich auf die Arbeit hinter der Bar schnell eingestellt.

Ein großer Schwung Feierlustiger schob sich herein.

„Zeit, den Durst der Massen zu stillen", sagte Venus.

Bald war ich zu beschäftigt, um an irgendetwas zu denken. Ich schnappte mir Gläser, schöpfte Eis, goss Shots ein und mixte Cocktails.

„Mein Feuer kannst du jederzeit entfachen, süßes Ding du."

Süßes Ding? Im Ernst?

Ich lehnte mich über die Bar und ließ das Feuerzeug über die drei Longdrinkgläser gleiten, sodass die roten Cocktails von Hurricanes zu Brennenden Hurricanes wurden.

Der Gast leckte sich über die Lippen und lächelte. Er hatte schon jetzt gut einen sitzen. Ich würde ihn im Auge behalten müssen – viele Drinks bekam er nicht mehr von mir.

„Ich setze es auf die Rechnung." Ich schenkte ihm ein routiniertes Lächeln.

„Danke." Er griff nach den Gläsern.

„Und auf diese Anmache würde ich in Zukunft

verzichten." Ich schüttelte den Kopf. „Sie ist richtig mies."

Er zog die Nase kraus und legte den Kopf schief. „Ich fand sie lustig. Die Getränke brennen. Und du bist heiß." Er zuckte verlegen mit den Schultern. „Einen Versuch war es wert."

„Mila?" Staci, eine der anderen Barkeeperinnen, lehnte sich zu mir. „Ich brauche deine Hilfe mit einer Bestellung."

„Klar doch." Ich nickte Mister-Süßes-Ding zu und drehte mich um.

„Er schafft es *niemals* zu seinen Freunden zurück, ohne etwas zu verschütten." Staci warf ihre blonden Locken zurück.

„Niemals." Ich war mir ziemlich sicher, dass Mister-Süßes-Ding die Cocktails schon bald auf seinem Hemd haben würde. Jammerschade. Es stellte sich heraus, dass Staci eigentlich keine Bestellung hatte. „Danke, dass du mich gerettet hast."

Sie verdrehte die Augen. „Er hat mit deinen Titten gesprochen."

Ich prustete los. Das hatte er tatsächlich.

„Nach all den Jahren in Clubs und Bars erkenne ich diesen Typ Mann sofort, wenn er hier hereinkommt", sagte Staci. „Leichtes Leben, genug Geld, um sich wichtig zu fühlen, und er denkt, jede Frau, die Drinks ausschenkt, wäre auch noch dankbar, sich von ihm ausziehen lassen zu dürfen." Staci schnaubte. „Nein, danke."

Staci war ein alter Hase. Sie musste es wissen. Ich

hingegen arbeitete gerade einmal seit vier Wochen als Barkeeperin.

Okay, drei Wochen, fünf Tage und sechs Stunden, aber wer zählte schon mit?

Jemand rief Stacis Namen und sie wirbelte davon.

Es standen untypisch wenige Leute an der Bar, also schnappte ich mir schnell einen Lappen und wischte die Oberflächen ab. Ich sah mich um. Der Club begann, sich zu füllen. Es würde nicht mehr lange dauern, bis die Party so richtig abging.

Dieser Job war Lichtjahre von meiner erfüllten Karriere im Bereich PR und Marketing entfernt. Die schmerzhaften Erinnerungen überrollten mich wie ein Truck auf dem Highway.

Ich holte tief Luft und zwang mich, sie zu unterdrücken. Eigentlich hatte ich erwartet, dass die Dinge mit der Zeit einfacher werden würden, aber bisher war das nicht der Fall.

Mein altes Leben war weg. Mein anspruchsvoller Job in einem großen Konzern war weg. Meine hübsche Wohnung war weg. Meine Eltern waren ...

Der Schmerz bohrte sich so tief in mein Herz, dass ich mich fast vornüberbeugen musste.

Ich hob mein Kinn und kämpfte gegen die Tränen an. Dieses Leben war Vergangenheit. Jetzt war ich Barkeeperin. Ich rieb mir die Schläfen, als ein pochender Schmerz sich darin breitmachte.

Mach einfach deinen Job, Mila.

Ich warf den Lappen zurück ins Waschbecken und wich aus, als einer der Barkeeper, Eli, an mir vorbeiging.

Es war an der Zeit, dass ich mich wieder auf die Arbeit konzentrierte.

Eine der Kellnerinnen, Jules, kam an die Bar. „Mila, ich brauche ein Whiskey-Cola, einen Brennenden Hurricane und einen Feurigen Vieux Carre."

„Kommt sofort." Ich schnappte mir die passenden Gläser und legte los. Sobald ich mich der Wand aus Flaschen zuwandte, blendete ich alles andere aus. Brennende Cocktails waren eine Spezialität im Ember und die Gäste liebten sie – vor allem die Touristen.

Ich bereitete die Getränke schnell zu, zündete sie an und schob sie über die Bar. Jules lächelte und lud sie auf ihr Tablett.

Eine große Gruppe von Gästen kam herein, laut lachend und in Feierlaune. Bald war es so voll, dass ich nicht mehr denken konnte. Meine Hände kamen nicht zur Ruhe. Gläser, Eiswürfel, Hochprozentiges, Zitronenscheibe, ein Feuerzeug, um den Alkohol zu entflammen.

Die nächste Stunde verbrachte ich damit, Cocktails zu mixen. In manchen Schichten arbeitete ich auch als Kellnerin – und empfand es als absolut nervenaufreibend, ein mit Getränken beladenes Tablett zu tragen. Hinter der Bar gefiel es mir viel besser.

Plötzlich spürte ich, wie sich die Stimmung im Club veränderte, und mein Magen zog sich zusammen. Ohne aufzusehen, wusste ich, was die Ursache dafür war.

Oder besser gesagt, wer.

Schließlich konnte ich mich nicht mehr länger davon abhalten, den Kopf zu heben.

Und da war er. Er schlenderte durch die Menge, als gehöre ihm der Laden. Was er auch tat.

Dante Fury. Besitzer des Ember.

Meine Hand schloss sich um eine Flasche Jack Daniels.

Er trug eine gut geschnittene, schwarze Hose und ein schwarzes Hemd. Die hochgekrempelten Ärmel gaben den Blick frei auf muskulöse Unterarme und olivbraune Haut. Ein Stück weiter oben spannte sich der Stoff um seinen Bizeps. Auf einem Arm hatte er schwarze Tattoos. Seine Art, zu gehen, war souverän und geschmeidig, seine Schritte selbstbewusst und gleichmäßig. Er erinnerte mich an einen Krieger ... nein, an einen König in seinem Reich. Sein Haar war schwarz, dicht und durcheinander. Als ob er oft mit den Fingern durchfuhr. Ein dunkler, sexy Bart wuchs auf einem markanten Kinn.

Er schnitt durch die Menge wie ein Raubtier um Mitternacht. Jedes Mal, wenn ich ihn sah, schnürte es mir die Kehle zu. Ihn umgab eine Aura, die es mir unmöglich machte, wegzusehen.

Da war diese dunkle Haarsträhne, die ihm immer in die Stirn fiel, und am liebsten hätte ich sie weggeschoben.

Verdammt noch mal.

Ich zwang mich, meinen Blick abzuwenden, und stellte die Flasche zurück ins Regal.

Es spielte keine Rolle, wie sexy und attraktiv Dante Fury war. Ich durfte nicht auffallen, durfte niemandem zu nahe kommen, denn es könnte meinen Tod bedeuten. Außerdem war er mein Boss.

Mein Puls raste und ich konnte nicht anders, als ihn wieder anzusehen. Er sprach mit Jessica, einer der Kellnerinnen, und sah nach dem Rechten. Das tat er alle paar

Stunden, plauderte mit den VIPs, redete mit dem Personal, erkundigte sich nach Problemen.

Dante näherte sich der Bar. Ich sah, wie die Männer ihn beäugten, sich ein wenig aufrechter hinstellten und die Bäuche einzogen. Dante hatte keinen Bauch. Er war flach wie ein Brett und es passte perfekt zu seinen breiten Schultern.

Auch die Frauen warfen Blicke auf ihn – hungrige, gierige Blicke.

„Gott, dieser Mann ist erstklassiges Material für heiße Fantasien." Neben mir stieß Staci einen heftigen Seufzer aus. „Ich habe schon überlegt, ob ich meinen Vibrator nach ihm benennen soll, aber dann habe ich beschlossen, dass es irgendwie ekelhaft wäre, wenn er Dante heißen würde." Sie sah ihn an. „Trotzdem, der Mann ist *so* heiß, auf diese dunkle, gefährliche Art. Alles an ihm schreit danach, dass er eine Frau mit beiden Händen festhalten und richtig hart ficken würde."

„*Staci.*"

Sie verdrehte die Augen und grinste mich an. „Komm schon, Mila. Du bist zwar still, aber ich habe gesehen, wie du den Mann mit den Augen ausgezogen und vernascht hast, wenn niemand hingesehen hat."

Ich hüstelte und war froh, dass es so dunkel war, dass sie die Röte auf meinen Wangen nicht sehen konnte.

Staci klopfte mir auf den Rücken. „Ich kann es dir nicht verübeln. Mir geht es genau gleich." Sie seufzte. „Leider trennt er Arbeit und Privates. Er flirtet nie mit den Gästen, nimmt sie nie mit in sein Büro, und Mitarbeiterinnen noch viel weniger."

In den wenigen Wochen, die ich jetzt hier arbeitete, hatte ich ihn nicht ein einziges Mal flirten gesehen.

Staci lehnte sich zu mir. „Ich habe gehört, dass er ein paarmal mit einer angehenden Staatsanwältin gesehen wurde. Ich dachte mir schon, dass er auf schick und stilvoll steht."

Mein Magen zog sich seltsam zusammen. Und dann bemerkte ich, dass Dante auf uns zukam.

Ich richtete mich auf. „Wie wäre es, wenn wir ein paar Drinks mixen?"

Staci lehnte sich noch näher heran. „Wirst du etwa rot?"

„Nein."

Sie grinste. „Du wirst *total* rot."

„Nein, aber ich denke gerade darüber nach, dir ein blaues Auge zu verpassen."

Staci lachte. Ich blickte auf und mein Blick traf geradewegs Dantes.

Er kam auf die Bar zu und ich konnte nicht wegsehen. Jede einzelne Zelle meines Körpers fing an, zu vibrieren, so stark war die Energie, mit der sie plötzlich geflutet wurden.

Er hatte dunkle Augen. Sie wirkten, als wären sie aus Obsidian. Unergründliche, dunkle Seen.

„Mila. Wie läufts heute Abend?"

Hmpf. Es war ja so was von unfair, dass er zusätzlich zu seinem Aussehen auch noch eine Stimme hatte, die tief und etwas rauer war, und den Effekt hatte, Höschen zum Schmelzen zu bringen.

„Großartig." Mir gelang ein Nicken. „Alles gut."

Er legte den Kopf schief. „Bist du sicher?"

Ich spürte, wie mir ein kalter Schauer den Rücken hinunterlief. Bei ihm hatte ich immer das Gefühl, dass er wusste, dass ich etwas verheimlichte. Als ob er alle meine Geheimnisse herausfinden wollte.

Ich richtete mich auf. Keiner würde mir meine Geheimnisse entlocken. Sie waren zu furchtbar und zu gefährlich.

Ich wusste bereits, dass Dante und seine Brüder sich gegen die dunkle Seite von New Orleans wehrten – gegen die Gangs, die Mafiosi und Verbrecher. Aber das bedeutete nicht, dass ich einem von ihnen meine Seele offenbaren würde. Nicht, wenn es damit enden könnte, dass ich eine Kugel ins Hirn gepustet bekam.

„Ganz sicher." Ich setzte ein Lächeln auf.

Er betrachtete mich eine lange Sekunde mit diesen tiefgründigen, dunklen Augen. „Sperrst du heute Nacht zu?"

Mein Herz schlug ein paar Takte schneller „Ja. Venus muss nach Hause. Eines ihrer Kinder hat morgen eine Tanzveranstaltung."

„Gut. Ich habe ein paar Whiskey-Proben von einer örtlichen Brennerei im Büro. Ich weiß, dass du Whiskey magst. Vielleicht kannst du sie mit mir verkosten? Ich muss entscheiden, ob ich sie auf die Karte nehmen will oder nicht."

Ich nickte und alles in mir zog sich zusammen. *Oh, verdammt.* Ich hatte Schlussdienst, also wäre ich allein mit Dante. Spät nachts. „Ich helfe immer gern. Oh, und ich habe einen neuen Cocktail kreiert, der bei den Gästen gut ankommen dürfte."

Seine Zähne blitzten strahlend weiß auf, ein krasser

Unterschied zu seiner gebräunten Haut. „Du und deine Cocktails."

„Hey, der Feurige Phönix ist superbeliebt." Diesen Cocktail hatte ich erst vor einer Woche erfunden und die Gäste liebten ihn bereits.

„Ich weiß." Er hielt eine Hand hoch. „Du probierst meinen Whiskey, ich probiere deinen neuen Cocktail."

Fast hätte ich gesagt: „Dann haben wir ein Date", aber im letzten Moment schaffte ich es, mir den Satz zu verkneifen. Es war kein Date. Es würde nie ein Date sein. „Ich mache besser die Getränke fertig. Die Gäste sind durstig."

Ich wandte mich geschäftig ab, aber trotzdem spürte ich, wie sich sein Blick in meinen Rücken bohrte.

Als ich mich wieder umdrehte, war er verschwunden. Ich stieß einen Atemzug aus und ließ die Schultern sinken. Ich musste alles tun, um Dante Fury *nicht* zu nahe zu kommen.

Der Rest meiner Schicht verging wie im Flug – beschwipste Gäste, Unmengen an Getränken, schmerzende Füße.

Und auf unerklärliche Weise spürte ich von Zeit zu Zeit immer noch Dantes Blick auf mir.

Ich schüttelte den Kopf und griff nach einem Cocktailglas. *Das bildest du dir nur ein, Mila.*

2

DANTE

Ich stand in meinem Büro und sah durch das einfach verglaste Fenster auf den Club hinunter.

Alles meins.

Während ich den dunklen Boden, die goldene Decke und die lange Bar entlang einer der Wände in Augenschein nahm – ganz zu schweigen von den Gästen, die viel Geld in meiner Bar ausgaben –, verschränkte ich die Hände hinter dem Rücken.

Alles meins und ich war verdammt stolz darauf. Ich hatte jedes Detail geplant, jeden Mitarbeiter persönlich ausgesucht, jeden Aspekt organisiert. Mein Personal schaltete gerade in den Aufräum-Modus, als die Sperrstunde näher rückte. Sie waren die Verkörperung einer gut geölten Maschine.

Alles andere würde ich auch nicht akzeptieren.

Ich ging zu der niedrigen Holzkommode an der anderen Wand und griff nach der Karaffe mit meinem Lieblingsbourbon, die darauf stand. Meine Hand wanderte zu einem Tumbler aus Kristallglas, in den ich einen Schluck davon goss.

Mehr als einen würde ich nicht trinken, nicht solange der Club geöffnet war. Nur zu Hause, bei meinen Brüdern, gönnte ich mir mehr. Nur dort konnte ich mich wirklich entspannen.

Ich schwenkte die hochprozentige Flüssigkeit und wandte mich wieder dem Fenster zu. Hinter mir stand mein Schreibtisch und eigentlich sollte ich daran sitzen und meine Arbeit erledigen. Mein Laptop war aufgeklappt und ich hatte Bestellungen und Papierkram durchgesehen.

Ich nippte an dem Glas und genoss das süße, rauchige Brennen.

Mein Blick schweifte über die Menge und ich betrachtete die Tänzer auf der Tanzfläche, die Leute an den Stehtischen, die ihre Cocktails genossen, und die kleinen Gruppen im VIP-Bereich. Niemand tanzte aus der Reihe und ich wusste, dass ich mich darauf verlassen konnte, dass mein Sicherheitsteam Ärger sofort erkennen würde.

Eine Bewegung an der Bar erregte meine Aufmerksamkeit. Meine neueste Mitarbeiterin, Mila Clarke.

Sie bewegte sich flink und war gut in ihrem Job. Organisiert und effizient. Ich runzelte die Stirn. Es fiel mir schwer, sie einzuschätzen. Sie wirkte auf mich nicht wie eine erfahrene Barkeeperin. Was am meisten an ihr hervorstach, waren ihre miserabel gefärbten Haare und die Tatsache, dass sie intelligent war. Wirklich intelligent. Sie hatte anfangs nicht viel Erfahrung gezeigt, aber sie hatte sich schnell eingearbeitet. Fleißig war sie, das musste ich ihr lassen.

Sie hatte auch dunkle Ringe unter den Augen, und ich fragte mich, ob sie noch einen Tagesjob hatte.

Was die Frau ganz eindeutig hatte, waren meterhohe, dicke Mauern um sich herum. Und sie hatte ganz offensichtlich nicht vor, jemandem zu erlauben, sie zu durchdringen.

Ich verstand es. Zum Teufel, in meiner Jugend hatte ich meine eigene Version davon gehabt.

Meine Aufmerksamkeit wanderte zu ihrem Gesicht. Hohe Wangenknochen, perfekt geformte Lippen und mörderische Kurven, die ihre schwarze Hose nicht verbergen konnte. Außerdem war da dieses Glitzern in ihren grauen Augen.

Dunkle, vielleicht gefährliche Geheimnisse, aber auch ein Hauch von herausforderndem Trotz.

Als ob sie mich herausfordern wollte, mich mit ihr anzulegen.

Flüsternd stieß ich einen Fluch aus und nahm noch einen Schluck. Sie war meine *Angestellte*. Eine, von der ich annahm, dass sie Hilfe brauchte.

Es klopfte an meiner Bürotür. Ich nahm noch einen Schluck Bourbon und stellte das Glas ab.

Wo wir gerade von Mitarbeitern sprachen, die meine Hilfe brauchten ...

„Komm herein."

Die Tür öffnete sich. Der Mann in der Tür war Anfang sechzig, stämmig und hatte eine fortschreitende Glatze. Er drehte nervös eine Schirmmütze zwischen seinen Fingern.

„Hallo, Mr. Fury."

„Eddie, ich habe dir schon hundertmal gesagt, du sollst mich Dante nennen."

Der Mann nickte. „Ja, Mr. Fury."

Kopfschüttelnd umrundete ich meinen Schreibtisch und ließ mich auf meinem Stuhl nieder.

„Setz dich."

Eddie ließ sich in einen der Ledersessel auf anderen Seite des Schreibtischs sinken. „Es geht wieder um Tommy." Er kniff sich in die Nase und die Sorge auf seinem breiten, vom Alter gezeichneten Gesicht war unübersehbar.

Tommy war Eddies Sohn. Teenager. Er hatte noch ein Jahr Highschool vor sich und ein Stipendium fürs College in Aussicht.

Leider hatten sich ein paar seiner Freunde mit einer lokalen Gang namens Big Gs eingelassen.

„Hat er wieder mit seinen Gang-Freunden rumgehangen?"

„Ja." Panik legte sich auf Eddies Züge. „Sie haben ihn da in etwas hineingezogen. Da ist ein Mädchen."

Ich nickte. „Ah."

„Sie hatte Angst und wollte dort weg." Eddie fuhr sich mit einer Hand über den Kopf. „Sie rief Tommy an und er fuhr hin, um sie zu holen. Die Gang war in einen Laden eingebrochen. Jemand hatte ein Video von Tommy gemacht. Sie sagten, wenn er sich nicht der Gang anschließt, schicken sie das Video der Polizei. Sein Stipendium ..." Eddie gab einen verzweifelten Laut von sich. „Ich will etwas Besseres für meinen Jungen."

Eddie war die Art von Vater, die mir in meinem Leben gefehlt hatte.

Ich wurde wütend. Ich hasste Menschen, die andere für ihre Zwecke ausnutzten, besonders die Gangs. Sie versprachen den Leuten eine Familie und ein Gefühl der Zugehörigkeit, aber sie taten es nur, um sie auszunutzen. Ihre Herrschaft war geprägt von Einschüchterung und Gewalt. Ich war im Pflegesystem aufgewachsen und hatte es zu oft gesehen, verdammt.

„Wer aus der Gang hat Tommy bedroht?"

Eddie schluckte. „Ein Typ namens Evan Curtis, auch bekannt als Easy-C."

Ich nickte. „Ich kümmere mich darum."

Erleichterung machte sich auf dem Gesicht des Mannes breit. „Mr. Fury ..."

Ich hob eine Augenbraue.

„Dante ..." Eddies Stimme war ein wenig zittrig. „Vielen Dank."

Ich stand auf und legte eine Hand auf Eddies weiche Schulter. „Du arbeitest hart, bist ein loyaler Angestellter und ein guter Mann. Tommy kann sich glücklich schätzen, dich zu haben. Er wird aufs College gehen, das verspreche ich."

Eddie erhob sich. „Ich danke Ihnen so sehr. Ich werde es Ihnen niemals zurückzahlen können."

„Ich erwarte keine Bezahlung. Und jetzt geh nach Hause zu deiner Frau. Ich kümmere mich morgen darum und gebe dir Bescheid, wenn es erledigt ist."

Eddie nickte erleichtert und schlurfte hinaus.

Ich brauchte mehr von meinem Drink. Während ich einen weiteren Schluck nahm, starrte ich auf die Malerei an der Wand hinter meinem Schreibtisch – wilde Tintenwirbel in Schwarz und Gold. Ich musste ein paar Leute anrufen und mit meinem Bruder Reath sprechen. Er hatte den Finger am Puls der örtlichen Gangs und würde diesen Easy-C kennen.

Ich hob mein Glas und wandte mich wieder dem Fenster zu. Die letzten Gäste gingen. Bald könnte ich von hier verschwinden und mich aufs Ohr legen.

Aber zuerst musste ich ein paar Whiskeys verkosten, und zwar zusammen mit einer interessanten Frau.

Plötzlich flog die Tür zu meinem Büro auf. Es gab nur vier Menschen auf dieser Welt, die es wagen würden, einfach so hereinzuplatzen, ohne vorher anzuklopfen.

Und tatsächlich waren es zwei meiner vier Brüder.

Colton hatte einen Arm um Reaths Mitte gelegt und half ihm herein. Der graue Ärmel von Reaths Shirt war mit Blut getränkt.

„Was für ein Problem hast du dir denn angelacht?", fragte ich.

„Ich habe mich einfach um meinen eigenen Scheiß gekümmert", murmelte Reath.

Ich schnaubte. Reath kümmerte sich nie um seinen eigenen Scheiß. Er war ein ehemaliger CIA ... irgendwas. Am Ende war er Black Ops gewesen und darüber sprach er nicht.

Ich war froh gewesen, als er aus dem Dienst ausgeschieden war. Wir alle waren heilfroh gewesen. Jetzt leitete er sein eigenes kleines Sicherheitsunternehmen – Phoenix Security Services. Er war für die Sicherheit aller unserer Unternehmen und einiger ausgewählter Kunden zuständig. Und er war verdammt gut darin. Außerdem sorgte er dafür, dass sich die anderen lokalen Anbieter nicht in Fury-Geschäfte einmischten.

Reath ließ sich schwer auf einen Stuhl fallen.

„Blute nicht meine Möbel voll", sagte ich.

„Das ist Leder", sagte Colton. „Das lässt sich reinigen."

Seufzend stellte ich mein Glas ab, ging hinüber und öffnete einen Wandschrank, aus dem ich einen großen Erste-Hilfe-Kasten holte.

„Shirt ausziehen", befahl ich.

Reath zog sein ruiniertes graues Shirt aus und entblößte braune Haut, die sich über harte Muskeln spannte. Schwarze Tattoos bedeckten seinen Rücken – das kunstvolle Bild eines aufsteigenden Phönix. Colt und Reath hätten unterschiedlicher nicht aussehen können. Colt war einen Meter neunzig groß und hatte sehnige Muskeln am ganzen Körper. Außerdem hatte er einen gepflegten Bart, fast immer einen finsteren Blick drauf und Tattoos auf den Unterarmen.

Er war ein Kopfgeldjäger. Ein guter. Während der Jahre, die er in Pflegefamilien und auf der Straße verbracht hatte, hatte er die Kunst perfektioniert, unbemerkt zu bleiben und Dinge – genauer genommen Menschen – aufzuspüren.

Reath war einen knappen Kopf kleiner als Colt – und somit gleich groß wie ich –, aber muskulöser. Er wusste nicht, wer seine biologischen Eltern waren, aber er hatte afroamerikanische Vorfahren. Er hatte braune Haut, schwarzes Haar, das er schonungslos kurz trug, und ein Gesicht, das immer die Aufmerksamkeit der

Frauen auf sich zog. Wir zogen ihn schon sein ganzes Leben lang damit auf, wie hübsch er war.

Er hatte auch diese lässige, lockere Art, sich zu bewegen, die ihn entspannt wirken ließ. Das war er aber nicht. Er war schneller und kämpfte gnadenloser als jeder andere, den ich kannte.

Und jetzt gerade hatte er eine klaffende Stichwunde an seinem muskulösen Bizeps.

„Sieht nicht allzu tief aus." Ich holte ein Desinfektionstuch heraus und begann, die Wunde zu reinigen.

Reath grunzte.

„Was ist passiert?", fragte ich.

„Ich bin ein paar Hinweisen nachgegangen. Plötzlich attackiert mich ein Junkie mit einem Messer, der meine Brieftasche wollte."

Tja, der Junkie hatte sich eindeutig das falsche Opfer ausgesucht.

„Atmet er noch?" Ich zog den Kleber heraus.

„Ja", murmelte Reath unglücklich.

„Durch seinen gebrochenen Kiefer", fügte Colt hinzu, während er sich einen Whiskey einschenkte.

Ich klebte die Wunde. Reaths dunkle Haut wies eine ganze Menge von Narben auf – Stichwunden, ein paar wulstige Schussnarben und alte Verbrennungen.

Ich atmete tief aus. Jeder von uns hatte seine Dämonen auf seine eigene Weise verarbeitet, und Reath hatte es im Dienst von Onkel Sam getan. Wenigstens flog er nicht mehr um die Welt und weiß Gott wohin, um es mit irgendwelchen Bösewichten aufzunehmen.

„Ich brauche da deine Hilfe bei etwas", sagte ich.

„Ein Gangster namens Easy-C versucht, Eddies Sohn Tommy das Leben zu versauen."

Reaths dunkle Augen blitzten auf. „Er gehört zu den Big Gs. Ja, um den kann ich mich kümmern. Kommst du mit?"

Ich lächelte. „Verdammt, ja."

Mein Bruder nickte. „Ich werde ihn finden und dich anrufen."

Einfach so. Die Fury-Brüder kümmerten sich um die Menschen, die ihnen wichtig waren, und ich konnte immer darauf vertrauen, dass meine Brüder für mich da waren.

Sie waren die einzigen Menschen, auf die ich zählen konnte.

Ein Paar wacher, grauer Augen, in denen es nur so vor Geheimnissen wimmelte, tauchte in meinem Kopf auf.

Auf wen konnte Mila zählen?

„Schließt du jetzt?", fragte Colt.

„Bald."

„Wollt ihr nachher auf einen Drink zu mir kommen?"

„Ich bin dabei", sagte Reath.

Ich packte die Sachen zurück in den Erste-Hilfe-Kasten. „Ich muss hier noch ein paar Dinge fertig machen."

Colt warf einen Blick zu Reath.

Reath hob die Augenbrauen. „Gehört zu diesen Dingen auch ein lauschiger Drink und eine private Unterhaltung mit deiner neuesten Barkeeperin?"

Ich zwang mich, mir nichts anmerken zu lassen. „Ich rede oft mit demjenigen, der Schlussdienst macht."

„Mhm." Colt ließ eines seiner seltenen Lächeln aufblitzen. „Und es hat natürlich überhaupt nichts mit den Kurven und dem hübschen Gesicht zu tun."

Bei dem Gedanken, dass mein Bruder Milas Kurven und ihr Gesicht bemerkt hatte, versteifte ich mich innerlich.

„Ich glaube, es sind diese aufgewühlten, grauen Augen." Reath zog sein schmutziges Shirt wieder an. „Wäre nicht dein erster lauschiger Drink mit ihr."

Die verdammten Türsteher hatten wohl geplaudert. „Wir reden, mehr nicht."

Reath schnaubte. „Sieht dir gar nicht ähnlich, dich selbst zu belügen, Dante."

„Ihr könnt mich mal. Ihr wisst, dass ich nichts mit meinen Angestellten anfange."

Meine Brüder tauschten einen weiteren nervigen Blick aus.

„Du fängst mit niemandem etwas an", sagte Colt.

„Ach, und du?" Ich stand auf. „Zieht Leine. Bevor ich euch in den Arsch trete."

Sie grinsten beide, als sie hinausgingen. *Arschlöcher*.

Wenn Mila Hilfe brauchte, würde ich ihr helfen, aber das wars auch schon.

Ich ließ mich nicht mit Frauen ein. Schon gar nicht mit denen, die für mich arbeiten. Ende der Geschichte.

3

MILA

Als ich endlich die Clubtüren absperrte, war ich fix und fertig. Die Türsteher hatten die letzten betrunkenen Gäste hinausbegleitet. Einer nach dem anderen ging auch der Rest des Personals nach Hause.

Ich druckte auf dem Bildschirm der Kasse die Abrechnung des heutigen Abends aus und versuchte, meine schmerzenden Füße zu ignorieren. Wieder eine gute Nachtschicht.

„Bis dann, Mila." Staci, die eine flauschige Jacke trug, blieb neben mir stehen. Sie hatte eine riesige Handtasche über die Schulter geworfen.

„Nacht, Staci."

Venus war direkt hinter ihr, hatte Autoschlüssel in der Hand und sah die Nachrichten auf ihrem Handy durch. „Danke noch mal, dass du heute Schlussdienst machst."

„Kein Problem."

„Hast was gut bei mir."

Ich lächelte. „Viel Spaß bei Bryces Tanzveranstaltung."

„Werde ich haben, sobald ich ein paar Stunden
Schlaf bekommen habe. Und ich schulde dir was. Für
heute Nacht und dafür, dass du letzte Woche auf die
Jungs aufgepasst hast."

Grinsend schüttelte ich den Kopf. „Mit deinen Jungs
abzuhängen, hat Spaß gemacht. Wirklich, kein Thema.
Wann immer du mich brauchst, ich bin da."

Venus legte den Kopf schief. „Jessica sagte, du hättest
an deinem freien Tag auch auf ihr kleines Mädchen
aufgepasst."

„Hast du den kleinen Engel gesehen? Sie ist einfach
entzückend."

„Nun, du sollst wissen, dass wir dir wirklich dankbar
sind. Wenn du mal etwas brauchst, sag es."

Ich blieb entspannt und freundlich. „Sicher."

Venus winkte, als sie zum Hinterausgang ging, der
vom Personal genutzt wurde.

Auf einmal war es still im Club. Es hätte mir unheimlich sein müssen, aber die Wahrheit war, dass ich die
Ruhe genoss. Ich wusste, dass die Türsteher blieben, bis
die letzten Mitarbeiter gegangen waren. Ich war in
Sicherheit. Ich konnte einfach atmen.

Ich packte das gesamte Bargeld aus den Kassen in
einen Stoffbeutel. Einer der Türsteher würde es im Safe
einschließen. Dann warf ich einen Blick auf die Tür, die
zu den Büroräumen führte. Keine Spur von Dante. Ich
fragte mich, ob er auf mich vergessen hatte und nach
Hause gegangen war.

Ich verzog die Lippen, schnappte mir ein Glas und mixte meinen neuesten Cocktail. Es machte mir Spaß, etwas Neues zu kreieren. Es war nicht ganz so anspruchsvoll wie früher, als ich Marketingkampagnen entwickelt oder besondere Veranstaltungen organisiert hatte, aber es war zumindest etwas.

Dieser Drink war in New Orleans schon lange bekannt und beliebt, nur hatte ich ihm eine feurige Note verliehen. Ich holte eine Zimtstange heraus und goss Whiskey darüber.

„Hey."

Seine Stimme ließ mich die Augen schließen. Dann drehte ich mich um und lächelte. „Hey."

Auf der anderen Seite der Bar setzte sich Dante halb auf einen Hocker und stellte drei Whiskeyflaschen ab. „War ganz schön viel los heute Nacht."

„Hier ist jede Nacht viel los. Du hast einen tollen Club."

Er lächelte. „Ich habe ein gutes Team."

Ich lehnte mich gegen die Bar. „Was ist das für ein Whiskey?"

„Von einem aufstrebenden lokalen Betrieb namens Bayou House. Sie produzieren Roggenwhiskey und sind dabei, sich einen Namen zu machen."

Ich wusste, dass Dante gern lokale Unternehmen unterstützte. Ich nahm zwei Tumbler und stellte sie zwischen uns. Etwas wie das hier hatten wir schon ein paarmal nach der Sperrstunde gemacht. Er brachte neue Spirituosen von Lieferanten und fragte mich nach meiner Meinung. Diese ruhigen Momente, in denen wir uns über den Club unterhielten, hatte ich zu schätzen gelernt.

„Als du hier angefangen hast, hätte ich dich nicht für eine Whiskeytrinkerin gehalten", sagte er. „Normalerweise bin ich gut darin, zu erraten, was die Leute trinken."

Ich musste lächeln. „Mein Vater *liebte* Whiskey. Meine Mutter hatte immer vorgehabt, mein altes Kinderzimmer in eine Bibliothek mit einer kuschligen Leseecke zu verwandeln. Nachdem Dad in Rente ging, kam er ihr allerdings zuvor und machte eine Bar daraus. Sie war stinksauer." Meine Trauer kämpfte sich an die Oberfläche.

Dante war einen Moment lang still. „Hast du sie verloren?"

Ich schluckte und begegnete seinem Blick. „Sie sind gestorben."

„Tut mir leid."

Ich nickte und wechselte schnell das Thema. „Okay, schenk ein. Lass uns diese Babys probieren."

Dante schenkte ein und ich nippte an der ersten Kostprobe. Nach einem Moment nickte ich langsam. „Nicht schlecht, aber nichts ..."

„Besonderes." Er stellte sein Glas ab.

„Ganz genau. Nicht besonders interessant auf der Zunge."

„Ich biete im Ember nichts Mittelmäßiges an."

Ich musste auflachen. „Okay, Mr. Snob."

Er legte den Kopf schief und diese unerträglich attraktive Haarsträhne fiel ihm in die Stirn. „Es ist nicht versnobt, Qualität zu mögen."

„Sagt der reiche Typ." Ich hatte Qualität auch gemocht, aber um mein Leben rennen zu müssen, hatte die Dinge relativiert. Jetzt kaufte ich meine Klamotten in Secondhandläden, und ich trank ganz sicher keinen exklusiven Whiskey.

Er schenkte aus der nächsten Flasche ein. „Das ist eine ihrer Sondereditionen. Der Roggen kommt stark durch."

Ich kostete ihn. „Mhm, besser. Aber ich denke immer noch, dass das, was du schon im Sortiment hast, die bessere Wahl ist."

„Du urteilst hart, aber ich stimme zu." Er schenkte den letzten Whiskey ein. „Das ist ihre Premium Blend."

Ich nahm einen kleinen Schluck, ließ den Geschmack sich auf meiner Zunge entwickeln und stöhnte. „Oh, der ist richtig gut."

Als ich aufblickte, sah ich, wie Dante mich anstarrte. Sein Glas hing auf halbem Weg zu seinen Lippen in der Luft.

„Dante?"

Er schüttelte den Kopf und kippte seinen Whiskey dann in einem Zug hinunter.

Es war nicht leicht, meinen Blick von seinem kräftigen Hals abzuwenden. „Ausgezeichnetes Aroma."

„Er ist gut. Und teuer."

„Das ist das gute Zeug doch immer, oder?" Ich hielt mein Glas hoch. „Dieser hier ist der Gewinner."

Er lehnte sich auf seinem Hocker zurück. „Dann bestelle ich eine Kiste davon. Du hast etwas von einem neuen Cocktail erwähnt."

„Lass ihn mich fertig machen. Der wird dich umhauen."

Ich spürte, wie er mich beobachtete, als ich den Cocktail fertig mixte. Am Ende griff ich nach dem Feuerzeug und entzündete die hochprozentige Mischung, wobei die Zimtstange versengt wurde.

„Riecht gut."

„Schmeckt auch gut." Ich umrundete die Bar und setzte mich auf den Hocker neben ihn. „Es ist eine Abwandlung des Sazeracs. Aber mit geräuchertem Zimt, sozusagen."

Dante hob eine dunkle Augenbraue und nahm das Glas von mir entgegen. Unsere Finger berührten sich und ich musste mich bemühen, nicht lautstark Luft in meine Lungen zu saugen.

Ich sah ihm zu, als er einen Schluck nahm, und starrte auf seine Lippen. Grundgütiger, ich musste wirklich dringend meine Schwärmerei für ihn in den Griff bekommen.

Er gab einen Laut von sich und ein Kribbeln schoss durch meine Mitte. „Der ist gut, Mila. Wirklich gut."

Ich strahlte ihn an.

„Setz ihn auf die Cocktailkarte."

„Das werde ich."

„Er braucht einen Namen."

Ich tippte mir auf die Lippen.

„Wie wäre es mit Geschmolzene Mila?", schlug er vor.

Ich schüttelte lachend den Kopf. „Ich hatte eher an Smoked Cinnamon gedacht."

„Geht klar." Er stand von seinem Hocker auf und

plötzlich trennten uns nur noch wenige Zentimeter. Ich spürte die Hitze, die von seinem großen Körper ausging, und sein holziges Parfüm umgab mich.

Ich hielt inne und hob den Kopf. Er starrte mich an und die Art, wie er mich mit seinem Blick fixierte, hatte etwas Intensives, Raubtierhaftes. Die Luft zwischen uns schien zu knistern.

Dann machte er einen kleinen Schritt zurück und der seltsame Moment verflog. „Ich muss noch ein paar Dinge erledigen."

„Äh, na klar. Und ich muss nach Hause." Weit weg von meinem viel zu heißen Boss. Weit, weit weg von dieser Versuchung.

„Gute Nacht, Mila."

Ich erlaubte mir nicht, ihm hinterherzusehen, als er ging. So schnell ich konnte, räumte ich die Gläser in den Geschirrspüler und eilte dann in die Umkleide für Mitarbeiter.

Ich öffnete meinen Spind und schnappte mir meine leichte Jacke, meinen Rucksack und meine Schlüssel. Ich machte mir nicht die Mühe, auf mein Handy zu sehen. Es war ein Wegwerfteil und es gab niemanden, der mich anrufen könnte.

Trauer und Schmerz gesellten sich zu meiner Müdigkeit. In letzter Zeit schlief ich schlecht. Zum Glück gab es Koffein. Nur so konnte ich meine Schichten durchstehen.

Das und die kleinen, aber feinen Dosen von Dante Fury. Allein in seiner Nähe zu sein, ließ mich ... etwas fühlen. Etwas Anderes und Besseres als all die schrecklichen Gefühle, die ich mit mir herumschleppte.

Ich lehnte meine Stirn gegen die Spindtür. Dieser Mann war mehrere Nummern zu groß für mich. Ich konnte Dante nicht haben, und zwar aus tausend verschiedenen Gründen. Ich konnte niemanden haben. Ich war allein.

Ein Tag nach dem anderen. Überleben. Das war alles, was ich hatte.

4

DANTE

Reath hielt am Bordstein an und stellte den Motor ab.

Wir stiegen beide aus seinem schwarzen Chevy Suburban. Es war ein SUV von Phoenix Security Services. Reath besaß gleich mehrere davon und sein Team nutzte sie für die Arbeit.

Ich war nie scharf darauf, in diesen Teil des Ninth Ward zu kommen. Diese heruntergekommene Gegend, die von den Gangs beherrscht wurde, war für niemanden sicher. „Welches Haus?"

„Das da." Reath nickte zu dem heruntergekommenen Haus zwei Türen weiter. Die Farbe war verblasst und blätterte an manchen Stellen ab und die Veranda hing durch.

„Und es sind nur zwei seiner Leute bei ihm?", fragte ich.

„Ja, seine zwei wichtigsten Handlanger. Ich gehe hintenrum."

Ich nickte, überprüfte meine Heckler & Koch VP40

Handfeuerwaffe und steckte sie mir hinten in den Hosenbund. Reath verschwand in der Dunkelheit. Darin war er verdammt gut. Die CIA hatte jene Fähigkeiten, die er bereits in seiner Kindheit erworben hatte, weiter verfeinert. Die meiste Zeit seines Lebens hatte Reath viele gute Gründe gehabt, sich unsichtbar fortzubewegen.

Ich trat durch das Metalltor, das schief in den Angeln hing. Als ich vor der Haustür stand, klopfte ich nicht an, sondern hob nur meinen Fuß und trat die Tür ein.

„Was zum Teufel?" Rufe kamen aus einem Raum weiter innen im Haus.

Leise trat ich in ein abgedunkeltes Schlafzimmer und wartete.

Ein verschlafener, zerzauster Kerl mit heller Haut kam den Flur entlang. Ich streckte die Hand aus, packte ihn und schleuderte ihn gegen die Wand. Er ließ seine Pistole fallen. Ich wirbelte ihn herum und sorgte dafür, dass seine Füße die Bodenhaftung verloren. Ein Schlag mit meiner Faust setzte ihn endgültig außer Gefecht und ich ließ ihn zusammengesunken auf dem verdreckten Boden liegen.

Ich marschierte den Flur entlang, als gäbe es keinen Grund zur Beunruhigung. Schließlich wusste ich, dass Reath sich um alles gekümmert haben würde.

Als ich das schmuddelige Wohnzimmer betrat, verzog ich angewidert die Lippen. Was für ein Saustall.

Ein bewusstloser Körper lag auf dem Boden. Easy-C saß in einem Sessel und seine Hände umklammerten die Lehnen so fest, dass sie zu zerbrechen drohten. Er war ein gut aussehender schwarzer Mann mit unzähligen

Tätowierungen auf den Armen. Er starrte finster geradeaus, aber er schwitzte auch. Reath lehnte mit der Waffe
in der Hand an einer Wand. Er sah aus, als wäre er auf
einer verdammten Grillparty.

„Hallo, Evan", sagte ich.

Er sah mich an und Hass loderte in seinen braunen
Augen. Ich sah auch Angst darin. Die Menschen in New
Orleans wussten, dass man sich nicht mit den Fury-
Brüdern anlegte.

„Ich will, dass du Tommy Leblanc in Ruhe lässt."

Easy-C zuckte zusammen. „Dieser Punk wollte ..."

„Sei still."

Beim bedrohlichen Klang meiner Stimme presste
Easy-C die Lippen aufeinander.

„Gib meinem Bruder dein Handy."

Er zögerte.

„Sofort!", brüllte ich.

Reath stieß sich von der Wand ab. „Falls du darauf
wartest, dass dein Kerl aus dem Hinterhof dich rettet, der
wird nicht kommen." Reaths Tonfall war fast schon
gelangweilt.

Mit einem mürrischen Blick reichte Easy-C Reath
sein Handy. Mein Bruder fragte nicht einmal nach dem
Code, um es zu entsperren –er tippte und wischte und
knackte ihn selbst.

Ich wusste, dass er das Video von Tommy löschte.

„Tommy, sein Vater und seine ganze Familie stehen
unter dem Schutz von Fury." Ich stellte mich vor ihn.
„Komm einem von ihnen noch einmal zu nahe, und mein
nächster Besuch wird nicht annähernd so angenehm
sein."

Easy-C funkelte mich nur an.

Ich beugte mich hinunter und roch Schweiß und Gras. „Nächstes Mal wirst du uns nicht einmal kommen sehen. Verstanden?"

Er rutschte unbehaglich auf dem Stuhl hin und her, nickte aber.

„Ich will das Wort aus deinem Mund hören, Evan."

„Verstanden", presste er zwischen zusammengebissenen Zähnen hervor.

Ich trat zurück. „Gut. Ich würde es hassen, Abbott anrufen zu müssen und ihn auf ein Mittagessen und ein Schwätzchen in mein Restaurant einzuladen."

Als ich den Anführer des Kartells erwähnte, das die Big Gs mit Drogen und Waffen versorgte, wich jegliche Farbe aus Easy-Cs Gesicht.

„Ich habe gehört, er mag das Soufflé, das dein Chefkoch macht", sagte Reath.

„Er liebt es."

Easy-C starrte jetzt auf den Boden.

Ich nickte. „Gehen wir."

Als Reath und ich zum SUV zurückkehrten, lachte mein Bruder. „Das hat Spaß gemacht."

„Tommy Leblanc wird aufs College gehen."

„Und wie er das tun wird." Reath startete den Motor.

„Danke für deine Hilfe."

„Jederzeit, Dante. Das weißt du doch."

Ich lehnte mich zurück und klopfte mir den Dreck von meinem Shirt

Reath fuhr auf die Straße. „Also ... wie war das Date mit deinem Mädchen nach der Sperrstunde?"

„Keine Ahnung, wovon du redest. Ich gehe nicht auf Dates."

„Mhm."

„Zieh nicht diese undurchschaubare Scheißnummer mit mir ab und spar dir deine Psychospielchen."

Ich fuhr mir mit der Hand durch die Haare. Ich wusste, dass es das Beste war, mich von Mila fernzuhalten. Für sie und für mich.

Ich hatte meine Brüder und das war genug. Meine Interaktionen mit Frauen hielt ich bewusst kurz. Erst Abendessen, dann ficken, keine Wiederholung.

Das war alles, was ich zu bieten hatte, und ich kannte meine Grenzen.

5

MILA

„Eisgekühlter Bommerlunder ... Bommerlunder eisgekühlt."

Ich grinste zu Eli hinüber. Der junge Barkeeper hatte dunkle Haut, ein hübsches Gesicht und ein breites, fröhliches Lächeln im Gesicht. Er war Student und arbeitete nur an den Wochenenden im Ember, um sich sein Studium zu finanzieren.

„Als Sänger würdest du verhungern", sagte ich.

Es war Sonntagnachmittag. Das Ember würde erst in ein paar Stunden aufsperren und wir steckten bis zum Hals in Listen, um den Lagerbestand aufzunehmen.

Ich unterdrückte ein Gähnen. Eine weiterer schlafloser Vormittag lag hinter mir. Ich war ein paarmal kurz eingenickt, und den Rest der Zeit hatte ich über dem uralten Laptop gehockt, den ich in einem Pfandhaus gekauft hatte. Wenn ich nicht arbeitete, suchte ich nach allem, was ich über meinen ehemaligen Boss herausfinden konnte und darüber, mit wem er zusammenarbeiten könnte. Ich suchte nach der Person, die für den Tod meiner Eltern verantwortlich war.

Es war dieselbe Person, die hinter mir her war.

Mein Ex-Boss war da in etwas wirklich Übles hineingeraten. Ich hatte nicht viel von dem Gespräch mitbekommen, das ich nicht hätte hören sollen, aber die Worte Drogen, Lieferungen und Geld waren gefallen.

Ich atmete aus und versuchte, meine Gedanken nicht dorthin zurückwandern zu lassen. Zu dem Moment, als ich nach Feierabend ins Büro gegangen war, um eine Akte zu holen, die ich vergessen hatte. Als ich mitangehört hatte, wie mein Boss mit ... jemandem sprach. Als ich aus Versehen etwas von meinem Schreibtisch gestoßen hatte.

Die Männer, die mich daraufhin verfolgt hatten, arbeiteten für denjenigen, mit dem mein Boss kooperiert hatte. Ihre Gesichter suchten mich in meinen Träumen heim. Ich hatte unzählige Medienberichte über Drogendealer und Kriminelle durchforstet in der Hoffnung, ihre Gesichter zu finden.

Einer hatte eine Tätowierung auf dem Unterarm. Sie hatte sich in mein Gehirn eingebrannt. Eine Art Schlange. Ich hatte bereits Stunden damit verbracht, herauszufinden, was sie bedeutete oder wer sie ihm gestochen haben könnte.

Ein kalter Schauer lief mir über den Rücken und ich zwang mich, die Erinnerungen und die damit verbundenen Gefühle in die hinterste Ecke meines Gedächtnisses zurückzudrängen. Ich musste sie unter Verschluss halten, sonst konnte ich nicht funktionieren.

Wieder musste ich gähnen und diesmal konnte ich es

nicht unterdrücken. Ich brauchte unbedingt noch einen Kaffee.

„Mila, danke, dass du heute aushilfst. Ich weiß, dass du später Dienst hast." Venus lehnte sich an die Bar und trug eine Kiste mit Flaschen mit ihren durchtrainierten Armen.

„Kein Problem, Venus. Ich freue mich immer über zusätzliche Schichten", lächelte ich, „und über mehr Geld auf dem Konto."

„Amen, Schwester", stimmte Eli zu.

Mein Neckholder-Top und meine schwarze Hose hingen in meinem Spind. Ich würde mich später umziehen, wenn es Zeit war, den Club aufzusperren. Im Moment genoss ich die Freiheit meiner abgeschnittenen Jeansshorts und meines weißen T-Shirts. Ich hatte nicht mehr viele Klamotten. Die Zeiten, in denen ich mir Designerkleider und Schuhe gegönnt hatte, waren Vergangenheit. Meine Mutter hatte Schuhe geliebt. Wir hatten dieselbe Größe gehabt und oft untereinander getauscht.

Beim Gedanken an meine Mutter zog sich mein Herz schmerzhaft zusammen.

„Diese Liste ist ja völlig durcheinander." Venus hatte die Kiste abgestellt und tippte nun auf den Laptop, mit dem wir den Lagerbestand erfassten.

„Ich kann sie mir mal ansehen." Ich biss mir auf die Zunge. Mist, vielleicht hätte ich das besser nicht anbieten sollen. Welche Barkeeperin kannte sich schon mit Rechenprogrammen aus?

„Im Ernst?" Venus hob erstaunt beide Augenbrauen. „Hast du etwa eine geheime Vorliebe für nervige Tabellenkalkulationen?"

Ich lachte auf. „Ähm ... nein. Ich habe früher immer meinem Dad geholfen. Er hat Computer gehasst."

Na also. Das klang doch plausibel. Besser, als *Ich habe einen Abschluss von der Duke University und war eigentlich dabei, Karriere in der PR- und Marketingbranche zu machen.*

„Dann leg los." Venus drehte den Laptop zu mir.

Ich zog ihn näher heran. Ich konnte sehen, dass die Tabelle nicht gerade optimal angelegt war. Während ich mich an die Arbeit machte, zählten die anderen weiter Flaschen und plauderten. Dann hörte ich das Klacken von Absätzen.

Clarissa Landry erschien. Sie war eine quirlige Blondine in ihren Zwanzigern, die sich um das Marketing des Ember kümmerte. Ich hatte mir die Website und den Auftritt des Clubs in den sozialen Medien angesehen, und Clarissa leistete großartige Arbeit.

Sie starrte mit gerunzelter Stirn auf ihr Handy. Wie immer war ihr wunderschönes Haar toll gestylt. Ihre Frisur und ihr Make-up waren stets tadellos.

„Hey, Clarissa." Eli stützte seine Ellbogen auf die Bar. „Was ist los?"

„Nichts." Clarissa winkte mit einer Hand ab. „Dylan holt mich gleich ab."

Dylan war ihr Ehemann. Sie waren seit dem College zusammen.

„Er hat heute etwas Besonderes zum Abendessen geplant." Clarissa lächelte. „Er ist so süß."

Ich verspürte den leisesten Anflug von Eifersucht. Die beiden waren ja so verliebt. Ich hatte schon fast erwartet, kleine Liebesherzen um Clarissas Kopf schweben zu sehen, wann immer Dylan sie abholte. „Das klingt aber nicht nach einem Problem."

Clarissa lehnte sich dramatisch an die Theke. „Das ist es nicht, es ist diese Benefizsache."

„Ah", sagte Venus.

Eli nickte und es klimperte, als er Wodkaflaschen zurück in einen Karton schlichtete.

Meine Finger verharrten auf der Tastatur. „Benefizsache?"

„Das macht Dante jedes Jahr", sagte Clarissa. „Er sammelt Geld für eine Wohltätigkeitsorganisation namens Northstar, die Kindern, die aus Pflegefamilien kommen, finanzielle Unterstützung bietet."

„Oh. Das klingt nach einem guten Zweck."

„Es ist eine *großartige* Wohltätigkeitsorganisation", sagte Clarissa. „Weißt du, wie wenig Unterstützung diese Kinder bekommen, wenn sie mit achtzehn aus dem System entlassen werden?" Sie schüttelte den Kopf. „Northstar hilft ihnen dabei, einen Job und eine Wohnung zu finden und ins College zu kommen."

Eli senkte seine Stimme. „Ja, Dante und seine Brüder waren in Pflegefamilien. Ich habe gehört, dass sie alle keine einfache Kindheit hatten."

„Wir klatschen nicht, Eli", sagte Venus. „Nicht über den Boss."

„Geht klar", nickte Eli. „Ich finde es nur großartig, was er tut, um anderen Pflegekindern zu helfen."

„Deshalb muss diese Veranstaltung einfach *der Wahnsinn* werden." Clarissa warf eine Hand in die Luft. „Letztes Jahr haben wir einen Jahrmarkt aufgezogen. Fahrgeschäfte, Spiele. Es kam so gut an. Im Jahr davor hatten wir das Galadinner. Das war okay, aber nichts Besonderes. Ich wollte, dass es dieses Jahr etwas ganz Besonderes wird."

In meinem Magen kribbelte es. Das war genau mein Ding. In meinem letzten Job hatte ich so viele Veranstaltungen organisiert. „Aber?"

„Ich habe den Ballsaal im Monteleone gebucht. Für nächsten Samstag."

Eli stieß einen Pfiff aus. „Nobel, nobel."

Ich kannte das historische Luxushotel im French Quarter. Es wurde seit Generationen von der Familie Monteleone geführt.

„Nun, ich *hatte* es gebucht." Clarissa machte ein langes Gesicht. „Ausgerechnet heute hatten sie einen Wasserschaden. Der Ballsaal wurde in Mitleidenschaft gezogen und jetzt müssen sie ihn erst einmal trockenlegen und neu streichen."

Ich schnappte nach Luft. Es gab nichts Schlimmeres, als den Veranstaltungsort eine Woche vor dem Termin zu verlieren.

Clarissa sackte gegen die Theke. „Ich bin ja so was von genervt. Was soll ich denn jetzt nur tun?"

Meine Gedanken überschlugen sich. Ich sah mich in dem leeren Club um. „Nun, du stehst hier im angesagtesten Club von New Orleans."

Alle starrten mich an. Ich versuchte, nicht nervös zu werden.

„Ich habe meinem ... Dad oft mit solchen Dingen in seinem Unternehmen geholfen." Ich begegnete Clarissas entgeistertem Blick. „Zieh das Event doch hier auf. Mach es exklusiv." Ich schnippte mit den Fingern. „Wir sind in New Orleans. Ein Maskenball."

Clarissas Augen funkelten. „Ein Maskenball. Oh, mein Gott, das ist perfekt."

Ich lächelte. „Finde ich auch. Du könntest eine stille Auktion veranstalten und vielleicht örtliche Unternehmen um Sachspenden bitten." Das könnte in der kurzen Zeit allerdings schwierig werden. Während ich überlegte, tippte ich mir mit dem Finger an die Lippen. „Nein, besser – du kannst den Boss versteigern."

Venus schnappte nach Luft. Eli und Clarissa lachten laut auf.

„Was?", keuchte Venus.

„Ihr habt alle eine schmutzige Fantasie." Ich verdrehte die Augen. „Ein Tanz. Der Gewinner bekommt einen Tanz mit ihm."

Clarissa klatschte die Hände zusammen. „Ich liebe diese Idee! Und alle seine Brüder stehen auf der Gästeliste. Sie kann ich auch gleich versteigern. Danke, Mila."

„Klar doch."

Dylan betrat den Club, die Hände in den Taschen seiner Jeans. Er war ein schlanker, attraktiver Mann mit braunen Haaren und Brille.

„Also, ich muss dann los", sagte Clarissa. „Aber Mila, du bist ein *Geschenk des Himmels*. Danke für die Idee."

„War mir ein Vergnügen."

Während Clarissa zu Dylan ging, wandte ich mich wieder der Liste zu. Die anderen zählten Flaschen und ich gab die Zahlen ein.

Schließlich drehte ich den Laptop zurück zu Venus. „Alles erledigt. Ich habe die Formeln korrigiert, die nicht funktioniert haben. Und ich habe die notwendigen Funktionen hinterlegt, damit diese Spalten automatisch addiert werden. Das musst du nicht mehr manuell machen."

Venus beugte sich vor und runzelte die Stirn. „Mila, das ist ja genial. Jetzt ist die Liste so viel besser." Sie legte den Kopf schief. „So werden wir Unmengen an Zeit sparen. Du bist heute eindeutig die gute Fee."

Ich erstarrte. *Verdammt.* Hatte ich zu viel von mir preisgegeben? Ich brachte ein Lächeln zustande, pustete auf meine Nägel und polierte sie demonstrativ an meinem T-Shirt.

Venus lachte. „Eli, hol dieser Frau einen Drink."

Ich grinste ihn an. „Du weißt, was ich will."

Der junge Barkeeper stöhnte und schüttelte den Kopf. „Ein Shirley Temple, kommt sofort."

„Mach eine Pause, Mila." Venus holte noch ein paar Flaschen aus einer Kiste. „Ich mache die letzten Kisten hier fertig. Ehe wir uns versehen, ist es Zeit, aufzusperren."

Eli reichte mir den Cocktail. „Zum Wohl."

Ich nahm einen großen Schluck und genoss das kühle Prickeln des roten Getränks, bevor ich zu der Tür ging, die in die Umkleideräume führte, und den Code eintippte. Bald würde ich mein Neckholder-Top anziehen und mich frisieren und schminken müssen. Und dann müsste ich nur noch irgendwoher die Energie für meine Schicht nehmen. Ich nahm einen weiteren Zug am Strohhalm und genoss das Zuckerhoch.

Im Korridor bog ich um eine Ecke und stieß auf

etwas Hartes. Der größte Teil meines Cocktails landete auf meiner Brust und ich keuchte.

In diesem Moment merkte ich, dass ich mit jemandem zusammengestoßen war. Eine Hand legte sich um meinen Ellbogen.

„Scheiße, tut mir leid ..." Mein Blick blieb an einer breiten Brust hängen, die von einem schwarzen Hemd bedeckt war. Einem jetzt nassen Hemd.

Ich hob meinen Blick und starrte in unbeschreiblich dunkle Augen.

Das Herz schlug mir bis zum Hals. „Dante."

Sein Blick wich kurz aus, bevor er mich wieder ansah. „Mila. Seit Langem der erste Drink, den ich auf diese Weise abbekomme."

Seine Finger berührten die nackte Haut meines Ellbogens und ich spürte ein Kribbeln in meinem ganzen Arm. „Gott, tut mir leid."

„Alles okay?"

„Mit mir schon. Mit meinem T-Shirt wohl eher nicht."

Sein Blick wanderte nach unten und verharrte an einer Stelle.

Ich sah auch nach unten. Oh, Mist. Mein T-Shirt war jetzt nass, mehr rot als weiß und größtenteils durchsichtig. Mein schlichter Baumwoll-BH konnte meine harten Brustwarzen nicht verbergen. *Bitte lass mich sterben.*

Ein leises Brummen polterte durch Dantes Brust und ich spürte, wie sie sich noch fester zusammenzogen.

Scheiße, Scheiße, Scheiße. „Es tut mir so leid. Dein Hemd ist ganz nass."

„Macht nichts. Ich habe ein Ersatzhemd in meinem Büro."

„Ich auch." Ich legte einen Arm über meine Brust. Die ganze Angelegenheit war ja so was von peinlich. „Ich meine in meinem Spind. Ich habe meine Uniform."

Er zog die Augenbrauen zusammen. „Du arbeitest heute Nacht?"

Warum klang er so wütend? „Ja, ich ..."

„Aber du bist heute früher hergekommen, um Inventur zu machen. Und letzte Nacht hast du auch gearbeitet."

Ich schluckte. „Ich verspreche, dass ich nicht zu viele Überstunden machen werde. Ich mag meine Arbeit eben." Übersetzung: Ich brauchte das Geld.

„Du siehst müde aus", sagte er.

Na prima. Müde, rote Flecken auf dem T-Shirt und Nippel in Angriffshaltung. Ich war das tobende Chaos, er der düstere Adonis.

Er sah tatsächlich aus wie der Gott der Finsternis, der tun konnte, was er wollte. Mit wem er wollte.

Verdammt. Der Schlafmangel machte mir langsam wirklich zu schaffen.

„Ich ziehe mich besser um. Tut mir echt leid." Damit schob ich mich schnell an ihm vorbei.

Aber ich spürte seinen Blick, der sich zwischen meine Schulterblätter bohrte, bis ich im Umkleideraum verschwand.

6

DANTE

Die Party war in vollem Gange.

Der Papierkram lähmte mich. Es war die schlimmste Arbeit, die ich als Geschäftsinhaber zu erledigen hatte. Ich überprüfte die Rechnungen, unterzeichnete einen Vertrag und sah mir einen Kostenvoranschlag für die Renovierung des Smokehouse an, der zwangloseren Bar, die ich gleich neben dem Ember betrieb.

Ich erledigte den verdammten Papierkram, weil diese Unternehmen mir gehörten. Ich hatte die Ideen entwickelt, die harte Arbeit geleistet, sie zu erschaffen, und sie dann zum Erfolg geführt.

Ich, von dem niemand je geglaubt hatte, dass er es jemals schaffen würde. Ich hatte nur schlechte Erinnerungen an meinen Vater, wie er mich mit dem Handrücken schlug und mich als nutzlos bezeichnete, bevor er zu seinem Gürtel griff.

Wer war hier das nutzlose Stück Scheiße?

Meine Mutter hatte nie etwas getan, um ihn aufzuhalten. Sie hatte nur mit müden Augen zugesehen, von ihrem Mann unterdrückt, aber immer in Eile, ihre Pillen zu finden.

Mama braucht ihre Tabletten, Dante. Nur eine oder zwei, damit ich mich besser fühle.

Dann, eines Tages, war sie fort gewesen. Hatte mich dort mit diesem Monster zurückgelassen.

Ich bemerkte, dass ich die Zettel zwischen meinen Fingern zerknüllte. Ich entspannte mich, legte die Blätter flach auf den Schreibtisch und strich darüber, um sie zu glätten. Tja, ich hatte es geschafft. Am Ende war ich in einer langen Reihe von Pflegefamilien gelandet, aber auch die hatte ich überstanden. Hauptsächlich dank meiner Sturheit.

Und meiner Brüder.

Ich warf einen Blick aus dem Spiegelfenster meines Büros. Der Club war gerammelt voll. Eigentlich sollte ich die Schreibtischarbeit zu Ende bringen, aber ich stand auf, von der Aussicht angezogen.

Mein Blick fand sie augenblicklich. Leise murmelte ich einen Fluch. Mila bewegte sich anmutig durch die Menge, ein Tablett mit Getränken in der Hand. Sie hielt es immer noch vorsichtig, nicht mit der Leichtigkeit einer erfahrenen Kellnerin. Sie lächelte Gäste an einem Tisch an und begann, die Gläser zu verteilen. Mein Blick wanderte über sie. Das Neckholder-Top zeigte schlanke Schultern und straffe Arme.

In meinem Kopf tauchte die Erinnerung an ihr nasses T-Shirt auf, das an ihren vollen Brüsten und ihren harten Brustwarzen klebte. Mein Schwanz regte sich.

„Fuck."

Ich wandte mich ab und ging zurück zu meinem Schreibtisch. Irgendwie musste ich das wachsende Interesse an meiner Angestellten eindämmen. Vielleicht musste ich eine Frau flachlegen.

Ich schnappte mir die Fernbedienung und schaltete den Fernseher ein, der neben meinem Schreibtisch stand.

„Es ist ein lang gehegter Wunsch von mir, meinem Staat zu dienen. Die Interessen der wunderbaren Menschen von Louisiana zu wahren."

Ein wichtig wirkender Geschäftsmann kandidierte für das Amt als Gouverneur. Ich hasste Politiker. Ich hatte noch nie einen kennengelernt, der auch nur ansatzweise Integrität besaß. Dieser Wichser mit den weiß gebleichten Zähnen, dem grau melierten Haar und dem zwielichtigen Blick, der Gouverneur werden wollte, war keine Ausnahme. Chuck Edwards III., was war das denn für ein beschissener Name?

Bei der Kindheit, die ich hinter mir hatte, war ich verdammt gut darin, egoistische Arschlöcher auf den ersten Blick zu erkennen. Chuck war ein Paradebeispiel. Er war privilegiert aufgewachsen und erwartete, dass er bekam, was er wollte.

Meine Bürotür flog auf und mein Blick verfinsterte sich. Reath, gekleidet in die schwarze Lederjacke, die er auch im Sommer fast immer trug, stapfte herein. Seine Verletzung von neulich Nacht schien ihm nichts anzuhaben. Einer meiner anderen Brüder, Beauden, schlenderte hinter ihm herein.

Beauden nickte mir zu.

„Ihr könntet anklopfen", sagte ich.

„Wozu?" Reath machte es sich auf meiner Couch bequem. „Du erledigst doch hier drinnen nur Büroarbeit."

Beau lehnte sich gegen die Wand. Er war ein Schläger, das war er schon immer gewesen. Er sah aus wie der ehemalige Söldner, der er einmal gewesen war. Er hatte die großen, wuchtigen Muskeln eines Boxers und eine Sammlung von Tätowierungen an den Armen, aber er konnte schnell sein. Sein Gesicht als rau zu beschreiben, wurde ihm nicht wirklich gerecht. Seine Nase war ein paarmal gebrochen worden – einmal von mir, als wir als Teenager in einer neuen Pflegefamilie aneinandergeraten waren und die Rangordnung hatten klären müssen. Im Gegenzug hatte Beau mir zwei Rippen gebrochen.

Ich lächelte über die alten Erinnerungen. Wir alle hatten uns als wilde, wütende Teenager kennengelernt. Es war das Beste, was mir je passiert war.

„Wie läufts in der Kraftkammer?", fragte ich.

„Gut." Beau nickte. „Immer viel los."

So war Beau. Ein Mann der wenigen Worte. Sein dunkles Haar war lang und hatte eindeutig schon seit Ewigkeiten keine Schere mehr gesehen. Beau ging zu meiner kleinen Kommode und schenkte sich einen Schluck Bourbon ein.

Ich lehnte mich in meinem Stuhl zurück. „Nicht, dass ich mich nicht auch freue, euch zu sehen, aber was ist los?"

„Salazar arbeitet sich in unser Gebiet vor", brummte Reath düster.

Ich erstarrte für einen Atemzug. Carlos Salazar war der örtliche Boss eines der mexikanischen Kartelle. Das

Moreno-Kartell lieferte einen großen Teil der Drogen, die in New Orleans kursierten – verdammt, im ganzen Süden. Normalerweise beschränkten sie sich auf ihre eigenen Geschäfte, aber ich wusste, dass Salazar ehrgeizig war. Colton hasste sie. Seine leibliche Schwester war an einer Überdosis Fentanyl gestorben, das ihr von einem von Salazars Dealern verkauft worden war.

Meine Brüder und ich verteidigten unsere Ecke von New Orleans vehement. Wir hatten Absprachen mit allen wichtigen Akteuren in der Stadt. Und wir schreckten nicht davor zurück, zu verteidigen, was uns gehörte.

„Sind sie in unser Territorium eingedrungen?", fragte ich.

„Noch nicht, aber es ist nur eine Frage der Zeit. Hier ein paar Drogendeals, dort ein paar ihrer Mädchen, die auf den Strich gehen." Reaths Blick verfinsterte sich. „Vielleicht wird es Zeit, ihm eine Botschaft zu senden."

Verdammt. Ich nickte. „Weihen wir auch Kav und Colt ein. Dann machen wir einen Plan."

„Morgen nach dem Abendessen?", schlug Reath vor.

Wir versuchten immer, montags als Familie zusammen zu essen.

Reaths Mundwinkel hoben sich. „Dann sollten wir früh essen. Bevor du zur Arbeit gehst und alte Männer wie Beau ins Bett."

Beau nippte an seinem Drink. „Fick dich."

„Tut mir leid, aber ich bevorzuge Blondinen und Brüste", konterte Reath.

Beau schlenderte zum Fenster hinüber und sah auf den Club hinunter.

Wir mussten Salazar unter Kontrolle kriegen, bevor die Situation eskalierte. Ich wollte nicht, dass meine Mitarbeiter oder die Gäste in Gefahr geraten.

„Scheiße, Dante, da bahnt sich eine Schlägerei an", sagte Beau. „Eigentlich sogar zwei."

„Was?" Ich sprang auf, obwohl ich darauf vertraute, dass meine Sicherheitsleute unten das regeln würden.

„Deine Türsteher sind mit der einen beschäftigt und deshalb haben sie die zweite noch gar nicht bemerkt. Deine Kellnerin versucht, die Situation zu entschärfen, aber diese Typen sind auf Blut aus."

Wenn jemand einen Kampf lesen konnte, dann Beau. Ich sprintete in einer Millisekunde quer durchs Büro. Unten sah das unsanfte Gedränge auf der Tanzfläche. Mehrere meiner Sicherheitsleute waren dabei, ein paar Männer und eine Frau unter Kontrolle zu bringen. Aber Beau hatte recht, weiter hinten bei den Stehtischen stießen sich zwei Männer einander an. Dabei erwischten sie eine Frau in einem engen Kleid, die gegen den Tisch stürzte und Gläser auf den Boden warf.

Verdammt.

Dann stellte sich Mila zwischen die beiden Männer, hob die Hände und versuchte, beruhigend auf sie einzureden.

Mir wurde heiß. *Verflucht.* War sie verrückt? Ich musste sofort zu ihr.

Ich war noch keinen Schritt weit gekommen, als einer der beiden Kerle zum Schlag ausholte. Mit einer erstaunlich geschickten Bewegung blockte Mila den

Haken ab. Leider stürmte sein Gegner vor, die Faust erhoben, während der erste Kerl Mila schubste.

Sie stolperte direkt auf die Faust des zweiten Mannes zu.

Der Schlag erwischte sie am Kopf. Sie fiel, als ich hinsprintete.

Der hat gesessen.

Der Schmerz schoss durch meine Wange. Ich umklammerte sie und knallte auf meinen Hintern. Mit voller Wucht.

Die beiden Kerle gingen aufeinander los und packten sich gegenseitig vorn an den Hemden. Ein Kräftemessen begann, bei dem sie eine weitere Frau umstießen, die aufschrie und in die Gruppe ihrer Freundinnen krachte.

Wo zum Teufel waren die Sicherheitsleute? Normalerweise waren sie schnell. Diese Idioten würden noch jemanden ernsthaft verletzen. Ich stützte mich vom Boden ab und wich zur Seite aus. Ein scharfes Stechen ließ mich die Zähne zusammenbeißen.

Verdammt, eine Glasscherbe hatte mich erwischt.

Ich stieß mich hoch. Jetzt war ich sauer. Aber nicht nur auf diese beiden Macho-Arschlöcher. Es war die angestaute Wut, die in mir brodelte, seit mein Leben den Bach runtergegangen war.

„Hört auf!" Ich packte den Arm eines der Männer,

wobei ich darauf achtete, meine Knie leicht zu beugen und meinen Körper locker zu halten, wie Shay es mir beigebracht hatte. „Ihr verletzt noch jemanden. Beruhigt euch."

Der eine knurrte und der andere wirbelte herum. Mein Puls schoss in die Höhe. Der Typ war total aufgedreht und seine Augen funkelten. Ich war mir nicht einmal sicher, ob er mich wahrnahm.

Er hob eine Faust.

Plötzlich presste sich ein harter Körper gegen meinen Rücken. Ein starker Arm griff an mir vorbei und packte das Handgelenk des Mannes.

„Wenn du sie noch einmal schlägst, bist du tot."

Dantes tiefe Stimme jagte mir einen Schauer über den Rücken. Seine Worte ließen mich schlucken.

Bei den Männern bewirkten sie, dass ihr Blutrausch von einer Sekunde auf die andere verflog. Sie sahen sich um und einer von ihnen zuckte zusammen.

„Die Dinge sind aus dem Ruder gelauf ..."

„Du hast sie *geschlagen*", knurrte Dante. „Und sie gehört zu mir."

Zwei weitere Männer drängten sich unter Einsatz ihrer Schultern zu uns durch. Ich wusste, dass sie Dantes Brüder waren. Ich hatte sie schon öfters hier gesehen. Einer war ein gut aussehender schwarzer Mann mit stechendem Blick. Reath Fury. Vor vier Monaten hätte ich noch gesagt, dass er einfach nur ein verdammt heißer Typ war. Mittlerweile wusste ich es besser. Er verbarg den bösen Anteil seiner Seele gut, aber er war da.

Reath packte einen der Männer. Dantes anderer Bruder, Beauden, war ein großer, knallharter Typ und

Besitzer des Hard Burn. Er sah aus, als wollte er jemandem in einem dunklen, unterirdischen Cage Fight den Arsch aufreißen. Er packte den anderen Mann im Nacken und hob ihn von den Füßen. Endlich sah ich auch mehrere der Sicherheitsleute, die sich durch die Menge drängten und auf uns zusteuerten.

„Das hier ist *mein* Laden", sagte Dante zu den beiden Gästen. „Entschuldigt euch."

Einer fuhr sich mit der Hand über den Mund. „Tut mir leid, Mann. Hör zu ..."

„Nicht bei mir", spie Dante aus. „Bei ihr."

Ich spürte Dantes Hand an meiner Hüfte. Mein Gehirn setzte aus. Ich spürte diese Berührung an Stellen, an denen sie nichts verloren hatte.

Der Gast begegnete meinem Blick. Als er mein Gesicht sah, zuckte er zusammen. „Scheiße, es tut mir wirklich leid."

Die Sicherheitsleute erreichten uns und forderten die Gäste um uns herum auf, zur Seite zu treten.

„Ihr werdet für den Schaden aufkommen", sagte Dante. „Und dann werden wir mit der Polizei über eine Anzeige wegen Körperverletzung sprechen."

Die beiden Männer wurden kreidebleich.

Mein Magen zog sich schmerzhaft zusammen. Ich wollte nicht, dass er die Cops einschaltete. Mein gefälschter Ausweis war zwar gut, aber ich durfte keine Aufmerksamkeit auf mich ziehen. Dass die Polizei in meiner Vergangenheit schnüffelte, konnte ich absolut nicht gebrauchen.

Ich fuhr mit einer Hand an Dantes Arm hinunter

und ergriff sein Handgelenk. Es war kräftig und stark. „Ich will keine Anzeige erstatten."

Seine Brüder tauschten einen Blick aus. Ich drehte mich und merkte erst jetzt, wie nah Dante hinter mir stand. Ich wurde gegen seinen großen, muskulösen Körper gepresst.

Sein Duft umhüllte mich und ich atmete tief ein, saugte ihn in meine Lungen.

„Mila."

Ich spürte die Vibration seiner Worte in seinem Brustkorb und begegnete seinem Blick. „Keine Polizei." Meine Worte waren kaum mehr als ein Flüstern.

Sein dunkler Blick bohrte sich erst in meine Augen, bevor er über die Seite meines Gesichts glitt und sich noch weiterverdunkelte.

„Bitte", flüsterte ich.

„Macht Kopien von ihren Ausweisen", sagte er zu den Sicherheitsleuten. „Sie werden für den Schaden aufkommen. Und sie haben ein lebenslanges Hausverbot im Ember."

Die Männer versteiften sich.

Ich packte Dante vorn am Hemd. Es war eine harte Strafe. Er hatte schon öfter Leute wegen schlechten Benehmens ein Hausverbot erteilt, aber noch nie lebenslang wegen einer Schlägerei. Das bekamen nur Leute, die mit Drogen dealten oder dabei erwischt wurden, wie sie Frauen belästigten.

„Dante."

Ein Muskel zuckte in seinem Kiefer. „Gut, deine Entscheidung."

„Sechs Monate?", schlug ich vor.

„Zwölf Monate." Er nickte den Sicherheitsleuten und seinen Brüdern zu. „Mila braucht ein Kühlpad."

Er nahm meine Hand und zog mich durch den Club. Die Leute starrten uns an. Ich sah Staci, die ihre Augen weit aufgerissen hatte.

Wir kamen an Venus vorbei, die hinter der Bar stand.

„Ich muss mich um Milas Verletzung kümmern", sagte Dante. „Sie ist fertig für heute. Jemand muss für sie einspringen."

„Geht klar, Boss."

Ich erwartete, dass er mich nach hinten in den Umkleideraum für Mitarbeiter führen würde. Ich wusste, dass Venus dort einen Erste-Hilfe-Kasten aufbewahrte. Stattdessen führte er mich die Treppe hinauf. Mein Magen zog sich zusammen. Es war die Treppe zu seinem Büro.

Er zog mich hinein und zu meiner Nervosität mischte sich plötzlich Neugierde. Ich war noch nie in seinem Büro gewesen. Es passte zu Dante – dunkel, sexy, stilvoll, aber mit einem Hauch von Härte. An der Wand hinter seinem Schreibtisch hingen drei wunderschöne Gemälde mit schwarz-goldenen Wirbeln, die aussahen, als wären sie mit Tinte gemalt worden.

Er führte mich zu einer schwarzen Ledercouch an der gegenüberliegenden Wand. Mein Blick wanderte von dem glänzenden, schwarzen Schreibtisch zu dem großen Fenster.

Von hier aus hatte er den Club aus der Vogelperspektive im Blick. *Wahnsinn.* Offensichtlich war das Glas verspiegelt, denn von der anderen Seite war es mir noch nie aufgefallen.

„Wie schlimm sind die Schmerzen?"

Seine Frage lenkte meinen Blick wieder auf ihn. Er hockte vor einem kleinen Kühlschrank, der unauffällig in einen der Wandschränke eingebaut war. Seine schwarze Hose legte sich eng an seinen sexy Hintern und ein prickelndes Gefühl regte sich zwischen meinen Schenkeln.

„Mila?" Er erhob sich und drehte sich in meine Richtung.

Ich riss meinen Blick von seinem Körper los. Gott, ich hatte tatsächlich meinem Boss auf den Arsch gegafft.

„Nicht so schlimm", sagte ich. „Könnte schl–" Ich unterbrach mich.

Er kam näher, sein Gesicht war angespannt. In einer Hand hielt er ein Kühlpad. „Könnte schlimmer sein?"

„Ich bin nicht missbraucht worden oder so was." Ich straffte meine Schultern. Die Männer, die hinter mir her waren, hätten mich einmal fast erwischt. Ich hatte ein paar Schläge einstecken müssen, die noch Tage später höllisch wehgetan hatten. „Es war nur ein einziges Mal und das war echt beschissen."

Dante setzte sich neben mich und die Couch sank ein wenig ein. Er drückte das eiskalte Kühlpad sanft auf mein Gesicht. „Einen Schlag einzustecken, tut immer weh."

Ich konnte den Blick nicht von ihm abwenden. Verdammt, er war so heiß, so hypnotisierend attraktiv. Ich fragte mich, wie viele Schläge er in seinem Leben schon eingesteckt hatte. „Hat dich auch mal jemand geschlagen?"

Einer seiner Mundwinkel hob sich. „Meine Brüder

haben mich schon einige Male geschlagen, aber ich habe mich gewehrt." Sein Lächeln verschwand. „Aber als ich jünger war und mich noch nicht wehren konnte, musste ich einige Schläge einstecken."

Gott. „Tut mir leid."

„Liegt jetzt in der Vergangenheit."

Als Kind geschlagen zu werden, würde nie ganz in der Vergangenheit liegen. So etwas hinterließ Narben.

Er bewegte sich und die dunkle Haarsträhne, die ich so anziehend fand, fiel ihm in die Stirn. Ich war bisher immer mit Männern ausgegangen, die ihre Haare fein säuberlich getrimmt trugen. Männer in Anzügen, die ihre Haare penibel stylten und über ihre Aktienportfolios sprachen. Ich war mir ziemlich sicher, dass Dante nie etwas in sein dichtes, schwarzes Haar schmierte. Und obwohl ich glaubte, dass er ein saftiges Aktienportfolio besaß, wäre das kein Thema, das er bei einem Date ansprechen würde.

Es fiel mir nicht leicht, festzustellen, dass ich mich viel mehr zu einem Mann hingezogen fühlte, der sexy und gefährlich war.

„Brauchst du ein Schmerzmittel?"

Ich schüttelte den Kopf. „Mir gehts gut. Ich schwöre es." Ich räusperte mich und versuchte, mich nicht in seinem würzigen Sandelholzduft zu verlieren. Meine Mutter hatte früher immer Sandelholzkerzen angezündet und ich hatte sie geliebt. „Ich kann wieder an die Arbeit gehen." Von meiner Schicht waren noch zwei Stunden übrig.

„Nein. Du bist fertig für heute. Es reicht, dass du eine Schlägerei beendet hast." Er hielt inne. „Du hast dich da draußen gut geschlagen, obwohl du direkt zum Sicherheitsteam hättest gehen sollen."

„Diese Typen haben ein paar Frauen umgestoßen. Ich hatte Angst, dass sie noch jemanden ernsthaft verletzen könnten."

„Haben sie. Dich." Der Ausdruck in seinem Gesicht verwandelte sich und plötzlich sah er verärgert und gefährlich aus. „Ist das Blut auf deinem Top?"

Als ich nach unten blickte, sah ich einen roten Fleck auf dem Stoff. *So ein Mist.* Ich hoffte, dass er sich herauswaschen ließ. „Ach, das ist nichts. Ich bin mit der Hand auf einer Glasscherbe gelandet."

„Zeig mir deine Hand."

„Die hat nichts ..."

„Mila."

Sein Tonfall ermahnte mich, ihm nicht zu widersprechen. Ich atmete aus und streckte ihm meine Handfläche hin. Seine warmen Finger strichen über meine Hand und in meinem Unterleib setzte ein Ziehen ein.

Grundgütiger. Ich musste dagegen ankämpfen, meine Schenkel zusammenzupressen.

Ohne ein Wort stand er auf und holte einen Erste-Hilfe-Kasten aus der Kommode. Dann hielt er inne, nahm eine edle Kristallkaraffe in die Hand und schenkte etwas vom Inhalt in ein Glas.

„Hier." Er hielt mir das Glas hin.

Ich schnupperte daran. „Bourbon?"

„Ein guter. Er wird dir schmecken und gegen die schlimmsten Schmerzen helfen." Dann holte er eine Pinzette heraus, beugte sich über meine Handfläche und zog einen winzigen Glassplitter aus dem Schnitt.

Ich zuckte zusammen und nahm einen Schluck. Der Bourbon war weich und rauchig auf meinem Gaumen.

Geschickt säuberte er die Wunde und klebte ein Pflaster darauf.

„Venus hat mir gesagt, dass du die Inventarliste auf Vordermann gebracht hast."

Ich spannte mich an und zuckte mit einer Schulter. „Das war gar nichts."

„Ich habe sie mir angesehen. Sie ist gut." Sein Blick traf meinen. „Und Clarissa hat heute Mittag noch Panik wegen der Wohltätigkeitsveranstaltung geschoben und jetzt freut sie sich wieder darauf wie ein Kind auf Weihnachten. Sie hat mir erzählt, dass du sie auf die Idee gebracht hast, das Event hier zu veranstalten und ein paar Dinge abzuändern."

Mein Mund war trocken. Warum mussten die Leute immer gleich alles weitererzählen?

„Du bist klug, Mila. Das habe ich gleich bei unserem ersten Gespräch gemerkt. Du hast dich auch sehr schnell im Club eingearbeitet."

Ich versteifte mich. Offenbar hatte er ein paar meiner Lügen durchschaut. Mein Herzschlag schoss in die Höhe. „Ich mag den Job." Ich brauchte den Job.

„Du bist keine Barkeeperin." Seine Finger strichen über mein Handgelenk. Konnte er spüren, wie schnell mein Puls pochte?

„Jetzt bin ich eine." Ich kippte den Rest des Bourbons hinunter. Jetzt brannte er. Dann stellte ich das Glas auf dem Couchtisch ab. „Ich gehe dann mal hinunter und bringe meine Schicht zu Ende."

„Ich kann dir helfen, Mila."

Ich begegnete seinen dunklen Augen. Gott, ein Teil von mir wollte sich so sehr auf ihn stützen, ihm vertrauen.

Meine Kehle schnürte sich zu. Menschen zu vertrauen, hatte sich für mich nicht bewährt. „Ich brauche keine Hilfe."

„Doch, das tust du." Er streichelte weiter meine Haut.

Ich legte das Kühlpad neben meinem leeren Glas ab. „Danke für den Drink und den Eisbeutel. Ich gehe jetzt wieder an die Arbeit." Ich hielt seinem Blick stand und forderte ihn schweigend auf, mir zu widersprechen, während ich aufstand.

Er blieb sitzen und beobachtete mich. „Ich beschütze die, die zu mir gehören, Mila."

Mein Herz machte einen seltsamen Stotterer. „Ich gehöre nicht zu dir."

Er erhob sich, geschmeidig und kraftvoll. „Doch, tust du."

MEINE HAND BRANNTE und mein Gesicht pochte.

Dante hatte recht gehabt. Ich hätte nach Hause gehen sollen. Ich bediente den nächsten Gast und schob ihm ein Glas Wein und einen Cocktail über den Tresen zu.

Noch eine Stunde. Die Menge begann sich bereits zu lichten. Und danach hatte ich eine Verabredung mit Aspirin und einer Packung gefrorener Erbsen.

Ich wischte mir die Hände an den Oberschenkeln ab

und sah zum nächsten Gast in der Schlange auf. „Was darfs sein?"

Der Mann im grauen Anzug lächelte mich an. „Zwei Scotch, bitte. Vom guten."

„Kommt sofort." Mein Blick wanderte zum Freund des Mannes. Beide sahen aus wie Geschäftsmänner, die in ihren Zwanzigern waren. Aber als ich mir den schlanken Mann im schwarzen Anzug genauer ansah, hatte ich das Gefühl, als würde jemand mir den Teppich unter den Füßen wegreißen.

Cory Rivers.

Er hatte für meinen ehemaligen Boss gearbeitet. War seine rechte Hand gewesen.

Ich drehte mich hastig um und mein Herz schlug so schnell, dass ich Angst hatte, es könnte mir aus der Brust springen.

Er hatte auf sein Handy gestarrt, anstatt mich zu beachten.

Cory war ehrgeizig gewesen und oft arrogant. Es hatte ihm Spaß gemacht, für einen der reichsten Männer in Baton Rouge zu arbeiten. Anderen Mitarbeitern wie mir hatte er nicht viel Aufmerksamkeit geschenkt.

Wusste Cory, dass sein Boss ein Krimineller war, der mit ein paar bösen Jungs unter einer Decke steckte?

Während ich versuchte, mich zu beruhigen, griff ich mit zittriger Hand nach dem Macallan. *Mach einfach die Drinks, sieh ihnen nicht in die Augen.* Das Ember war der letzte Ort, an dem Cory mich vermuten würde, und dank meinen miserabel gefärbten Haare und Klamotten, die nichts mit meiner einst stilvollen Garderobe gemeinsam hatten, sah ich überhaupt nicht mehr aus wie damals.

Ich schenkte zwei Tumbler ein und stellte sie auf den Tresen.

„Danke." Corys Freund reichte mir seine Kreditkarte.

Ich erledigte die Transaktion schnell, ohne aufzuschauen.

Als die beiden sich umdrehten und gingen, holte ich tief Luft. Es war dunkel im Club, bis auf die Lichter auf der Tanzfläche. Cory hätte mich niemals erkannt.

Ich rieb mir den schmerzenden Wangenknochen und riskierte einen Blick.

Im selben Moment sah Cory in meine Richtung. Ich erstarrte innerlich und zwang mich, mich langsam von ihm abzuwenden.

Er hatte nicht mich angesehen. Er hatte nur zufällig in Richtung Bar geschaut.

Wie ein Roboter auf Autopilot bediente ich einen weiteren Gast. Dann sah ich mich so unauffällig wie möglich in der Menge um, konnte Cory aber nirgendwo mehr sehen.

Du reagierst über, Mila.

Gott, ich hoffte es.

Ich machte gerade den nächsten Drink fertig, als sich Venus neben mich stellte, die Arme vor der Brust verschränkt.

„Gehts dir gut?"

Ich nickte.

„Zeit für dich, Feierabend zu machen."

„Aber ich habe ..."

Sie berührte meinen Arm. „Mädchen, geh nach Hause. Du hast es dir verdient. Wir alle haben bald zwei Tage frei, um uns zu erholen. Sieh zu, dass du deine Wange gut kühlst."

Das Ember hatte montags und dienstags geschlossen. An diesen Tagen verbrachte ich die meisten Stunden an meinem Laptop und ging zum Selbstverteidigungskurs.

„Danke, Venus." Ich eilte in Richtung Umkleideraum und sah mich dabei nach Cory um. Ich brauchte zwei Anläufe, um den Code richtig einzutippen. Beobachtete er mich?

Hier im Korridor hörte ich den wummernden Bass nur gedämpft und meine Panik ließ ein wenig nach. In einem kleinen Schrank in der Umkleide fand ich ein paar Aspirin und schnappte mir eine Flasche Wasser aus dem Kühlschrank, der für das Personal bereitstand. Nach ein paar Schlucken lehnte ich meine Stirn an meinen Spind. Das Metall war kühl auf meiner geröteten, pochenden Haut.

Machte ich aus einer Mücke einen Elefanten?

Sollte ich meine Sachen packen und abhauen? Ich stöhnte auf. Die Wahrheit war, dass ich das Geld dazu nicht hatte. Mir eine Rostlaube und einen guten gefälschten Ausweises zu kaufen, hatte mich bis auf den letzten Penny ausgebrannt. Es würde noch eine Weile dauern, bis ich wieder genügend Geld zur Seite schaffen könnte.

Ich holte tief Luft und versuchte, mich zu beruhigen. Ich würde meinen Job machen und vorsichtig sein. Ich sah nicht mehr aus wie Amelia Clifton.

Ich stieß mich vom Spind ab und zog mein Oberteil zurecht. Zeit, nach Hause zu gehen.

8

DANTE

Mit vor der Brust verschränkten Armen stand ich am Fenster und beobachtete Mila unten im Club. Sie trug eine ausgeblichene, abgetragene Jacke – von der klar war, dass sie aus einem Secondhandladen stammte – und ihren Rucksack über einer Schulter. Gerade umrundete sie die Tanzfläche und steuerte auf den Mitarbeiterausgang zu.

Zu sehen, wie dieses Arschloch sie schlug, die Schwellung an ihrer Wange, das Blut auf ihrem Top ...

Meine Hände ballten sich zu Fäusten.

Ich hatte sie an mich ziehen wollen, sie meine Stärke, meine Entschlossenheit spüren lassen. Ich hatte ihr zeigen wollen, dass ich sie beschützen konnte.

Meine verdammten Brüder hatten recht gehabt. Ich hatte mir eingeredet, dass ich nicht an Mila interessiert war, aber ich hatte mich selbst belogen.

Ich wollte sie.

Die Ringe unter ihren Augen sahen heute noch dunkler aus. Würde sie diese Nacht schlafen können?

Ich zog mein Handy heraus und tippte eine Nummer an. Es klingelte nur einmal.

„Ja, Boss?"

„Reggie, bring Mila zu ihrem Auto", trug ich meinem erfahrensten Türsteher auf.

„Bin dran."

Sie in meinem Büro zu haben, so nah bei mir …

Verflucht. Was hatte sie nur an sich? Sie war attraktiv, sicher. Und sie wäre noch schöner, wenn ihre Haare nicht so grässlich schwarz gefärbt wären. Ich hatte schon viel zu viel Zeit damit verbracht, darüber nachzudenken, was ihre Naturhaarfarbe war.

Ihre grauen Augen waren wie Gewitterwolken, gefüllt mit einem Kummer, den sie nicht verbergen konnte.

Ich kannte diesen Kummer. Ich hatte ihn im Spiegel gesehen, als ich ein Junge gewesen war, wenn mein Vater mich geschlagen hatte, wenn meine Mutter mich nicht beschützt hatte, als sie mich schließlich verlassen hatte. Als ich ganz allein und davon überzeugt gewesen war, dass alle Menschen mich irgendwann im Stich lassen würden und man niemanden an sich heranlassen konnte oder durfte.

Aber ich war nicht mehr das verzweifelte Kind von damals. Ich hatte meine Brüder gefunden und mir das Leben erschaffen, das ich leben wollte. Darauf war ich verdammt stolz.

Ein Teil von mir wollte Mila Clarke helfen, einen Ausweg aus ihrem Kummer und ihrer Verzweiflung zu finden.

Und ein anderer Teil von mir wollte einfach nur sie.

Ich hatte einen flüchtigen Blick auf die herzliche Frau unter der harten Schale erhascht. Wie sie wohl wäre, wenn sie einfach sie selbst sein könnte?

Ich verschränkte meine Hände hinter dem Rücken. Als ich die Cops erwähnt hatte, war sie in meinen Armen erstarrt. Sie steckte in Schwierigkeiten, aber das hatte ich schon gewusst, als ich sie eingestellt hatte.

Ich könnte Reath in ihrer Vergangenheit schnüffeln lassen. Ich presste die Lippen zusammen. Das fände sie schrecklich. Lieber wäre es mir, wenn sie mir genug vertrauen würde, um es mir selbst zu erzählen.

Mein Handy vibrierte. Es war Reggie.

„Ja?"

„Dante, Milas Auto springt nicht an. Ich weiß nicht genau, was das Problem ist, vielleicht die Batterie. Sie sagt, sie ruft sich ein Taxi ..."

Ich hatte tausend Dinge im Club zu erledigen und es stand auch Arbeit für die Restaurants an, ganz zu schweigen davon, dass ich etwas Abstand zwischen uns bringen musste. „Sie soll warten. Ich fahre sie nach Hause."

„Verstanden, Boss."

Ich schnappte mir meine Schlüssel vom Schreibtisch und machte mich auf den Weg nach unten. Die Musik war laut und die Leute amüsierten sich. Ich sah Venus an. „Ich muss kurz weg. Hast du alles im Griff?"

Effizient, wie sie war, nickte sie. Sie war gut in ihrem Job und ich bezahlte sie gut. „Sicher. Alles in Ordnung?"

„Ja."

Dann steuerte ich auf den Hinterausgang zu. Zwei Frauen in kurzen Kleidern und sehr hohen Absätzen stellten sich mir in den Weg. Die eine warf ihr Haar zurück, die andere lächelte und posierte auf eine Weise, von der ich annahm, dass sie mir ihre gute Seite zeigen wollte.

Ich ignorierte die beiden. Es war jede Nacht im Club dasselbe und ich war nicht interessiert.

Als ich mich dem Ausgang näherte, sah ich, dass Reggie im Club war und etwas in sein Funkgerät sagte. Ich runzelte die Stirn. „Reggie, bist du nicht bei Mila geblieben?"

„Tut mir leid, Boss. Ich muss ein paar Gäste hinausbegleiten, die es übertrieben haben. Sie ist bei ihrem Auto und nicht gerade glücklich darüber, dass du sie nach Hause fährst."

Hatte ich mir schon gedacht. Um Hilfe zu bitten, war nicht gerade Milas Stärke. Ich beeilte mich, zur Tür zu gelangen. Sie hatte in der Mitte ein Sichtfenster aus verstärktem Glas, damit man nach draußen sehen konnte, bevor man die Tür öffnete. Ich sorgte auch dafür, dass der Mitarbeiterparkplatz gut beleuchtet war.

Als ich nach draußen trat, wehte mir eine warme Brise entgegen. Es war mitten in der Nacht, aber immer noch warm. Ich entdeckte Milas schrottreifen Toyota, aber Mila selbst sah ich nicht.

Wo zum Teufel war sie? Ich runzelte die Stirn. Wenn sie ein Taxi gerufen hätte, wäre ich stinksauer.

Ich nahm eine Bewegung an der Rückseite des Clubs wahr, in den Schatten, wo die Lichtkegel der Scheinwerfer sich nicht überschnitten.

„Lass mich in Ruhe!"

Milas erhobene Stimme ließ mich meine Muskeln anspannen.

„Tu mir weh und du wirst es bereuen." In ihrem grimmigen Tonfall schwang ein kaum merkliches Beben mit.

Ich joggte los und versuchte, keine Geräusche zu machen. Als ich näher kam, sah ich, dass ein großer, dunkler Schatten sie gegen die Backsteinmauer presste.

Meine Wut tobte in mir wie ein Orkan. *Verfickter Dreckswichser.*

„Mein Freund wird stinksauer sein", sagte Mila.

Der Mann stieß sie noch fester gegen die Wand und ihr Kopf knallte gegen die Ziegel. Ich biss die Zähne zusammen und schlich mich näher, die Hände zu Fäusten geballt.

„Mein Freund ist Dante Fury." Sie griff nach dem fleischigen Handgelenk des Mannes und wand sich unter ihm. „Er wird dich finden und ausweiden."

Der Mann zögerte.

Das war alles, was ich brauchte. Ich stürmte los und packte den Mann hinten am Hemd, um ihn von Mila wegzuzerren und auf den Boden zu schleudern.

Er fluchte und als er zu mir aufsah, erstarrte er.

„Du fasst nicht an, was mir gehört", knurrte ich.

Der Kerl rappelte sich auf. Er war groß, breit gebaut, mit einem nichtssagenden Gesicht und dicken Augenbrauen. Ich holte aus und verpasste ihm einen Schlag in den Bauch. Er stöhnte und beugte sich vornüber.

„Nicht so einfach, wenn der Gegner plötzlich nicht mehr halb so groß ist wie du, was?", legte ich nach.

Der Mann taumelte zurück und warf Mila einen Blick zu, bevor er sich umdrehte und das Weite suchte.

Ich biss die Zähne zusammen, um nicht laut zu fluchen. Ich wollte die Verfolgung aufnehmen, aber ich konnte Mila nicht ungeschützt hier zurücklassen.

Als ich mich zu ihr umdrehte, lehnte sie an der Wand und atmete tief ein. Sie hob eine Hand, um ihr Haar zurückzustreichen, und ich sah, dass sie zitterte.

„Mila, geht es dir gut?"

Sie nickte. „Ich habe ihn nicht einmal kommen sehen. Er hat mich einfach gepackt und hier nach hinten gezerrt." So viel Wut und Sorge lagen in ihrem Gesicht. „Ich bin einfach erstarrt, verdammt. All die Übungs-stunden im Selbstverteidigungskurs und ich bin verdammt noch mal erstarrt."

Sie ging in einen Selbstverteidigungskurs? Das gefiel mir überhaupt nicht. Dass es etwas gab, wovor sie meinte, sich verteidigen zu müssen.

Ich sah, wie sie auf ihre Unterlippe biss und sich die Emotionen in ihren aufgewühlten, grauen Augen über-schlugen.

„Er hat dir nicht wehgetan?"

Sie schüttelte den Kopf, dann hob sie eine Hand. „Ich brauche einen Moment."

Ich konnte sehen, wie sie versuchte, alles zu verar-beiten und sich zusammenzureißen.

Scheiß drauf. Ich machte die paar Schritte auf sie zu und zog sie in meine Arme. Sie erstarrte für eine Sekunde, bevor sie ihre Arme um mich schlang und sich festhielt.

Sie passte so perfekt an meinen Körper.

„Jetzt bist du in Sicherheit", murmelte ich.

„Ich werde *nicht* zusammenbrechen." Ihre Stimme war zittrig.

„Brich zusammen, wenn du willst."

„Ich ... kann nicht."

Ich zog sie enger an mich. „Du kannst. Ich fange dich auf."

Sie zitterte an meinem Körper und ihre Hände vergruben sich hinter meinem Rücken in meinem Hemd. Aber sie weinte nicht und sie brach auch nicht zusammen.

Schließlich trat sie einen Schritt zurück und hob ihr Kinn. „Danke, Dante."

„Ich tue nur, was ich als dein Freund tun sollte."

Das Licht reichte aus, um zu sehen, wie ihre Wangen sich röteten.

„Ich ... das habe ich einfach so gesagt. Mir wurde klar, dass er zu stark für mich war. Als die Typen, die sich im Club geprügelt haben, dich sahen, hatten sie solche Angst. Ich dachte, der Mann könnte vielleicht auch wissen, wer du bist."

Ich streichelte ihre Wange. „Das war ein guter Plan." Ich sah sie fragend an. „Hast du ihn gekannt? Hat dich deine Vergangenheit doch noch eingeholt?"

Milas Blick fiel zu Boden. „Ich kenne ihn nicht. Er hat kein Wort zu mir gesagt." Sie begegnete meinem Blick und schluckte. „Er war bestimmt nur irgendein besoffenes Arschloch."

Mein Instinkt sagte mir, dass sie mir nicht die ganze Wahrheit sagte. Sie kannte den Kerl vielleicht nicht, aber es steckte mehr dahinter.

Sie war nicht in Sicherheit.

Ich strich ihr eine Strähne ihrer schrecklichen schwarzen Haare hinters Ohr. „Mal sehen, was ich herausfinden kann."

Panik loderte in ihren Augen auf.

„Rede mit mir, Mila."

„Es ist sicherer, wenn ich es nicht tue."

Sie wollte zurückweichen, aber ich ließ es nicht zu. Eine Idee schoss mir durch den Kopf. Eine, auf die sie mich gebracht hatte. Eine, die es mir ermöglichte, für ihre Sicherheit zu sorgen, bis sie mir genug vertraute, um mich ihr helfen zu lassen.

„Es war wirklich eine gute Idee, ihm zu sagen, dass du mit mir zusammen bist. Er wird demjenigen, für den er arbeitet, davon erzählen."

Ihre Augen weiteten sich. „Ich hoffe nicht, dass er für jemanden arbeitet. Und wie ich schon sagte, das habe ich einfach nur so dahingesagt."

Ich nickte. „Ich schlage vor, wir lassen die Leute wissen, dass wir zusammen sind. Ich weiß, dass du vor etwas wegläufst, Mila. Ich werde nicht zulassen, dass es dich einholt."

Ihr Mund klappte auf. Dann schloss sie ihn wieder. „Ich bin mir nicht sicher, ob ich verstehe, was du meinst."

Ich legte meine Hände um ihre Schultern. Die abgetragene Jacke war einfach schrecklich. Ich würde ihr etwas Besseres zum Anziehen besorgen. „Wir tun so, als ob wir zusammen wären. Ich werde dafür sorgen, dass sich herumspricht, dass du zu mir gehörst. Keiner würde es wagen, die Frau eines der Fury-Brüder anzurühren."

„Was?", quiekte sie.

„Du wirst meine Freundin sein."

Mila blinzelte ein paarmal. „Du hast keine Freundinnen. Du gehst nicht auf Dates."

Ich zog eine Augenbraue hoch.

Sie gab einen Laut von sich. „Du bist heiß und reich, Dante. Die Leute reden über dich. Du gehst nicht auf Dates und schon gar nicht mit Angestellten."

Ich lächelte. „Das liegt wohl daran, dass ich noch nicht die richtige Frau gefunden habe. Das ist die Geschichte, die wir verkaufen müssen. Wir haben uns ineinander verliebt und es war Liebe auf den ersten Blick."

Sie schüttelte den Kopf. „Das ist doch verrückt."

Ich drückte ihren Arm. „Alles wird gut werden."

„Das glaubst du doch wohl selber nicht", murmelte sie.

„Jetzt bringe ich dich erst einmal nach Hause."

Sie stieß einen Atemzug aus. „Dante ..."

Ich lehnte mich dicht an sie heran und sie presste die Lippen zusammen. „Du wurdest in meinem Club verletzt." Ich berührte sanft ihre geschwollene Wange. „Jemand hat dich vor meinem Club angegriffen und du bist völlig durch den Wind."

„Das ist nicht der Grund, warum ich durch den Wind bin. Es ist deine durchgeknallte Idee ..."

„Ich bringe dich nach Hause." Ich nahm ihren Ellbogen und führte sie über den Parkplatz. Sie ging neben mir her. „Und ab sofort sind wir ein Paar." Ich warf ihr einen flüchtigen Blick zu. „Auch wenn wir nur so tun."

„Ich bin zu müde, um jetzt mit dir darüber zu diskutieren. Aber das werde ich noch."

Das würden wir schon sehen. Ich führte sie zu einem nahe gelegenen Lagerhaus auf der anderen Seite des Geländes.

Sie runzelte die Stirn. „Was ist das?"

„Meine Wohnung." Ich drückte auf die Fernbedienung an meinem Schlüsselbund. Das Garagentor aus Wellblech fuhr hoch. Mein Lagerhaus war drei Stockwerke hoch und ich hatte es zu einem Zuhause umgebaut. Meine Brüder hatten alle dasselbe mit den umliegenden Gebäuden gemacht.

Das Lagerhaus nebenan gehörte Colton und war mit einem weiteren Haus verbunden, das das Zentrum bildete. Dort aßen wir montags zusammen. Bewohnt wurde es von unserer Haushälterin Lola. Das Lagerhaus dahinter war das von Reath. Beauden hatte eine Wohnung über seinem Fitnessstudio die Straße hinunter. Und der Büroturm an der Straßenecke gehörte meinem letzten Bruder, Kavner. Er leitete von dort aus sein Geschäftsimperium und wohnte im Penthouse.

„Dir gehört also ein Stück von New Orleans?"

Ich lächelte. „Der ganze Block. Zusammen mit meinen Brüdern. Wir arbeiten hart, um zu bekommen, was wir wollen."

Wir gingen in die Garage und unsere Schuhe hallten auf dem polierten Betonboden wider. Die Lichter gingen an und beleuchteten meine drei Autos.

Mila keuchte.

Ordentlich in einer Reihe geparkt waren mein roter Ferrari 812 Superfast, meine renovierte, schwarze

Corvette Stingray Baujahr 1969 und meine neueste Errungenschaft, mein neuer grauer Aston Martin DB12.

Ich führte sie zum Aston.

„Schick", sagte sie.

„Er ist neu." Ich öffnete die Beifahrertür. „Steig ein."

Sie glitt hinein und nahm alles in sich auf.

Sobald ich auf der Fahrerseite saß, ließ ich den Motor an, gab Gas und fuhr aus der Garage.

„Wie geht es deiner Wange?"

„Gut. Es wäre nicht nötig gewesen, mich zu fahren."

„Ich tue es aber trotzdem. Du solltest dich daran gewöhnen, manchmal um Hilfe zu bitten."

„Du kommst mir aber auch nicht wie jemand vor, der oft um Hilfe bittet." Sie verschränkte die Hände in ihrem Schoß. „Ich kann auf mich aufpassen."

„Mhm. Wo wohnst du?"

Sie nannte mir ihre Adresse. Das gefiel mir nicht. Die Straße war nicht allzu weit weg, in Tremé, aber nicht im guten Teil. Nachts wäre es dort nicht sicher.

Schließlich hielt ich vor einem älteren Haus, das in vier Wohnungen umgewandelt worden war.

Mila drehte sich in ihrem Sitz zu mir. „Steig nicht aus. Du solltest dein schickes Auto hier besser nicht unbeaufsichtigt lassen."

„Nein." Ich stieg sofort aus und ging um das Auto herum, um ihre Tür zu öffnen. Ich wusste, dass niemand mein Auto anfassen würde. Jeder wusste, wem es gehörte.

Mila warf mir einen verärgerten Blick zu und ich musste mich zusammenreißen, um nicht zu schmunzeln.

Ich folgte ihr den aufgeplatzten Bürgersteig entlang und sah mich um.

Ich hoffte, dass der Typ, der sie auf dem Parkplatz in die Enge getrieben hatte, nur zufällig dort gewesen war. Aber ich hatte nicht vor, ein Risiko einzugehen. Die Idee, so zu tun, als ob wir zusammen wären, ergab immer mehr Sinn.

Meine Stimmung wurde nicht besser, als sich herausstellte, dass sie eine Wohnung im Erdgeschoss hatte. Sie schloss die Tür auf und schaltete das Licht an.

Die Wohnung war klein. Das Beste, was ich darüber sagen konnte, war, dass sie originale Hartholzböden hatte, aber der Rest der Wohnung war alt und heruntergekommen.

Es gab eine winzige Küche und einen Wohnbereich. Ein Tisch mit nur zwei Stühlen. Flügeltüren führten in ein Schlafzimmer.

Sie wirbelte herum und sah mich an. „Danke fürs Mitnehmen."

Ich starrte auf ihre Wohnungstür und schaute finster drein. „Du brauchst ein besseres Schloss."

Sie schnaubte halb amüsiert auf. „Länger als drei Minuten heißes Wasser steht weiter oben auf meiner Liste."

Eine völlig übertriebene Wut stieg in mir auf. Ich hasste die Vorstellung, dass sie hier lebte. Meine Hände ballten sich an meinen Seiten zu Fäusten. Meine Wohnung war viel sicherer und das heiße Wasser ging dort niemals aus.

Ich schüttelte den Kopf, streckte die Hand aus und berührte ihre Wange. „Wie fühlt es sich jetzt an?"

Sie wurde ganz still. „Es zieht ein bisschen, aber es tut nicht weh."

Ich streichelte mit einem Finger über ihre Haut und sie nahm einen tiefen Atemzug. Ich legte den Kopf schief und spürte die Spannung, die sich zwischen uns aufbaute. Erst jetzt wurde mir klar, dass sie mein Parfüm einatmete.

Fuck. Mein Schwanz wurde hart.

Ich sollte mich zurückziehen.

Ich sollte gehen.

Stattdessen strich ich mit meinen Fingern weiter sanft über ihre Wangenknochen. Ich sah, wie ihre Wimpern nervös zuckten.

„Mila ..."

Sie drückte ihre Hände auf mein Hemd und ich spürte ihre Wärme.

„Du riechst einfach so gut." Sie klang, als wäre sie wütend darüber.

Ich schob mich näher an sie heran, so nah, dass sie mit dem Rücken gegen die Wand stieß.

Sie hob ihren Blick und ich sah ein Feuer in ihren grauen Augen. Ich wusste, dass ich gehen sollte, aber ich war noch nie gut darin gewesen, mich an die Spielregeln zu halten.

„Wenn wir die Leute davon überzeugen wollen, dass wir ein Paar sind, müssen wir uns damit wohlfühlen, uns gegenseitig zu berühren."

Sie gab einen Laut von sich, wich aber nicht zurück. „Wir sind nicht zusammen."

Als ich meinen Kopf senkte, sah ich, wie ihr für einen

Moment der Atem stockte. „Wir tun so, als ob wir es wären."

„Nein, tun wir nicht." Ihre Stimme war nicht besonders überzeugend. Dann krallten sich ihre Finger in mein Hemd und sie zog mich an sich.

Unsere Lippen prallten aufeinander. Ich übernahm die Führung, zwang sie, ihren Mund für meine Zunge zu öffnen, erforschte sie. Sie schmeckte gut, fühlte sich gut an. Sie gab einen hungrigen Laut von sich und presste sich an mich.

Fuck. Innerlich explodierte mein Verlangen nach ihr, meine Lust auf sie.

Ich neigte den Kopf und vertiefte unseren Kuss. Ihr Geschmack ging mir durch und durch. Sie erwiderte den Kuss und ihre Zunge begann mit meiner zu spielen. *Verdammt.* Die Sache wurde immer wilder und zerrte an meiner Selbstbeherrschung.

Draußen rief jemand etwas, bevor Gelächter erklang, und der Moment war ruiniert.

Mila versteifte sich, wich zur Seite aus und zog sich von mir zurück. Sie fuhr sich mit der Hand durch die Haare, ohne meinen Blick zu erwidern. „Du gehst jetzt besser. Danke fürs Mitnehmen."

Ich starrte sie einen Moment lang an. Eine meiner Stärken war es, den richtigen Moment abzuwarten. „Ich weiß, dass du Geheimnisse hast."

Sie hob trotzig ihr Kinn. „Und sie gehören mir allein."

Vorerst.

„Kühl deine Wange und schließ die Tür ab. Gute Nacht, Mila."

9

MILA

Nachdem ich die Tür verschlossen hatte, lehnte ich meine Stirn gegen das ramponierte Holz. Ich atmete tief aus. Als ich so dastand, hörte ich das Schnurren des Motors von Dantes Auto, als er wegfuhr.

Ich hatte gerade Dante Fury geküsst.

Eigentlich hatte er gerade mich geküsst – als gäbe es kein Morgen.

Was zum Teufel habe ich mir nur dabei gedacht? Tja, genau das war das Problem: Ich hatte nicht gedacht. Keine leichte Übung in Gegenwart eines Mannes, von dem ich mich so unbeschreiblich stark angezogen fühlte.

Du wirst meine Freundin sein.

Ab sofort sind wir zusammen.

Keiner würde es wagen, die Frau eines der Fury-Brüder anzurühren.

Wie sollte das gehen? Wie sollte ich vorgeben, Dantes Freundin zu sein? Ihn berühren, mich von ihm berühren lassen und mir selbst einreden, dass da nichts zwischen uns war?

Das schrie für mich nach einer Tragödie katastrophalen Ausmaßes. Ich kaute an einem meiner Fingernägel. Einen Moment lang war es so verdammt schön gewesen, in seiner Nähe, wie er mich nach Hause gebracht und sich um mich gekümmert hatte. Ich hatte schon lange niemanden mehr gehabt, der für mich da gewesen war.

Er roch gut, fühlte sich gut an und verströmte diese Macht und Autorität.

Ich stieß einen zittrigen Atemzug aus. Wenn er wüsste, wovor ich davonlief, wenn er eine Ahnung hätte, in welche Probleme ich seinen Club und die Leute, die dort arbeiteten, stürzen könnte, würde er mich sofort und hochkant hinauswerfen.

Aber war das nicht der Grund, warum ich mir ausgerechnet dort einen Job gesucht hatte? Weil ich wusste, dass die Fury-Brüder den Gangs, den Kriminellen und den Korrupten die Stirn boten?

Er bot mir eine Scheinbeziehung an, um mich zu beschützen.

Mein Magen zog sich zusammen. Der Typ, der mich vor dem Club gepackt hatte, hatte kein Wort gesagt. Hatte Cory mich erkannt und es jemandem erzählt? Ich runzelte die Stirn und rieb mir die Schläfen. War es nur ein Zufall gewesen? Hatte Dante überreagiert?

Ich richtete mich auf. Ich konnte es mir nicht leisten, von jemandem abhängig zu sein. Der einzige Mensch, auf den ich mich verlassen konnte, war ich selbst.

Jemandem zu vertrauen, bedeutete, dass ich am Ende tot wäre.

Wenn ich am Mittwoch wieder zur Arbeit ging,

würde ich mich bei Dante bedanken und sein Angebot ablehnen. Eine vorgetäuschte Beziehung würde es nicht geben.

Ich stieß mich von der Tür ab und schnappte mir einen meiner beiden klapprigen Esszimmerstühle, schleppte ihn in mein Schlafzimmer, überprüfte die Balkontür und klemmte den Stuhl unter die Türklinke.

Eine nur allzu vertraute Angst machte sich in mir breit. Ich hasste es, allein zu sein, und fragte mich, ob heute Nacht die Nacht wäre, in der die Arschlöcher, die mich jagten, mich schließlich aufspüren würden.

Ich ließ das Licht an und ging ins Bad. Nachdem ich mich ausgezogen hatte, betrachtete ich meine Wange im Spiegel, der an den Rändern rostete. Ich betastete die Schwellung und zuckte zusammen. Ich hatte Dante angelogen – es tat wirklich weh. Es war ein leichtes Pochen und die Kopfschmerzen wurden schlimmer. Morgen früh würde ich wahrscheinlich einen riesigen Bluterguss haben.

Ich drehte das Wasser in der Dusche auf und stellte mich schnell unter den Strahl. Das wenige heiße Wasser, das ich hatte, durfte ich nicht verschwenden. Ich duschte, bis es kalt wurde.

Dann zog ich mir Leggings und ein T-Shirt an. Ich schlief nicht mehr im Pyjama. Es war wichtig, jederzeit fluchtbereit zu sein.

Im Schlafzimmer nahm ich den Baseballschläger von der Wand, den ich in einem Secondhandladen gekauft hatte, und legte mich damit mittig auf die durchgelegene Matratze. Ich fühlte mich aufgedreht, nervös. Ich wusste, dass ich niemals schlafen könnte. Wahrscheinlich würde ich irgendwann meinen Laptop holen und ein paar Recherchen anstellen. Ich wollte Antworten genauso sehr wie ich überleben wollte. Normalerweise schlief ich gegen acht Uhr morgens ein und bekam ein paar Stunden Schlaf, wenn ich Glück hatte.

Meine Angreifer waren in die Wohnung eingebrochen, in der ich mich kurz nach meiner Flucht verkrochen hatte. Ich biss mir auf die Lippe. Es war nur eine Woche später gewesen, nachdem sie meine Eltern ermordet hatten.

Gott, wie ich Mom und Dad vermisste.

Ich zog die Knie an und presste mein Gesicht dagegen. Ich fühlte mich so allein.

Und alles nur, weil ich etwas gehört hatte, was ich nicht hätte hören sollen.

Ich umklammerte den Schläger noch fester.

Überleben. Das war jetzt meine einzige Aufgabe. Versteckt bleiben, weiteratmen, überleben.

10

DANTE

Das Erste, was ich hörte, als ich die Tür öffnete, war das Lachen eines Kindes, gefolgt von mehreren Stimmen, die tief lachten und glucksten. Ich ging in das Lagerhaus in der Mitte, in dem wir zusammen abhingen und aßen.

Wir hatten alle unsere eigenen Häuser, aber dieses fühlte sich immer am meisten wie unser Zuhause an. Ich roch Lasagne und lächelte. Lola machte die beste Lasagne, die ich je gegessen hatte.

Wir versuchten immer, am Montag gemeinsam zu Abend zu essen. Das war der einzige Tag der Woche, an dem es bei uns allen eher ruhig zuging. Das Ember hatte geschlossen, aber ich würde wahrscheinlich später im Smokehouse vorbeischauen.

Als ich mich auf den Weg in den hinteren Teil des Gebäudes machte, fragte ich mich, was Mila heute wohl machte. Tat ihre Wange noch weh?

Ich hatte Reath heute Morgen angerufen, um ihn zu bitten, herauszufinden, wer das Arschloch war, das sie vor dem Club angegriffen hatte. Hoffentlich hatte er etwas herausgefunden.

Als ich in den offenen Bereich schlenderte, der Küche, Esszimmer und Wohnbereich kombinierte, wurde ich von dem vielen Licht und dem Lärm überwältigt. Das gesamte Haus war renoviert worden und hatte jetzt eine riesige Kochinsel, einen langen Esstisch und gemütliche Sofas vor dem riesigen Fernseher. Lolas grüner Daumen zeigte sich in den vielen Zimmerpflanzen, die den Raum mit üppigem Grün verschönerten.

Der Fernseher war eingeschaltet und zeigte die Abendnachrichten. Lola wuselte in der Küche umher und Beau saß mit einem Bier in der Hand an der Kochinsel. Colton und Reath hatten sich am Tisch niedergelassen.

„Onkel Dante!" Ein zierliches Mädchen rannte in meine Richtung.

Ich nahm es in die Arme. „Da ist ja mein Lieblingsmädchen."

Daisy drückte mir einen Kuss auf die Wange. „Kratzig." Sie zog die Nase kraus. „Deine ist schlimmer als die von Daddy."

Colton schickte ein Lächeln in ihre Richtung. „Ich kann mir den Bart auch länger wachsen lassen, du Knirps."

„Nein!", rief Daisy entsetzt, kicherte aber im nächsten Moment laut los.

Sie war ein hübsches, kleines Mädchen mit glänzendem, braunem Haar. Colton war eigentlich ihr Onkel. Seine leibliche Schwester hatte Daisy zur Welt gebracht, aber Chrissy war drogenabhängig gewesen. Sie war irgendwann in der Versenkung verschwunden und Colton hatte sie jahrelang nicht gesehen. Offenbar hatte sie versucht, clean zu werden, und es tatsächlich geschafft, als sie ungewollt schwanger wurde. Aber nach Daisys Geburt war sie rückfällig geworden. Als das kleine Mädchen ein Jahr alt gewesen war, war Chrissy an einer Überdosis gestorben. Als Colton herausfand, dass seine Nichte ins Pflegesystem kommen würde, hatte er alles daran gesetzt, das Sorgerecht zu bekommen.

Er war der einzige Vater, den das kleine Mädchen je gekannt hatte. Außerdem hatte sie vier Onkel, die sie um ihren kleinen Finger gewickelt hatte. Und Lola, unsere sechzigjährige Haushälterin, die für sie schwärmte.

„Bist du schon wieder gewachsen, seit ich dich das letzte Mal gesehen habe?" Ich hob sie auf meine Hüfte. Mit siebeneinhalb Jahren – Daisy bestand auf das ‚einhalb' – war sie immer noch leicht zu tragen.

„Nein, Onkel Dante, wir haben uns doch erst vor zwei Tagen gesehen. Aber guck mal." Sie lächelte.

Ich bemerkte eine neue Zahnlücke. Ihr Lächeln war so unfassbar niedlich. „Hat die Zahnfee dich auch angemessen dafür bezahlt?"

Sie lehnte sich näher heran und flüsterte: „Onkel Dante, *Daddy* ist die Zahnfee."

„Wirklich?" Ich hob meine Augenbrauen. „Aber er hat doch gar keine Flügel und er trägt auch kein rosa Tutu."

Daisys Kichern war so voller Leben, so ansteckend. Sie schaffte es immer, meinen Tag aufzuhellen.

„Ich würde viel Geld dafür bezahlen, Colt im Tutu zu sehen", sagte Beau.

„Fick dich", sagte Colt.

„Daddy! Wir fluchen nicht, weißt du noch?"

Das war neu. Colton hatte es nie geschafft, das Fluchen in Daisys Gegenwart sein zu lassen. Ich war mir ziemlich sicher, dass ein paar ihrer ersten Worte Schimpfwörter gewesen waren.

„Ich kann fluchen, wann immer ich will", brummte Colt.

„Nein, Macy hat gesagt, sie wird eine Schimpfwort-kasse aufstellen. Sie sagt, dann werden wir in weniger als einem Monat Millionäre sein."

Colt machte ein finsteres Gesicht und nippte an seinem Bier. „Macy arbeitet für mich. Sie tut, was ich sage."

Macy Underwood war Colts neueste Empfangsdame und Assistentin. Er arbeitete als Kopfgeldjäger und mit seiner nicht gerade pflegeleichten Persönlichkeit schreckte er die Frauen, die für ihn arbeiteten, reihen-weise ab.

Macy allerdings war eine energiegeladene Opti-mistin und hielt jetzt schon sechs Monate lang durch. Und sie schien von Colts mürrischer Ader nicht beein-druckt zu sein.

Beau öffnete ein Bier und reichte es mir.

„Alle zu Tisch", befahl Lola und holte eine Auflauf-form mit Lasagne aus dem Ofen.

„Verdammt, riecht das gut", sagte Colt.

„Dad-*dy*."

Ich ging mit Daisy zu Colt und beugte sie nach vorn. „Hau ihn, Süße."

Daisy gab Colt einen sanften Klaps auf den Hinterkopf.

Mit einem gespielten Knurren zog er sie aus meinen Armen und drückte ihr einen Kuss in den Nacken. Dann kitzelte er sie und das Kichern nahm kein Ende.

Ich lächelte und setzte mich an den Tisch. „Wo ist Kav?"

„Auf dem Weg", sagte Reath. „Sein Meeting dauert länger."

Beau ließ sich auf einem Stuhl am Kopfende des Tisches nieder. „Seine Meetings dauern immer länger." Er schüttelte sich übertrieben. „Zum Glück habe ich keine Meetings."

„Die Nachteile davon, ein milliardenschwerer Geschäftsmann zu sein, der seine Finger in allen möglichen Projekten hat", sagte ich.

Lola stellte die Lasagne in der Mitte des Tisches ab. Daneben standen bereits eine Schüssel mit Salat und ein Teller mit Knoblauchbrot. Ich konnte ebenfalls einigermaßen gut kochen – zumindest würde ich nicht verhungern –, aber Lolas Essen war Weltklasse.

Ich hörte, wie sich irgendwo eine Tür schloss, dann vertraute Schritte, und eine Sekunde später kam Kavner herein. Wie immer trug er einen seiner Designeranzüge.

„Onkel Kav!" Daisy strahlte ihn an.

Kav stellte eine Flasche Wein auf dem Tisch ab und gab Daisy einen Kuss. „Liebling, ich habe dich so sehr vermisst."

„Was ist mit dem Rest von uns?", fragte Colt.

Kav zuckte mit seinen breiten Schultern. „Euch toleriere ich." Dann drückte er Lola einen Kuss auf die Wange. „Es riecht fabelhaft hier."

Sie klopfte auf seinen flachen Bauch. „Du musst mehr essen. Du arbeitest zu hart."

„Wir arbeiten alle hart, Lola", protestierte ich.

„Ich weiß. Deshalb müsst ihr jetzt alle essen." Sie setzte sich mir gegenüber und richtete einen Teller für Daisy an.

Kav schlüpfte aus seiner Anzugjacke und holte einen Flaschenöffner.

„Du und dein Wein", brummte Beau.

Kav deutete mit dem Flaschenöffner auf ihn. „Dein Bier kannst du behalten, du Bauarbeiter. Das hier ist eine Flasche Cabernet Sauvignon aus Napa. Harlan Estate. Jahrgang 1994. Hervorragend." Er schenkte ein Glas ein, nippte daran und schloss die Augen.

Bald darauf saßen wir alle am Tisch, aßen und witzelten miteinander und Daisy warf Fragen ein und kicherte ausgelassen.

Familie. Als ich aufgewachsen war, hatte ich so etwas nicht gehabt, aber wir fünf waren entschlossen gewesen, uns das Leben zu erschaffen, das wir uns wünschten.

„Daisy, Zeit für die Badewanne", sagte Lola und stand auf.

Ein rebellischer Ausdruck legte sich auf das Gesicht des kleinen Mädchens. Sie hasste es, etwas zu verpassen.

„Dai", sagte Colt, den Blick auf seine Tochter gerichtet. „Keine Widerrede."

„Aber es sind doch Sommerferien."

„Schlafen musst du trotzdem."

Sie verschränkte die Arme. „Wenn ich groß bin, werde ich *nie* schlafen."

Ich unterdrückte ein Lächeln. „Süße, glaub mir, wenn du jung bist, willst du die ganze Nacht aufbleiben. Wenn du erwachsen bist, zählst du die Stunden, bis du endlich ins Bett gehen kannst."

„Hört, hört." Beau hob sein Bier.

Colt umarmte Daisy. „Geh mit Lola. Nach deinem Bad lese ich dir ein Buch vor, wenn du im Bett bist. Du hast die Wahl."

Meine Nichte schniefte erst und seufzte dann herzzerreißend. „Okay, Daddy."

„Braves Mädchen."

„Also, Dante, wie geht es deinem Mädchen?", fragte Reath.

Ich nahm eine Gabel voll Lasagne in den Mund und ließ mir beim Kauen Zeit.

„Mädchen?" Kav hob die Augenbrauen. „Dante behält doch nie eine Frau. Wenn er sie in der Kiste hatte, wars das und sie existiert nicht mehr für ihn.

„Diese arbeitet für ihn", sagte Beau. „Hübsch, klug, auf der Flucht vor etwas. Und sie geht zum Selbstverteidigungskurs im Fitnessstudio."

Ich sah ihn an. „Sie trainiert im Hard Burn?"

„Sie ist nur in Shays Kurs für Frauen." Beau sah die anderen an. „Sie hat sich zwischen zwei Typen gestellt, die sich im Club prügeln wollten, und unser Bruder hier hat fast ein paar olympische Rekorde gebrochen, als er hinuntergestürmt ist, um sie zu retten."

„Sie wurde später auch noch auf dem Parkplatz

hinter dem Club von so einem Typen angegriffen", fügte ich hinzu.

Alle meine Brüder hielten inne. Keiner von ihnen tolerierte Männer, die es auf Frauen oder Kinder abgesehen hatten.

„Geht es ihr gut?", fragte Beau.

„Es geht ihr gut. Sie hat es gut verkraftet und gesagt, sie würde ihn nicht kennen." Ich legte meine Gabel nieder und sah Reath an. „Hast du etwas herausgefunden?"

Kav beugte sich vor und starrte mich ungläubig an. „Heilige Scheiße, du magst sie."

Ich ignorierte ihn und konzentrierte mich auf Reath.

Mein Bruder lehnte sich in seinem Stuhl zurück. „Ich konnte ihn nur flüchtig auf dem Video der Überwachungskamera sehen. Es hat nicht gereicht, um ihn zu identifizieren."

Ich machte ein langes Gesicht. Wir hatten doch gute Beleuchtung und ein teures Sicherheitssystem im Club.

„Das heißt, er hatte entweder Glück", sagte Reath, „oder er wusste ganz genau, wo die Kameras sind."

Das würde bedeuten, dass er speziell wegen Mila aufgetaucht war. „Nichts deutet darauf hin, dass er speziell hinter ihr her war." Aber es gefiel mir nicht. Ganz und gar nicht. „Ich möchte, dass ihr herumerzählt, dass Mila zu mir gehört."

Für einen langen Moment schwiegen alle.

„Zu dir?", fragte Kav schließlich.

„Dass wir zusammen sind. Und dass sie unter meinem Schutz steht."

Die vier tauschten Blicke aus.

„Damit niemand sie anfasst."

„Also ... tut ihr nur so?", fragte Reath.

„Ja."

Reath hob die Augenbrauen. „Und sie hat der Sache zugestimmt?"

„Mehr oder weniger."

Beau schmunzelte. „Du bist so was von im Arsch."

Ich funkelte ihn an. „Sie ist meine Angestellte und sie ist vor etwas auf der Flucht. Egal, ob dieses Arschloch gestern Nacht gezielt hinter ihr her war oder nicht, ich werde sie beschützen."

Colt nickte. „Ich werde es ein paar Leuten erzählen."

Die anderen nickten ebenfalls und ich spürte, wie sich etwas in mir entspannte. Jetzt musste ich nur noch Mila überzeugen. „Können wir jetzt über das reden, weswegen wir eigentlich hier sind?"

„Noch nicht." Kav packte mich am Arm. „Dante, du lässt sonst nie eine Frau zu nahe an dich heran. Sonst hältst du alle deine Gefühle immer unter Verschluss. Ich freue mich über diese Sache."

Ich atmete tief ein und aus. „Es ist nicht echt, Kav."

„Sicher." Jetzt grinste er.

„Ich werde ihr helfen, ob sie will oder nicht."

„Gut", sagte Reath. „Soll ich sie überprüfen?"

„Nein." Ich schüttelte den Kopf. „Ich möchte, dass sie mir vertraut und mir ihre Geschichte selbst erzählt."

Kav lächelte. „Wow, er ist wirklich in sie verknallt. Das wird ein Spaß."

„Wenn du dann damit fertig bist, mich zu verarschen ..." Ich hob eine Augenbraue. „Es ist Zeit, zu reden."

Ich spürte, wie meine Brüder ernst wurden und aufmerksam zuhörten.

„Salazar stößt in unser Gebiet vor", sagte Reath.

„Und testet unsere Grenzen", fügte ich hinzu.

Reath setzte sein Getränk ab. „Ich habe von einem Informanten gehört, dass Salazar und seine Männer versuchen könnten, Drogen in deinen Club zu schleusen, Dante."

Ich knurrte. „Das wird nicht passieren." Ich hatte zu hart daran gearbeitet, mir das Zeug vom Hals zu halten.

Beauden nickte. „Ich nehme an, wir müssen ihnen eine Nachricht schicken."

Ich nickte und nahm einen Schluck von meinem Bier. „Salazar ist ehrgeizig und versucht, sich bei den Leuten im Kartell, die in Mexiko das Sagen haben, einen Namen zu machen."

„Vorschläge?" Kav nippte an seinem Wein. Er hatte seine Ärmel hochgekrempelt und seine muskulösen Unterarme lagen frei. Er verbrachte zwar die meiste Zeit in seinem Konferenzraum, aber er nutzte Beaus Fitness-studio und wusste, wie er sich fit halten konnte.

Reath tippte mit einem Finger auf den Tisch. „Ich schlage vor, dass wir ihn von mehreren Seiten in die Mangel nehmen."

„Und sie dort treffen, wo es wehtut", fügte Kav hinzu. „Beim Geld."

„Wir könnten ihre Drogenlieferungen aufhalten", schlug ich vor.

„Oder wir verhindern, dass sie das Zeug verticken können." Kavs Gesichtszüge wurden härter. Er hatte denselben Blick in den Augen wie dann, wenn er bei einem Geschäftsabschluss zum entscheidenden Schlag ausholte. „Die Kolumbianer versuchen schon lange, die Mexikaner zu verdrängen. Ich werde ein paar Leute anrufen und dafür sorgen, dass Salazar und seine Männer mehr Aufmerksamkeit von den Hafenbehörden bekommen und die Kolumbianer weniger."

Der Großteil der Drogen kam über den Hafen in die Stadt. Kav besaß mehrere Frachtschifffahrtsunternehmen und hatte unzählige Kontakte. Wenn Salazars Lieferungen ins Visier genommen und aufgehalten wurden, bedeutete das, dass die Kolumbianer mehr von ihrem eigenen Stoff an die lokalen Dealer verkaufen konnten. Keine Drogen in die Stadt zu lassen, wäre mir lieber gewesen, und die Muskeln, die in Colts Kiefer zuckten, zeigten mir, dass er genauso dachte. Aber wir hatten alle vor langer Zeit gelernt, dass wir nicht die ganze Welt retten konnten – nur unseren kleinen Teil davon.

Kav lehnte sich in seinem Stuhl zurück. „Ich rufe ein paar Kontakte an."

Reath nickte. „Ich werde Broussard anrufen und ihm sagen, dass er ein wenig mehr Druck auf Salazar ausüben soll."

Detective Simon Broussard war ein befreundeter Beamter bei der Polizei von New Orleans. Ich lächelte. Salazar würde eine Hausdurchsuchung von den besten Cops von New Orleans bestimmt lieben.

„Alexei Malenkow kommt in mein Fitnessstudio", sagte Beau.

Reath spannte sich sichtlich an und ich hob eine Augenbraue. Malenkow war ein hochrangiger Vollstrecker der Russen. Sie gehörten nicht zur Mafia, aber ebenso wie wir schützten sie, was ihnen gehörte.

„Ich werde mich mal mit ihm unterhalten", sagte Beau. „Seine Leute und die von Salazar haben nichts füreinander übrig."

Unser Plan könnte tatsächlich aufgehen. Wir würden Salazar von mehreren Seiten unter Druck setzen und ihm das Geschäft ruinieren, was ihn beim Moreno-Kartell schlecht dastehen lassen würde. Er würde die Botschaft verstehen. Mit einem Nicken ließ ich meinen Blick über meine Brüder wandern. „Legt euch nicht mit den Fury-Brüdern an."

„Ja, verdammt." Colt stieß seine Flasche gegen meine.

Vor langer Zeit waren wir alle wütende, hilflose Teenager gewesen. Beau war der Älteste, dann ich, dann Kav und Colt, die nur ein paar Wochen auseinander waren. Schließlich Reath. Wir hatten alle schlimme Familiensituationen ertragen, waren dann in Pflegefamilien gelandet und hatten dort zu viel Scheiße erlebt. So war das Leben. Für die meisten Menschen war das Leben nicht schön, nicht wie im Märchen.

Die Tuckers hatten uns bei sich aufgenommen. Sie hatten sich auf den Umgang mit schwer erziehbaren Jungen ‚spezialisiert'. Aber das ältere Ehepaar war boshaft gewesen. Das Leben in ihrem Haus hatte uns fünf zusammengeschweißt. Nachdem wir Harvey Tucker eines Nachts gestoppt hatten, Reath weiter zu verprügeln, hatten wir uns geschworen, aufeinander aufzupassen. Wir waren alle blutverschmiert gewesen und hatten uns an den Händen gehalten.

Wir hatten beschlossen, Brüder zu sein, nicht weil wir blutsverwandt waren, sondern weil wir Blut vergossen hatten, um zu überleben.

„Wir brauchen denselben Nachnamen", sagte Reath, „damit wir wirklich Brüder sind."

Ich nickte. „Ja. Wenn wir alt genug sind, können wir ihn ändern lassen."

Reath wischte sich mit der Hand über seine blutende Nase. Tucker hatte ihn übel zugerichtet und sein Auge war zugeschwollen. „Bevor ich zum Militär gehe", ein Funkeln lag in seinen dunklen Augen, „und lerne, ein fieser Kämpfer zu werden. Der fieseste Kämpfer aller Zeiten."

Beauden packte Reath an der Schulter. „Das werde schon ich sein."

Mit seinen fast achtzehn Jahren war Beau bereits der Größte und Stärkste von uns allen. Seine Knöchel waren aufgeplatzt, weil er unseren Pflegevater kaltgemacht hatte. „Vielleicht komme ich mit dir, Reath. Ich glaube, in einer Uniform würde ich gut aussehen."

„Ich gehe aufs College", sagte Kav. „Ich will lernen, wie man Geld verdient. Und zwar jede Menge."

Wenn einer von uns das Zeug dazu hätte, dann Kavner. Er war klug und gerissen.

„Wir müssen uns einen Namen aussuchen", sagte Colt. „Einen, der etwas bedeutet."

Wir atmeten alle noch schwer, angeheizt von unserer Scheißwut auf Tucker. Ich hatte Reaths Schreie gehört, als Tucker ihn geschlagen hatte. Wieder. Er hatte uns alle schon verprügelt, aber aus irgendeinem Grund hatte er es ganz besonders auf Reath abgesehen. Unsere Wut hatte den Rest von uns ermutigt, die Tür zum Keller einzu-treten und Tucker ein für alle Mal zu erledigen.

Jetzt waren wir fünf auf der Flucht. Die Welt stand uns offen und wir würden nicht in die nächste Pflegefamilie weiterziehen. Beau würde bald achtzehn sein, ein Erwachsener. Ich war gerade siebzehn geworden. Alles, was wir hatten, waren wir fünf und unsere unbändige Wut auf die beschissenen Karten, die das Leben uns ausgeteilt hatte.

Ich hielt inne.

Das war es.

Das, was uns leitete, was uns antrieb, uns motivierte.

Ich sah auf. „Fury. Wir werden die Fury-Brüder sein."

„Wer hat Lust auf eine Partie Poker?", fragte Beau.

Seine Stimme holte mich aus den alten Erinnerungen in die Gegenwart zurück.

„Ich bin dabei", antwortete Reath.

Als ich meine Brüder ansah, empfand ich Liebe und Stolz. Wir hatten es geschafft. Wir hatten einander.

Natürlich musste ich im nächsten Moment an die traurigen, grauen Augen denken. Wen hatte Mila? Und wovor zum Teufel lief sie weg?

11

MILA

Nach meinen zwei freien Tagen fühlte ich mich ein wenig erholt. Tagsüber ein paar Nickerchen zu machen, hatte geholfen, aber kein Auto zu haben, war mühsam. Ich war mit der Straßenbahn zur Bibliothek gefahren und hatte einige Zeit damit verbracht, zu recherchieren, wer hinter den Morden an meinen Eltern stecken könnte. Ich hatte auch ein paar Tätowierstudios besucht, um herumzufragen, ob jemand das Schlangentattoo erkannte, das einer meiner Angreifer auf seinem Arm hatte. Falls es einer der Männer schon einmal gesehen hatte, wollte niemand etwas sagen.

Außerdem war ich zweimal zu Shays Kurs im Hard Burn gegangen. Der Muskelkater war der Beweis dafür. Ich hasste es, dass ich einfach erstarrt war, als dieses Arschloch mich ein paar Schritte vor meinem Auto überrascht hatte. Das würde mir nie wieder passieren.

Zuletzt hatte ich ein paar Werkstätten wegen meines Autos angerufen, aber sie waren alle zu teuer.

Ich stieg aus dem Bus und ging die Straße hinunter.

Mittwochabends war es im Ember normalerweise ruhiger – mehr Pärchen auf Dates, weniger Gruppen in Feierlaune.

Die Ereignisse von Sonntagnacht hatte ich hinter mir gelassen. Von diesen dämlichen Kampfhähnen eins auf die Zwölf zu bekommen, Cory zu sehen und von dem Typen auf dem Parkplatz angegriffen zu werden – nichts davon existierte mehr. Ich zog die Nase kraus. Nichts bis auf den blauen Fleck an der Seite meines Kopfes, den ich größtenteils mit Make-up abgedeckt hatte. Er war noch dunkler geworden und leuchtete jetzt in einem hässlichen Violett.

Und ich hatte definitiv diese brennende Anziehung zu Dante Fury und seine verrückte Idee, so zu tun, als wären wir zusammen, hinter mir gelassen.

Dieser Kuss ...

Selbst jetzt, Tage später, schnellte mein Puls in die Höhe. Ich hatte auf dem Bett gelegen und jede Sekunde des heißesten Kusses meines Lebens noch einmal durchlebt. Mit meinen Fingern zwischen meinen Beinen.

Als ich mich dem Haupteingang des Ember näherte, atmete ich ein paarmal tief ein und aus. *Konzentriere dich, Mila.*

„Hey, Reggie."

Der Türsteher hob eine große Hand. „Hi, Mila. Hast du deine freien Tage genossen?"

Ich zwang mich zu einem Lächeln. „Klar doch. Und du?"

„Natürlich. Ich war zum Angeln am See."

„Wirst du mir Märchengeschichten darüber erzählen, wie groß der Fisch war, der dir durchs Netz gegangen ist?"

Reggie stieß ein dröhnendes Lachen aus. „Das Ding war riesig, ich schwöre."

Ich grinste ihn an.

„Übrigens, dein Auto steht hinten. Alles repariert."

Ich blieb ruckartig stehen. „Repariert? Aber ich habe doch noch gar keine Werkstatt gefunden."

„Der Boss hat das für dich geregelt." Reggie kramte in seiner Tasche und hielt mir meine Schlüssel hin.

Als ich sie nahm, tat ich es mit gemischten Gefühlen. „Oh, okay. Danke."

Wie konnte er es wagen, sich noch mehr in mein Leben einzumischen, als er es ohnehin schon tat? Ich hatte im Moment nicht das Geld für die Reparatur, und jetzt hatte er sie für mich bezahlt. *Verdammt.*

Er hilft dir, Mila. Ich versuchte, die vielen Gefühle, die durch meinen Körper rasten, irgendwie zu bändigen. Ich war so sehr daran gewöhnt, für mich selbst zu sorgen und mich auf niemanden zu verlassen. Trotzdem hätte er vorher fragen können.

Ich ging direkt in den Umkleideraum und stopfte meine Tasche in meinen Spind. Schnell zog ich mein Neckholder-Top an.

Als ich mich auf den Weg zur Bar machte, winkte Venus mir zu. „Alles klar, Mila?"

„Alles gut."

„Du hast neulich Nacht einen ziemlich heftigen Schlag eingesteckt."

Ich schnaubte. „Ich bin hart im Nehmen." Anscheinend hatte Dante niemandem von dem Typen auf dem Parkplatz erzählt.

Venus' dunkler Blick war durchdringend. „Meine Zeitverschwendung von einem Ex-Ehemann hat mich auch immer geschlagen. Es spielt keine Rolle, wie hart du bist, es tut immer noch weh."

Ich schluckte. „Das tut mir leid."

„Es muss dir nicht leidtun. Ich habe seinen nichtsnutzigen Arsch vor die Tür gesetzt und nie wieder etwas von ihm gehört." Eine der Barkeeperinnen rief ihren Namen und sie wandte sich ab.

Als ich mich an die Arbeit machte, ging ich zuerst die Checkliste der nötigen Vorbereitungen durch. Von Dante war nichts zu sehen. An ruhigen Abenden war er nicht immer da. Mein Herz zog sich zusammen. Nein. Ganz sicher nicht. Ich war *nicht* enttäuscht.

Ich verließ meinen Platz hinter der Bar, um einen letzten Rundgang durch die Hauptetage zu machen, bevor wir aufsperrten.

„Hey, Boss", rief Venus.

Ich fuhr herum und das Herz schlug mir bis zum Hals.

Da war er. Wie immer war er ganz in Schwarz gekleidet und sah viel zu attraktiv aus. Er war so intensiv männlich, dass ich nicht wegsehen konnte. Ich liebte den Kontrast zwischen dem eleganten, maßgeschneiderten Hemd, das seine breiten Schultern und seine schlanke Taille betonte, und seinem schroffen Kiefer und dem dichten, dunklen Haar.

Er grüßte die anderen hinter der Bar, aber seine

Augen suchten den Club ab. Schließlich fand er mich und fixierte mich mit seinem Blick.

Oh, Gott. Ich spürte seine Augen auf mir. Ich spürte, wie Hitze sich explosionsartig in meinem Körper ausbreitete.

Er durchquerte den Club mit seinen ausladenden Schritten. „Mila." Er streichelte meine Wangen. „Konntest du dich ein wenig erholen?"

„Dante." Ich holte schnell Luft. „Wie ich schon sagte, wir werden das hier nicht tun."

Er strich mit seinen Daumen über meine Wangen und ich konnte mir ein Stöhnen nur mit viel Mühe verkneifen.

Ein verhaltenes Lächeln umspielte seine Mundwinkel. „Wir werden es tun. Ich habe bereits dafür gesorgt, dass alle herumerzählen, dass du zu mir gehörst und unter meinem Schutz stehst. Von nun an glaubt jeder, dass wir ein Paar sind."

Ich schnaubte. „Nein."

„Doch."

„Nein."

„Es steht nicht zur Diskussion."

Ich gab einen frustrierten Laut von mir. „Gott, bist du stur. Und ich habe gehört, dass du mein Auto repariert hast, ohne mich zu fragen."

Jetzt lächelte er. „Wenn das Fragen waren, dann sind die Antworten Ja und Ja."

Er schien beides nicht sonderlich zu bedauern. „Es waren Feststellungen."

Ein ernster Blick wanderte über sein Gesicht. „Der Mechaniker konnte es nicht beschwören, aber er sagte, es sähe so aus, als ob sich jemand an deinem Auto zu schaffen gemacht hätte."

Mein Herz setzte einen Schlag aus. „Zu schaffen?" Damit ich allein auf dem Parkplatz festgesessen hätte.

Seine Finger legten sich enger um mich. „Dann sind wir also offiziell zusammen."

Ich schüttelte den Kopf und kämpfte gegen das Gefühl seiner Finger auf meiner Haut an. „Ich bin nicht dein Typ."

Er lehnte sich näher heran und dieser verlockende Sandelholzduft schlug mir entgegen.

„Ich habe keinen Typ." Er berührte mein Haar. „Obwohl ich eine wachsende Vorliebe für kluge, taffe Frauen mit schlecht gefärbten Haaren zu entwickeln scheine."

Ich lachte trocken auf. „Ich hasse diese Farbe."

„Dann wechsle sie. Du musst vorsichtig sein, aber mehr auch nicht."

„Weil ich Dante Furys Frau bin?" *Verdammt.* Der Klang davon gefiel mir. Zu sehr.

Gewöhn dich nicht daran, Mila. Es ist nicht echt.

„Ja." Er senkte den Kopf und küsste sanft meine Lippen. *Oh.* Die zarte Berührung reichte aus, um ein Feuer zwischen meinen Schenkeln zu entfachen. Ich packte seine Oberarme und vergrub meine Finger in seinen Muskeln.

Dann vertiefte er den Kuss. Sein Geschmack drang in meine Sinne vor und ich gab einen bedürftigen Laut von mir. Er zog mich näher zu sich, aber ich drückte mich ohnehin schon an ihn.

Ich bekam weiche Knie und vergaß, wo wir waren und auch, dass das alles nur gespielt war. Für diese wenigen Sekunden gab es nur mich und Dante.

Als er den Kopf hob und nach links sah, folgte ich seinem Blick. Mein Magen zog sich zusammen. Mehrere Mitarbeiter starrten uns mit großen Augen an.

Das hatte er mit Absicht gemacht. Ich stöhnte auf und ließ meinen Kopf auf seine Brust sinken. Er drückte seine Hand auf meinen Rücken und rieb ihn sanft.

„Es wird alles wieder gut."

Ich lachte leise. „Klar. Niemand wird *dich* mit Fragen löchern, du bist schließlich der Boss."

Er nahm meine Hand. „Wir ziehen das durch. Du kannst mir vertrauen, Mila."

Ich spürte ein Zittern in meiner Brust. Was, wenn ich mich wirklich auf ihn verließ? Er hatte sehr starke Schultern und er hatte Ressourcen. Vielleicht könnte ich ihm vertrauen?

Er drückte meine Finger. „Und jetzt, komm mit."

„Ich halte die Idee immer noch für verrückt", flüsterte ich, als wir den Club durchquerten.

„Oh, mein Gott, ihr seid zusammen!" Stacis kreischende Stimme riss uns aus unserem Moment.

Als ich den Kopf hob, starrten uns alle Mitarbeiter des Ember an. Ich warf ihm einen bösen Blick zu, der ihn zum Lächeln brachte.

Dante legte einen Arm um mich. „Mila verletzt zu sehen, hat mir den nötigen Schubs gegeben."

„Ich werde dir auch gleich einen Schubs geben", murmelte ich leise vor mich hin.

Er lachte leise, dann küsste er mich wieder. Alles, was ich tun konnte, war, mich an ihn zu klammern. Der Mann war ein sehr guter Küsser. Als er sich zurückzog, fühlte ich mich ein wenig benommen. Dann blickte ich auf und merkte, wie Venus etwas schockiert zu uns herübersah.

Dante streichelte mit einem Daumen über meine Lippen, bevor er sich umdrehte. „Behaltet sie für mich im Auge." Er lehnte sich näher zu Venus und senkte seine Stimme. „Wenn irgendwelche Gäste sich übermäßig für Mila interessieren oder Fragen über sie stellen, will ich es wissen."

Venus' Blick verengte sich, aber sie nickte.

Er warf mir noch einen dunklen, intensiven Blick zu. „Komm später zu mir." Dann machte er sich auf den Weg in sein Büro.

Ich stieß einen zittrigen Atemzug aus. Mittlerweile war ich daran gewöhnt, dass mein Leben aus den Fugen geraten war, aber das hier fühlte sich an, als wäre ich von einem Orkan erfasst worden.

Alle drehten sich zu mir um und starrten mich an. Mir wurde flau im Magen. „Ich ... werde mal nachsehen, ob sie in der Küche etwas brauchen."

Zum Glück öffnete der Club kurz darauf und alle hatten gut zu tun. Ich spürte, dass die Leute mich beobachteten, und ich hasste es. Venus warf mir immer wieder einen Blick zu, als ob sie all meine Lügen durchschaut hätte. Als eine laute Gruppe von Frauen den Club betrat und direkt auf die Bar zusteuerte, schickte ich ein kleines Dankgebet zum Himmel. Eine trug einen weißen Schleier und eine rosa Schärpe. Junggesellinnen-abschied.

„Wir brauchen alle ein paar brennende Cocktails",
rief eine Brünette.

Ich legte los. Mehr Gäste kamen herein. Für einen
Mittwoch war richtig viel los und ich konzentrierte mich
einfach auf die Arbeit.

„Mila." Staci tauchte neben mir auf und stieß mit
ihrer Hüfte gegen meine. „Du hast mir da etwas
verschwiegen. Du und Dante." Sie grinste.

„Ähm, es ist ganz plötzlich passiert."

„Mädchen, schnapp dir den Mann, reite ihn hart und
lass nie wieder los." Dann eilte sie davon, um Getränke
zu servieren.

Während ich Cocktails mixte, sah ich mich gelegent-
lich im Club um, auf der Suche nach Cory oder dem
Kerl, der mich auf dem Parkplatz attackiert hatte.
Niemand kam mir bekannt vor oder schenkte mir
Aufmerksamkeit.

Langsam entspannte ich mich.

„Hey, Mila."

Mein Puls schnellte in die Höhe, bis ich sah, dass es
Reggie war, der auf der anderen Seite der Bar stand.

„Der Boss will dich in seinem Büro sehen."

Ich spürte, wie sich jeder Muskel in meinem Körper
anspannte. „Sag ihm, dass es mir gut geht. Ich bin sicher,
dass er sich nur erkundigen wollte."

Reggie grinste. „Er hat gemeint, dass du das sagen
würdest. Er hat auch gemeint, dass du jetzt Pause
machst. Er erwartet dich."

Mann. Dieser Typ war richtig gut im Herumkommandieren.

„Wie er will." Ich sagte Venus, dass ich meine Pause machen würde und marschierte nach hinten in den Mitarbeiterbereich.

12

DANTE

Während ich auf Mila wartete, stapfte ich in meinem Büro auf und ab, die Hände in den Hosentaschen.

Ich hatte mich gezwungen, mich an ihren freien Tagen von ihr fernzuhalten, und stattdessen ihre Rostlaube von einem Auto reparieren lassen. Sie unten im Club zu küssen und eine Show für das Personal zu veranstalten, hatte mir jeden letzten Funken meiner Selbstbeherrschung abverlangt.

Es klopfte an meiner Bürotür. „Komm herein."

Mila folgte meiner Aufforderung und das Licht funkelte auf ihrem goldenen Top. Sie trat ein paar Schritte auf mich zu, bevor sie tatsächlich einen Knicks machte. „Ich bin hier. Dein Wunsch ist mir Befehl."

Ihr loses Mundwerk ließ mich innerlich schmunzeln.

Sie verschränkte die Arme. „Hat dir schon mal jemand gesagt, dass du herrschsüchtig bist?"

Meine Mundwinkel hoben sich. „Vielleicht."

„Das ist kein Kompliment, Dante."

Ich ging auf sie zu und sah, wie sie sich anspannte. „Für mich ist es das. Ich habe mir vor langer Zeit geschworen, für mein Leben selbst verantwortlich zu sein und die Zügel nicht aus der Hand zu geben."

Sie seufzte. „Ich wünschte, es wäre so einfach."

Wieder einer dieser Hinweise auf ihre Geheimnisse, die mich so neugierig machten.

Sie hob stolz ihr Kinn. „Das Geld für die Reparatur meines Autos werde ich dir zurückzahlen."

„Nein, wirst du nicht."

In ihren grauen Augen begannen die Funken zu sprühen. „Dante ..."

„Setz dich. Ich mache dir einen Drink."

Im ersten Moment sah sie aus, als wolle sie widersprechen, aber dann schnaubte sie nur auf und bewegte sich zu meiner Couch. „Ich sollte nichts trinken. Meine Schicht endet erst in ein paar Stunden."

„Nur einen kleinen. Keine Sorge, ich sage es nicht dem Boss."

Sie ließ sich auf das Leder fallen. „Du hast hier oben das gute Zeug. Okay ... warum nicht?"

Ich schenkte uns beiden einen Bourbon ein, reichte ihr ein Glas und sah zu, wie sie einen Schluck nahm, die Augen schloss und den Geschmack genoss.

Ich setzte mich und hielt mein Glas hoch. Sie stieß ihres dagegen. Unsere Finger berührten sich.

Ihr Blick wanderte zu mir.

Verdammt! Ich war schon wieder scharf auf sie. Ich hatte schon oft Zeit mit schönen Frauen verbracht und war mit ihnen ins Bett gegangen. Aber das hier fühlte sich anders an.

Es war, als würde man ein lauschiges Kaminfeuer mit einem tobenden Waldbrand vergleichen.

„Was hast du an deinen freien Tagen gemacht?", wollte ich wissen.

Sie nahm einen kleinen Schluck. „Nichts Aufregendes. Geputzt, eingekauft. Du hast bestimmt etwas Glamouröses gemacht."

Amüsiert grunzend nippte auch ich an meinem Glas. „Schön wärs. Ich habe gearbeitet."

Sie runzelte die Stirn. „Aber das Ember hatte doch geschlossen."

„Aber das Smokehouse und meine anderen Restaurants nicht. Das Luminosity und das Wildfire."

„Ich weiß, wie deine Restaurants heißen, Dante. Jeder in New Orleans, ach was, jeder in ganz Louisiana weiß es." Ihre Finger zogen sich enger um ihr Glas zusammen. „Du bist also ein Workaholic."

„Manche Menschen würden das so sehen." Ich wartete einen Moment, bevor ich weitersprach. „Du steckst in Schwierigkeiten, Mila, und ich werde dir helfen."

Sie starrte auf ihr Getränk hinunter und lehnte sich dann zurück. „Ich glaube, du hast einen Heldenkomplex."

„Was?"

„Du musst alle retten. Ich habe da ein paar Geschichten gehört."

„Ach ja?" Ich mochte es nicht, wenn die Leute hinter meinem Rücken über mich redeten.

„Ich weiß, dass du deinen Mitarbeitern hilfst. Eddie, zum Beispiel. Angeblich hast du seinem Sohn aus der Klemme geholfen."

Ich ballte meine Hand zur Faust. „Ich mag es nicht, wenn Menschen andere für ihre Zwecke benutzen. In meinem kleinen Reich sind alle sicher und jeder hält sich an die Regeln."

„Vielleicht doch kein Heldenkomplex, eher ein Kontrollzwang."

„Ich bin mit sehr wenig Kontrolle aufgewachsen. Deshalb ist es mir wichtig, jeden Aspekt meines Lebens so zu gestalten, wie ich ihn haben möchte."

Sie starrte wieder auf ihr Glas. „Du warst in einer Pflegefamilie."

„Ja. Mein Vater hat mich misshandelt und ich bin im Pflegesystem gelandet."

„Ist er derjenige, der dich geschlagen hat?"

Es war kein Thema, über das ich sprach. Ich nickte.

Sie streckte ihre Hand aus und nahm meine. „Kein Kind hat das verdient. Was ist mit deiner Mutter?"

Ich zuckte mit den Schultern. „Sie unternahm nichts dagegen. Ich glaube, ein Teil von ihr war froh, dass er es auf mich abgesehen hatte und sie in Ruhe ließ."

Mila keuchte entsetzt auf. „Eine Mutter beschützt ihr Kind."

„Das sagen nur Leute, die eine gute Mutter hatten. Ich habe überlebt, und wie ich schon sagte, ich sorge dafür, dass mein Leben genau so ist, wie ich es mag." Ich lehnte mich näher heran und legte meine Finger um ihre. „Das schließt meine Mitarbeiter und den Mist, mit dem sie sich in ihrem Leben herumschlagen müssen, mit ein."

Ihre traurigen, grauen Augen zogen mich in ihren Bann.

„Man kann nicht alles kontrollieren", sagte sie leise.

Ich stellte mein Glas ab und legte eine Hand auf ihr Knie. „Mila, sag mir, wer hinter dir her ist. Lass mich dir helfen."

„Du hilfst mir doch schon. Indem du so tust, als wären wir zusammen, und indem du mir einen Job gibst." Sie ließ die Schultern hängen. „Ich arbeite gern hier. Und ich brauche den Job."

Ich stieß einen Atemzug aus. Sie war so unglaublich misstrauisch. Und ich hatte mehr Verständnis dafür, als sie ahnte.

Sie legte ihre Hand auf meine. Ihre Finger waren lang und schlank, ihre Nägel kurz. Ich streichelte die Haut an ihrem Handgelenk und sie atmete scharf ein.

Die Spannung, die in der Luft lag, war fast greifbar.

„Verdammt", murmelte sie leise.

In der nächsten Sekunde stellte sie ihr Glas ab und stürzte sich auf mich. Ich fing sie auf und alles in mir spannte sich an, so sehr wollte ich sie.

Unsere Lippen berührten sich. Sie küsste mich, aber ich übernahm sofort die Führung. Sie schmeckte so köstlich, so süß, nach Beeren und Bourbon. Ich ließ eine Hand in ihr Haar gleiten und meine Zunge in ihren Mund. Sie stöhnte.

Mit jedem Herzschlag pochte mein Verlangen durch meinen Körper. Nichts an dieser Sache war gespielt.

„Das ist alles deine Schuld", wisperte sie an meinen Lippen. „Wenn du mich nicht in meiner Wohnung geküsst hättest, hätte ich nicht gewusst, wie sich das anfühlt."

„Du hast mich geküsst."

Sie biss mir auf die Lippe. „Habe ich nicht", stöhnte sie. „Das hier ist nicht echt. Alles nur gespielt."

Ich knurrte. Einen Scheiß war es das.

„Es ist so lange her", flüsterte sie atemlos zwischen zwei wilden Küssen.

„Was?" Ich fuhr mit meiner Hand zu ihrem Hintern, packte ihn, kniff ihn. Ich hatte von diesem Hintern geträumt.

„Das mich jemand berührt hat", gestand sie.

Diese Worte trafen mich schwer. Ich hob sie hoch, legte sie auf den Rücken und fixierte sie unter mir auf der Couch. „Ich habe dich beobachtet." Meine Worte waren ein wildes Knurren.

„Ich weiß. Ich konnte deine Blicke auf mir spüren." Sie biss mir wieder auf die Unterlippe.

Das wars. Länger konnte ich mich einfach nicht zurückhalten. Ich schob eine Hand unter ihr Top und umfasste eine ihrer Brüste. Sie stöhnte lustvoll auf und schob sich mir entgegen.

Fuck.

Ich war so scharf auf diese Frau, wollte sie so sehr, konnte nicht aufhören, sie zu küssen. Sie presste ihren Körper gegen meinen und ich küsste mich an ihrem Kiefer entlang und ließ eine Hand nach unten gleiten.

„Was tun wir hier?", keuchte sie.

„Was auch immer wir wollen." Ich packte sie fordernd zwischen den Schenkeln.

Sie schrie auf und der Klang war die schönste Musik in meinen Ohren. Verdammt, ich wollte mein restliches Leben damit verbringen, dafür zu sorgen, dass sie jeden Tag so für mich sang. Ich fiel wieder über ihre Lippen her, konnte nicht genug von ihrem Geschmack bekommen. Mit meiner Hand rieb ich über die Naht ihrer schwarzen Hose.

Sie klammerte sich an meine Schultern. „*Bitte.*"

„Sag meinen Namen", knurrte ich.

Graue, hungrige Augen sahen mich an. „Dante."

Das Gefühl der Befriedigung, das ich dabei empfand, war unbeschreiblich stark.

Plötzlich klopfte es an meine Bürotür.

Wir erstarrten.

„Dante?" Es war einer der Jungs vom Sicherheitsteam. „Ich habe den Bericht, den du wolltest."

Unsanft wurden wir zurück in die Realität katapultiert. Verdammt, wir waren im Club, wo es viel zu viele Unterbrechungen gab.

„Scheiße." Mila schob mich von sich. „Ich muss zurück an die Arbeit. Runter von mir."

Ich rollte mich zur Seite und sie rappelte sich auf, während sie hektisch ihr Top zurechtrückte.

Sie schluckte. „Unsere ... diese Sache zwischen uns ist nicht echt. So etwas darf nicht wieder passieren."

„Es passiert bereits."

Sie riss die Augen auf. „Du lässt dich nicht mit den weiblichen Gästen ein und auch nicht mit deinen Mitarbeiterinnen."

„Sieht so aus, als würde ich meine Regeln für dich brechen."

„Nein." Sie schüttelte den Kopf. „Ich zahle dir das Geld für mein Auto zurück und ..."

Ich machte einen Schritt auf sie zu, aber sie wich zurück. Als sie gegen meinen Schreibtisch stieß, stützte ich meine Hände auf beiden Seiten ihrer Hüften auf die Tischplatte.

„Du zahlst mir gar nichts zurück und wenn du bereit dazu bist, wirst du mir erzählen, wovor du wegläufst."

Sie funkelte mich an. „Halte dich aus meinen Angelegenheiten raus."

„Ich stecke schon knietief drinnen. Und daran wird sich auch nichts ändern."

Sie sah mich mit zusammengekniffenen Augen an. „Du bist so verdammt stur."

Ich lächelte. „Ich will dich unbedingt wieder küssen."

Sie atmete tief aus. „Und viel zu heiß."

Mein Lächeln wurde breiter.

Es klopfte wieder an der Tür.

„Einen Moment", sagte ich.

Mila nutzte diesen Moment, um sich unter meinem Arm hindurchzuducken und den Raum zu durchqueren.

„Mila, kommst du nach Dienstschluss noch mal zu mir hoch?"

Sie wandte mir den Rücken zu, als sie innehielt.

„Du kannst mir vertrauen", sagte ich leise.

Schnaubend atmete sie aus und sah mir über die Schulter in die Augen.

Ich hielt den Atem an. Da war es. Ich konnte sehen, wie sie innerlich schwankte und kurz davor war, mir endlich zu vertrauen.

„Okay." Sie öffnete die Tür. Reggie stand davor, beäugte uns und nahm die Spannung eindeutig wahr.

„Ich kann später wiederkommen", sagte er.

„Nein, wir sind fertig." Mit einem letzten Blick joggte Mila die Treppe hinunter.

Für den Moment.

13

MILA

Meine Lippen kribbelten noch immer von Dantes Küssen.

Mein Verstand beharrte darauf, dass ich mich von diesem viel zu verführerischen Mann fernhalten sollte. Aber der Rest von mir wollte zurück in sein Büro laufen und seinen herrlichen Körper erkunden.

Grundgütiger. Ich presste eine Hand auf meine gerötete Wange. Eine Sekunde lang hatte ich mich da drinnen in Dantes Armen tatsächlich ... sicher gefühlt.

Mit einem Kopfschütteln stieß ich die Tür auf und verließ den Mitarbeiterbereich. Die vertraute Klangkulisse des Clubs brach über mich herein.

Ich war niemals sicher. Das durfte ich nicht vergessen.

Ich durfte niemandem nahekommen. Egal, wie sehr ich wollte, dass jemand mich fickte, mich vergessen ließ, wie beschissen mein Leben war, und mich fest in seinen Armen hielt, ich durfte dieses Risiko nicht eingehen.

Aber vielleicht konnte Dante Fury mir helfen.

Hoffnung. Sie stieg in mir auf und schnürte mir die Kehle zu. Ich war monatelang auf mich allein gestellt gewesen. Vielleicht konnte ich ihm doch vertrauen?

„Mila." Venus sah mich an. „Alles klar? Wir haben hier jede Menge durstige Gäste."

Ich hob zur Bestätigung eine Hand und machte mich wieder an die Arbeit.

Mein Körper summte immer noch vor Verlangen und ich biss mir auf die Lippe, als dieses Kribbeln mich wieder durchzuckte. Ich griff nach einem Glas und knallte es auf die Theke. Der Gast vor mir zuckte zusammen und ich rang mir ein Lächeln ab. Das Blut pulsierte rasend schnell durch meine Venen. Ich spürte immer noch diese großen, starken Hände auf meiner …

Das reicht. Ich hatte zu tun.

Nachdem ich ein paar Shots ausgeschenkt und ein paar Cocktails gemixt hatte, wurde ich langsam ruhiger.

Ich würde meine Schicht beenden … und dann würde ich in Dantes Büro zurückgehen und den Dingen ihren Lauf lassen.

Ich wollte es nicht zugeben, aber ich warf immer wieder verstohlene Blicke auf meine Uhr. Ich zählte die Minuten bis zum Ende meiner Schicht.

Gedankenverloren atmete ich tief ein, hielt für einen Moment die Luft an und traf eine Entscheidung. Ich würde es ihm sagen. Zum ersten Mal würde ich jemandem von dem Albtraum erzählen, den ich seit Monaten durchlebte.

Reggie tauchte vor mir auf und brummte etwas in sein Funkgerät. Er runzelte die Stirn. Es kam nicht oft vor, dass ich Reggie verärgert sah.

„Alles in Ordnung, Reggie?", fragte ich.

Er verdrehte die Augen. „Ständig will irgendein Wichtigtuer zum Boss hoch. Die, die sich aufspielen und denken, sie seien besser als alle anderen, hasse ich ganz besonders."

„Ich bin mir ziemlich sicher, dass Dante auf sich selbst aufpassen kann."

Reggie grunzte nur.

Ich fing an, hinter der Bar aufzuräumen.

„Mila", rief Venus. „Du bist fertig für heute."

Endlich. Ein paar Minuten später tippte ich den Code in das Tastenfeld ein, trat durch die Tür zum Mitarbeiterbereich und machte mich auf den Weg zu Dantes Büro. Ich lächelte. Zum ersten Mal seit langer, langer Zeit fühlte ich mich unbeschwert.

Dantes Bürotür stand einen Spalt offen, also stieß ich sie auf ... und blieb ruckartig stehen.

Mein Gehirn versagte mir den Dienst. Er stand in der Mitte seines Büros und eine schlanke Rothaarige in einem wunderschönen, trägerlosen, schwarzen Kleid hatte die Arme um ihn geschlungen. Sie küssten sich und ihre Hand zerrte an seinem Gürtel.

Ich wich zurück und Dante hob den Kopf. Der Blick in seinen Augen.

Ja, vermutlich war er sauer, dass ich ihn mit dieser Frau erwischt hatte. Gott, ich war ja so unbeschreiblich dämlich.

Er nimmt nie Frauen mit in sein Büro. Schon klar.

Ich hatte gewusst, dass ich niemandem trauen konnte. Offenbar musste ich meine Lektionen immer auf die harte Tour lernen.

„Mila ...“

Ich hob eine Hand und bewegte mich rückwärts aus der Tür.

„Ups“, sagte die Rothaarige. Ein zufriedenes Lächeln wanderte über ihr perfektes Gesicht. „Ich hätte wohl besser die Tür abschließen sollen.“

„Jasmine“, knurrte Dante.

Er kannte sie also. *Mein Gott.* Mir wurde schlecht und meine Haut fühlte sich abwechselnd heiß und kalt an. Ich drehte mich um.

„Mila, warte!“

Ich würde ganz bestimmt nicht warten. Stattdessen rannte ich die Treppe hinunter.

Ich brauchte nur ein paar Sekunden, um meine Sachen aus meinem Spind zu holen. Meine Schlüssel hielt ich in einer Hand, während ich in meine Jacke schlüpfte. Dann eilte ich auf die Tür zu. Bei jedem Schritt rechnete ich damit, dass Dante auftauchen würde.

Aber das tat er nicht. Ich wollte nicht darüber nachdenken, was er und seine Rothaarige da oben trieben.

Ein dumpfer Schmerz breitete sich in meiner Brust aus. Ich war bereit gewesen, dem Arschloch zu vertrauen. Wütend warf ich mir meinen Rucksack über die Schulter. Tief im Inneren wusste ich, dass ich mich nicht so verraten fühlen sollte. Er hatte ganz klar gesagt, dass er nur so tun würde, als ob wir zusammen wären. Er hatte es nicht ernst gemeint.

Mein Magen krampfte sich zusammen. Für ein paar Augenblicke hatte sich das zwischen uns echter angefühlt als alles, was ich je erlebt hatte.

Ich zwang mich, meinen Geist zu leeren, die Stimmen in meinem Kopf zum Schweigen zu bringen. Ich würde an absolut nichts denken, bis ich in mich in meiner Wohnung eingeschlossen hatte.

Immerhin hatte ich ein funktionierendes Auto, was ein Segen war, denn das Geld für ein Taxi hatte ich nicht. Während ich durch den Hinterausgang trat, suchte ich wachsam den Parkplatz ab. Mein Blick wanderte zu Dantes Lagerhaus.

Du wirst nicht an Dante Fury denken.

Ich erreichte meinen ramponierten Corolla. Er hatte schon weitaus bessere Zeiten gesehen. Das hatten wir beide.

Nachdem ich die Tür aufgeschlossen hatte, stieg ich ein. Ich warf einen kurzen Blick zur Hintertür des Clubs. Kein Dante.

Bevor ich den Motor starten konnte, packte mich eine Hand an den Haaren und riss meinen Kopf nach hinten gegen die Kopfstütze.

Mit einem Japsen kämpfte ich gegen das Brennen auf meiner Kopfhaut. Da war jemand auf dem Rücksitz!

„Du bist tot, *chica*", hauchte eine tiefe Stimme in mein Ohr.

Ein Arm legte sich um meine Kehle.

Sie haben mich gefunden.

„Der andere Trottel, den sie geschickt haben, konnte den Job nicht zu Ende bringen. Aber ich schon."

Angst, Panik und Wut stiegen in mir auf. Ich war es so verdammt leid, Angst zu haben.

Ich rammte meine Fingernägel in den Arm des

Mannes und kratzte ihn. Er fluchte und sein Griff um meinen Hals lockerte sich.

Das war alles, was ich brauchte.

Mit wild pochendem Herzen riss ich mich los und kletterte aus dem Auto. Ich stolperte, fing mich aber. Hinter mir hörte ich ihn, spürte, dass er mir folgen würde.

Ich setzte zum Sprint an, aber ich war noch nicht weit gekommen, als er mich erneut an den Haaren packte.

Schreiend wand ich mich wild in alle Richtungen und versuchte, mich zu befreien.

Der Mann packte mich am Arm. Er war stark und ich konnte einen flüchtigen Blick auf dunkle Haare, ein boshaftes Gesicht und Tätowierungen an seinem Hals werfen. Er zerrte mich rückwärts und meine Füße schleiften über den Boden. Adrenalin schoss durch meinen Körper.

„Ich bekomme einen Arsch voll Kohle dafür, dass ich dich zum Schweigen bringe."

Shays Stimme hallte in meinem Kopf wider. *Vertraue auf deine Instinkte. Präsentiere dich selbstbewusst. Halte die Dinge einfach.*

Ich fing an, mich zu wehren. Ich nutzte mein Körpergewicht, um mich zu allen Seiten zu werfen, und hörte ihn grunzen. Er fluchte auf Spanisch und sein Arm zog sich fester um meine Kehle und schnitt mir die Luft ab. Meine Sicht verschwamm.

Ich würde nicht hier sterben, verdammt noch mal.

Mein Angreifer zerrte mich weiter rückwärts. Dann hörte ich ein Geräusch und konnte aus dem Augenwinkel sehen, dass er den Kofferraum meines Autos geöffnet hatte.

Nein. Wenn er es schaffte, mich dort hineinzuverfrachten, war ich tot.

Ich kratzte ihn wieder böse am Arm. Wenn ich es schaffte, mich aus seinem Griff zu befreien, könnte ich ihm ein Knie in die Eier rammen.

„*Puta!*"

Ich hörte ein metallisches Klicken und im nächsten Moment spürte ich ein Stechen in meiner Wange.

„Sei still, sonst zerschneide ich dir das Gesicht."

Oh, Gott. Angst war das schrecklichste Gefühl von allen. Sie war lähmend, raubte einem die Fähigkeit, zu denken, und man fühlte sich so verdammt hilflos. Mir wurde langsam schwarz vor Augen.

Aber meine innere Wut war immer noch da. Ich beschwor sie herauf und angetrieben von dieser mächtigen Emotion stampfte ich mit aller Kraft auf den Fuß des Arschlochs. Ich spürte einen weiteren Stich in meinem Gesicht, versuchte aber trotzdem, mich aus seinem Griff zu befreien.

„Du bist tot", knurrte er.

Ich hörte nicht das leiseste Geräusch, aber plötzlich war er weg.

Ich kippte nach vorn und stürzte auf meine Hände und Knie.

Endlich hörte ich etwas – das dumpfe Geräusch einer Faust, die auf Fleisch traf. Ich drehte mich um und das Herz schlug mir bis zum Hals.

Dante hatte meinen Angreifer zu Boden geworfen

und schlug auf ihn ein. Sein Gesicht war emotionslos, sein Mund zu einer flachen Linie zusammengepresst.

Ich hörte Schreie und sah ein paar der Jungs vom Sicherheitsteam auf uns zustürmen.

Mit einem letzten Stoß ließ Dante den stöhnenden Mann zurück auf den Boden fallen, bevor er sich aufrichtete. „Niemand kommt in mein Revier und fasst meine Frau an."

Ein Schauer lief mir über den Rücken.

Als die Jungs den Mann hochzerrten, sah ich Blut in seinem Gesicht. Seine Nase war gebrochen.

„Ruft Reath an", befahl Dante seinen Leuten. „Ich will dieses Arschloch im Verhörraum haben."

Dann hockte sich Dante neben mich.

„Alles okay", sagte ich. Meine zitternde Stimme sagte etwas anderes.

Er erwiderte nichts, sondern schob nur seine Arme um mich und hob mich hoch. „Jetzt schon", murmelte er. „Ich habe dich."

Mein Puls schnellte in die Höhe. „Lass mich hinunter."

„Nein." Seine Stimme ließ keine Widerrede zu.

Mir war klar, dass ich keine andere Wahl hatte, also legte ich einen Arm ums seine breiten Schultern und hielt mich daran fest.

14

DANTE

Mein Herz pumpte immer noch rasend schnell Blut durch meinen Körper. Zu sehen, wie dieses Arschloch Mila angriff und mit dem Messer bedrohte …

Ich schluckte ein Knurren hinunter. Sie zitterte in meinen Armen, ich konnte es spüren.

„Ich habe dich", redete ich ihr beruhigend zu und marschierte mit ihr über den Parkplatz zu meinem Lagerhaus. Ich wollte, dass sie geborgen war, in Sicherheit.

Ich hielt sie immer noch im Arm, als ich die Fernbedienung in meiner Tasche drückte. Sobald das Garagentor hochgefahren war, ging ich hinein und steuerte auf den Aufzug zu.

„Dante …"

Ich hasste es, dieses Beben in ihrer Stimme zu hören. „Schh, Mila. Halte dich einfach fest."

Mit einem erstickten Laut vergrub sie ihr Gesicht in meiner Halsbeuge.

Verdammt. Das fühlte sich so gut an.

Vor allem, nachdem sie sich diese Scheißaktion von Jasmine hatte ansehen müssen.

Ich betrat den Aufzug und drückte den Knopf für das oberste Stockwerk. Als ich sie in mein Wohnzimmer trug, gingen die Lichter automatisch an. Sie beleuchteten die Küche am anderen Ende des großen Raumes, die in dunklen Grautönen mit Akzenten aus Messing gehalten war. Auf der einen Seite stand ein großer Esstisch – groß genug für meine ganze Familie, wenn wir bei mir aßen – und auf der anderen eine riesige Couch, nicht weit von den Glasschiebetüren. Sie führten hinaus auf die Dachterrasse und boten mir einen großartigen Blick auf New Orleans, den ich liebte.

Ich setzte Mila auf der Couch ab. Ihre Hände waren aufgeschürft und ihre Hose war an einem Knie zerrissen. Ich biss die Zähne zusammen.

„Du bist jetzt in Sicherheit", sagte ich zu ihr.

Sie sah mich mit großen Augen an. Ihr Haar war ganz zerzaust und auf ihrer Wange hatte sie einen kleinen Schnitt vom Messer des Arschlochs.

„Nein, bin ich nicht." Niedergeschlagenheit legte sich auf ihre hübschen Gesichtszüge.

Sie zitterte, also griff ich nach der dunkelgrünen Decke, die über der Rückenlehne des Sofas hing. Lola hatte sie für mich gemacht. Ich wickelte sie um ihre Schultern.

Dann richtete ich mich auf, ging schnell in die Küche und holte meinen Erste-Hilfe-Kasten aus einem Regal. Dann schnappte ich mir den Whiskey und goss drei Fingerbreit in ein Glas.

„Trink das." Ich reichte ihr das Glas und setzte mich

auf den Couchtisch – er war aus massivem Holz und Messing im Loft-Look gefertigt.

Sie drehte das Glas in ihren Händen. „Ich möchte gehen."

„Nein. Wir werden reden und ich werde deine Wunden verarzten."

„Ich ... kann dir nicht vertrauen. Fast hätte ich ..." Sie schüttelte den Kopf.

Ich presste die Lippen zusammen und biss mir auf die Zähne. „Dann hör einfach zu."

Sie nahm einen Schluck vom Whiskey. „Du musst das nicht tun."

„Doch, muss ich." Ich nahm eine ihrer Hände und reinigte die Schürfwunde. „Erstens, Jasmine."

„Ich habe *kein* Interesse daran, über *Jasmine* zu sprechen." Ihre Worte klangen bissig.

„Du ziehst die falschen Schlüsse."

Mila stieß ein Lachen aus. „Schon klar. Eine wunderschöne Rothaarige schlingt in deinem Büro die Arme um deinen Hals, im selben Büro, in dem du kurz zuvor mich geküsst hast, und ich verstehe es falsch."

Ich nahm ihr Kinn zwischen Daumen und Zeigefinger. Mit ihren grauen Augen, in denen ein Sturm tobte, sah sie mich an.

„Für eine Sekunde hatte ich vergessen, dass das alles nicht echt war", sagte sie. „Aber es war nur zu gut gespielt."

Ich ignorierte ihren Kommentar. „Du hast es selbst gesagt. Sie hat ihre Arme um meinen Hals geschlungen. Habe ich sie im Arm gehalten? Habe ich ihren Kuss erwidert?"

Mila schwieg und ich konnte sehen, wie sie überlegte. „Du kennst sie schon länger."

„Ja. Wir haben einmal zu Abend gegessen. Wir waren einmal im Bett. Es war mittelmäßig und ich hatte keinen Bedarf, es zu wiederholen. Jasmine war darüber offensichtlich nicht sehr erfreut." Ich streichelte über die glatte Haut an Milas Kiefer. „Ich bin nicht an Jasmine interessiert. Im Moment kann ich nur an eine verdammt süße, kluge Frau denken, von der ich mir wünsche, dass sie mir schon sehr bald ihre Naturhaarfarbe zeigt."

Mila schluckte. Ich ging dazu über, ihre andere Hand zu reinigen. Dann sah ich mir ihr Knie an, aber zum Glück hatte ihre Hose das Schlimmste abgefangen.

„Ich bin nicht wirklich verletzt", sagte sie.

„Ich weiß, dass du es nicht gewohnt bist, dass sich jemand um dich kümmert."

Sie sah weg. „Nicht mehr."

„Jetzt ist die Wange dran."

Sie berührte die Wunde und starrte auf das Blut an ihren Fingern. „Halb so wild."

„Wir haben keine Ahnung, wo das Messer dieses Arschlochs schon überall gewesen ist." Ich beugte mich vor und ihr Atem stockte. Meine Gedanken kehrten zu meinem Büro zurück, zu dem Gefühl, als sie unter mir gelegen hatte. Zum süßlich herben Geschmack ihrer Lippen.

Ich zwang mich dazu, mich darauf zu konzentrieren, ihre Wunde zu reinigen. Der Schnitt war nicht tief. „Das sollte keine Narbe hinterlassen."

„Ist mir egal."

„Das ist das zweite Mal, dass du angegriffen wurdest,

Mila." Ich warf das Desinfektionstuch auf den Couch-tisch neben dem Erste-Hilfe-Kasten. „Kanntest du ihn?"

„Nein." Sie leckte sich über die Lippen. „Ich habe ihn noch nie gesehen."

Sie erzählte mir einen Teil der Wahrheit. Sie kannte ihn vielleicht nicht, aber sie wusste, warum er sie ange-griffen hatte.

„Ich muss gehen." Sie wollte aufstehen.

Ich drückte eine Hand auf ihr Knie. „Nein, du musst mit mir reden."

Da. Angst blitzte in ihren Augen auf.

„Ich kenne ihn nicht."

Das Handy in meiner Hosentasche vibrierte. Ich wusste, dass es bedeutete, dass Reath auf dem Weg nach oben war. „Ich weiß, dass du auf der Flucht bist und mir etwas verschweigst."

Sie begegnete meinem Blick. „Ich muss jetzt wirklich gehen."

Mein Magen zog sich zusammen. Ich wusste, wenn ich sie jetzt gehen ließe, würde sie weglaufen und ich würde sie nie wieder sehen.

Das würde ich nicht zulassen. Ich könnte es nicht zulassen.

„Lass mich dir helfen." Normalerweise konnten die Leute mich und meine Brüder gar nicht schnell genug um Hilfe bitten. Aber Mila war das krasse Gegenteil.

Aus dem Augenwinkel sah ich, wie Reath herein-kam. Er bewegte sich lautlos und Mila bemerkte ihn erst, als er neben mir stehen blieb.

Sie fuhr hoch.

„Mila, du erinnerst dich an meinen Bruder Reath?"

Sie nickte.

„Das Arschloch heißt Ernesto Lopez", erklärte Reath sachlich.

Ich verengte meinen Blick auf ihn. „Das ging aber schnell."

Reath ließ seine weißen Zähne aufblitzen. „Er hockt in einem der Verhörräume in meinem Büro. Ich konnte ihm verständlich machen, dass es in seinem besten Interesse ist, zu reden."

Reath war in Verhörtechniken ausgebildet. Er war gut.

„Er ist ein Auftragsgangster aus der Gegend, der ganz gern mal für den richtigen Preis die Drecksarbeit anderer Leute erledigt. Er sagt, er hätte einen Anruf erhalten. Anonym. Ihm wurde gesagt, dass jemand eine Frau gesehen habe, die an der Bar im Ember arbeitet. Er wurde beauftragt, sie kaltzumachen." Reath hielt inne. „Weil der erste Typ, den diese Leute geschickt hatten, es nicht auf die Reihe gebracht hat."

Meine Wut kochte hoch und ich sah, wie Mila die Augen schloss.

„Er hat dich bedroht." Meine Stimme war tief und triefte vor Wut. „Er hat dir gesagt, dass er dich töten würde.

Sie schluckte. „Ja."

„Mila, es ist Zeit, dass du mit mir redest."

Sie öffnete ihre grauen Augen. „Es tut mir leid. Es tut mir leid, dass ich dir solchen Ärger gemacht habe. Lass mich gehen. Dann bist du mich für immer los.

Ich brummte und ergriff ihre Hand. „Dafür ist es zu spät."

„Was?"

„Ich will dich." Ich sah meinen Bruder an. „Und wir helfen immer den Menschen, die zu uns gehören."

Reath nickte.

Mila zog die Augenbrauen zusammen, schloss die Augen, presste die Lippen aufeinander, ließ die Mundwinkel hängen. Ich war mir sicher, dass sie gleich anfangen würde zu weinen, und setzte mich neben sie. Sie holte tief Luft und kämpfte gegen ihre Tränen an.

„Ich weiß, dass dein Ausweis gefälscht ist", sagte Reath. „Er ist gut gemacht, das muss ich dir lassen, aber Mila Clarke gibt es nicht."

Ich verschränkte meine Finger mit ihren. Sie starrte auf unsere verbundenen Hände.

„Mila war mein Spitzname. Meine Mutter hat mich so genannt." Sie holte zittrig Luft und hob den Kopf. „Mein richtiger Name ist Amelia. Amelia Clifton. Ich komme aus Baton Rouge." Sie rieb sich den Nasenrücken. „Ich weiß gar nicht, wo ich anfangen soll."

„Am Anfang." Ich drückte ermutigend ihre Hand.

„Ich bin in Baton Rouge aufgewachsen. Ich habe einen Abschluss in Marketing und PR von der Duke University. Ich habe mehrere Jahre lang für ein erfolgreiches Familienunternehmen in Baton Rouge gearbeitet."

Ah. Jetzt wurde mir vieles klar. Ich hatte von Anfang an gespürt, dass sie klug war, also überraschte mich der Universitätsabschluss nicht im Geringsten.

„Ich hatte Spaß an meiner Arbeit. Mein Boss war ein einflussreicher, wohlhabender Mann. Ich mochte ihn. Bei ihm fühlten wir uns alle wie eine Familie." Gedankenverloren starrte sie ins Leere. „Eines Tages ließ ich versehentlich eine Akte im Büro liegen, die ich brauchte. Ich fuhr spät an diesem Abend zurück in die Firma, um sie zu holen. Mein Boss war in seinem Büro und sprach mit jemandem. Ich konnte die andere Person nicht sehen und sie hörten mich nicht hereinkommen. Oh, Gott." Sie rieb sich die Stirn.

„Schon gut."

„Nichts ist gut. Seit dieser Nacht ist gar nichts mehr gut. Ich habe zufällig mitbekommen, wie sie über Lieferungen gesprochen haben. Chuck, mein Boss, beschwerte sich darüber, was sie von ihm verlangten, und dass er nicht riskieren wollte, mit Drogen erwischt zu werden. Der andere Mann sagte zu Chuck, er solle den Mund halten und seinen Beitrag leisten, sonst könne er sich von dem Geld und seinem Sitz in der Regierung verabschieden. Der Typ klang wirklich übel."

In meinem Kopf machte etwas klick. „Chuck Edwards III. Er kandidiert als Gouverneur."

Sie nickte. „Ich war mir nicht sicher, worüber sie sprachen, aber ich wusste, dass es nichts Gutes war. Ich drehte mich um und leider stieß ich dabei etwas von meinem Schreibtisch." Sie schüttelte den Kopf. „Ich könnte mir in den Hintern beißen."

„Was geschah dann?", fragte Reath.

„Ich hörte, wie der Mann zu Chuck sagte, wenn jemand hier sei, müssten sie sich um die Person kümmern. Ich lief hinaus. Chuck schrie. Ich nahm die Treppe. Zwei Männer verfolgten mich. Ich glaube, sie waren so etwas wie die Bodyguards des Mannes, mit dem Chuck gesprochen hat."

Ihre Stimme brach.

Ich legte einen Arm um sie. „Denk daran, du bist in Sicherheit."

„Ich wusste nicht, was ich tun sollte. Ich schaffte es zu meinem Auto und konnte abhauen. Dann fuhr ich blind in der Gegend herum. Ich hatte nicht genügend Informationen, um zur Polizei zu gehen. Nur ein paar aus dem Zusammenhang gerissene Sätze eines Gesprächs, in dem es um meinen Boss, einen angesehenen Mann, ging, der eine wichtige Säule der Gemeinde ist. Und meine beiden Verfolger. Ich fuhr nach Hause. Zu meinen Eltern."

Sie verstummte und ihr Gesicht verzog sich vor Kummer.

„Mila?"

Sie wirkte, als hätte sie sich plötzlich emotional abgeschottet. „Das Haus stand in Flammen, als ich ankam. Ich sah die beiden Männer in der Menge. Sie haben meine Eltern getötet."

Verflucht.

15

MILA

Ich war am Ende meiner Kräfte.

Dante mit dieser Frau zu sehen, der Kampf mit meinem Angreifer, und dann noch das Gespräch mit Dante über meine Vergangenheit. Ich hatte all meine Gefühle so lange unter Verschluss gehalten, allen voran meine Trauer und meine Ängste.

„Ich wusste, dass sie mich jagen würden. Also fuhr ich nicht zurück zu meiner Wohnung."

„Schlau", sagte Reath.

„Ich behob alles Geld von meinem Bankkonto und verließ die Stadt. Unterwegs rief ich eine Studienfreundin an, Laura. Wir stehen uns nahe. Ihre Eltern haben ein Ferienhaus in der Nähe des Lake Charles, und sie sagte, ich könne dort unterkommen."

Erinnerungen brachen wie eine Flutwelle über mich herein. Ich fühlte mich, als würde ich darin ertrinken. Wie ich dieses Gefühl hasste.

Dann spürte ich ein beruhigendes Streicheln an meinem Handgelenk. Die Berührung ließ mich aufblicken. Dantes Augen waren wie ein tiefer Brunnen – wie leicht es wäre, darin zu versinken.

„Was ist dann passiert?", fragte er.

Ich sah weg. „Ich war einen Tag dort." Ich hatte stundenlang geweint und mir die Berichte über meine Eltern im Fernsehen angesehen. „Mein Foto wurde eingespielt und sie sagten, ich wäre abgängig und würde verdächtigt, in meinem Job Geld veruntreut zu haben. Ich wurde gesucht – damit man mich im Zusammenhang mit dem Mord an meinen eigenen Eltern verhören könne." Meine Eltern waren tot und meine Schuldgefühle waren einfach unerträglich.

„Ich schlief, als die beiden Männer in das Haus einbrachen. Meine Freundin hatte mich für zehntausend Dollar an sie verraten." Ich hatte panische Angst gehabt. Innerhalb eines Wimpernschlages war ich aus dem Tiefschlaf gerissen worden und hatte im nächsten Moment um mein Leben kämpfen müssen. Das war einer der Gründe, warum ich nachts nicht mehr schlafen konnte. „Sie schlugen auf mich ein ..."

Dante gab einen leisen Laut von sich.

„Ich hatte Glück", fuhr ich schnell fort. „Ich erwischte einen der Kerle mit einer Lampe an der Schläfe. Er stürzte gegen den anderen Mann, der mit dem Kopf auf die Ecke eines Beistelltisches knallte. So konnte ich entkommen. Ich wusste, dass ich verschwinden musste." Ich hob das Kinn. „Mein Boss hatte mich verraten, meine beste Freundin hatte mich verraten, und meine Eltern waren tot."

„Also bist du nach New Orleans gekommen", folgerte Dante.

Ich nickte. „Hier war es einfacher, unterzutauchen. Ich verkaufte meinen Wagen, besorgte mir einen gut gefälschten Ausweis und kaufte ein anderes Auto."

Dante schnaubte leise. „Eine Rostlaube."

„Das war der Sinn der Sache."

Seine Lippen zuckten und ich konnte den Blick nicht von ihnen abwenden.

„Und dann hast du im Ember angeheuert", sagte Reath.

Ich sah die Fragezeichen in Reaths Blick. Dante konnte einschüchternd sein, aber Reath war unter seinem guten Aussehen ein wenig unheimlich.

„Ich hatte gehört, dass die Fury-Brüder den Ruf haben, sich gegen ... das kriminelle Element zur Wehr zu setzen. Ich dachte, hier unterzukommen, wäre vielleicht die sicherste Option." Ich zog meine Beine unter mir zusammen. Mir war plötzlich eiskalt. „Neulich Nacht war ein Mann im Ember. Er arbeitet für Chucks Firma. Ich hatte nicht gedacht, dass er mich erkannt hat."

Dante fluchte. „Tja, falsch gedacht. Das hättest du mir sagen müssen."

„Ich hatte gehofft, dass ich falsch lag!" Ich schüttelte den Kopf. „Und außerdem ist das alles mein Problem, nicht deines."

Er lehnte sich näher zu mir heran und mein Herz schlug schneller. „Nicht mehr." Er stand auf. „Du musst dich ausruhen. Und ich muss mit Reath reden."

„Dante."

„Ruh dich aus, Mila. Beweg deinen Arsch nicht von dieser Couch."

„Du treibst mich in den Wahnsinn."

„Gleichfalls." Er warf mir einen scharfen Blick zu und folgte dann seinem Bruder. Die Männer durchquerten den Wohnbereich und verschwanden durch eine Tür.

Ich zog die Decke fester um mich, kuschelte mich in die Sofakissen und zwang mich, ruhig zu bleiben.

Meine Augen brannten vor Müdigkeit und vom Stress der letzten Stunden, aber ich wusste, dass ich nicht einschlafen würde. Wenn ich es doch tat, nutzten die Albträume immer die Gelegenheit, über mich herzufallen.

Ich wäre heute Nacht fast gestorben. Ein heftiger Schauer brachte meinen Körper zum Beben. Ich hatte keinen Zweifel daran, dass der Mann, der mich angegriffen hatte, es durchgezogen hätte, wenn er die Gelegenheit dazu erhalten hätte ...

Dante kam zurück – allein. Sein finsterer Blick wanderte über mich, bevor er in Richtung Küche ging.

Die Küche war der absolute Wahnsinn. Die große Kochinsel war mit grauem Stein verkleidet und passte perfekt zu den grauen Schränken mit Akzenten aus Holz und Messing. Die Geräte, die ich sehen konnte, wirkten teuer.

Dante öffnete einen Schrank. „Magst du gegrillten Käse?"

„Wer tut das nicht?" Ich sah zu, wie er Brot und Käse herausholte und sich dann an die Arbeit machte.

Oh, mein Gott. Mein abartig heißer Boss Schrägstrich gespielter Freund machte mir etwas zu essen.

„Dante, ich bin nicht hungrig." Mein nervöser Magen würde gerade definitiv kein Essen vertragen.

„Du wirst essen."

Da war wieder sein Militärton. Ich sah ihn finster an. „Befolgt jeder deine Befehle?"

Er lächelte. „Ja."

„Da wirst du aber sehr enttäuscht sein." Ich rappelte mich von der Couch auf, ging gemächlich zum Tresen hinüber und setzte mich auf einen der Hocker.

Sobald die Pfanne auf dem großen Herd heiß war, grillte er darin die Sandwiches. Ein paar Minuten später stellte er zwei Teller auf der Kücheninsel ab. Der verlockende Duft der Köstlichkeit mit gegrilltem Käse schlug mir entgegen. Er setzte sich neben mich und nahm sein Sandwich in die Hand.

„Dieser Käse ist von der St. James Cheese Company. Ein Laden aus der Gegend. Das Zeug ist so gut."

Ich leckte mir über die Lippen. „Bist du süchtig nach Käse?"

„Nein, ich schätze einfach gute Qualität." Er nahm einen Bissen und gab dann einen zufriedenen Laut von sich.

In meinem Magen kribbelte es aus einem anderen Grund. Ich atmete lautstark durch die Nase aus. „Na gut." Ich schnappte mir das Sandwich und nahm einen Bissen. Auch ich musste stöhnen.

„Sag ich doch."

Ich funkelte ihn an. „Na los, bilde dir was darauf ein."

Ich hatte fast das ganze Sandwich aufgegessen, als mich eine bleierne Erschöpfung überkam. Ich fühlte mich fast, als wäre ich betrunken.

„Du musst dich hinlegen." Dante klang gereizt. Er

half mir vom Hocker und führte mich zurück zur Couch. Ich legte mich hin und versuchte, mich nicht darauf zu konzentrieren, wie nah mein Kopf an seinem Oberschenkel war.

„Ich schlafe nicht besonders gut", murmelte ich träge und ein wenig undeutlich. „Seit diese Männer mich in dem Haus am See überfallen haben, weiß ich, dass ich nirgendwo sicher bin ..."

„Jetzt bist du sicher, Mila."

Ich spürte ein Ziehen an meinem Kopf und stellte fest, dass er mit meinen Haaren spielte.

„Ich habe ein ausgezeichnetes Sicherheitssystem. Reath ist gut in dem, was er tut, und wir haben ein Team von Sicherheitskräften, die unseren gesamten Block rund um die Uhr überwachen."

„Die Fury-Brüder schützen ihr Territorium." Ich ließ meine schweren Augenlider zufallen.

Sein männlicher Duft nach Sandelholz stieg mir in die Nase und ich atmete ihn tief ein. Seine Finger hielten einen Moment inne, bevor sie fortfuhren, meinen Kopf weiter zu streicheln.

„Das tun wir. Schlaf jetzt. Ich verspreche, dass ich nicht zulassen werde, dass jemand deinen Schlaf stört."

Ich merkte, wie ich abdriftete. Ich fühlte mich tatsächlich sicher.

Gewöhn dich nicht daran, Mila.

„Ich will unbedingt sehen, welche Farbe es wirklich hat."

Ich war mir nicht sicher, was sein Gemurmel zu bedeuten hatte, aber als er weiter über mein Haar streichelte, schlief ich ein.

16

DANTE

Ich sah zu, wie sich Milas Brustkorb sanft hob und senkte. Ich streichelte ihr Haar und wünschte mir zum wiederholten Male, dass es nicht gefärbt wäre. Wenigstens wusste ich jetzt, warum sie es getan hatte.

Sie gab einen leisen Laut von sich. Wenigstens schlief sie jetzt entspannt. In der ersten halben Stunde nach dem Einschlafen war sie unruhig gewesen und hatte sich hin- und hergewälzt.

Aber offensichtlich akzeptierte ihr Gehirn die Tatsache, dass sie hier sicher war.

Verdammte Jasmin. Ich knirschte mit den Zähnen. Diese Nummer war unter ihrer Würde gewesen. Ich hatte ihr mehrmals gesagt, dass ich nicht an ihr interessiert war, aber sie war keine Frau, die sich mit einem Nein zufriedengab. Trotzdem. So einen Scheiß abzuziehen? Und Mila hatte alles mitansehen müssen ...

Wenn Jasmine mich nur einen Moment länger aufgehalten hätte, hätte dieser Scheißkiller es vielleicht tatsächlich geschafft, Mila zu entführen. Dann wäre sie jetzt womöglich tot.

Ich biss die Zähne zusammen. Jetzt war es vorbei. Mila war in Sicherheit. Und die scharfen Worte, die ich Jasmine wie Peitschenhiebe ins Gesicht gespuckt hatte, sollten sie von ihrer Verliebtheit heilen.

Ich sah auf Milas Gesicht hinunter. Sie hatte so viel durchgemacht. Mein Kiefer spannte sich an. Ich stand auf und vergewisserte mich, dass die Decke sie schützend umhüllte. In einem Bett hätte sie es bequemer, aber ich wollte nicht riskieren, sie zu wecken. Sie brauchte den Schlaf so dringend.

Ich ging zur Treppe und vergewisserte mich, dass das Sicherheitssystem scharf war, bevor ich eine Etage nach unten ging. Dort befanden sich die Schlafzimmer und mein Arbeitszimmer.

Ich ging in mein Schlafzimmer, holte mein Handy heraus und knöpfte mit der freien Hand mein Hemd auf. Nachdem ich es abgestreift hatte, warf ich es auf einen Stuhl.

Die Wand hinter dem Bett war aus Backstein, durchzogen von schwarzen Metallträgern. Mein Bett hatte ein graues Kopfteil und darauf lag eine schwarze Tagesdecke.

Der Anruf wurde verbunden.

„Wie geht es ihr?" Reaths Stimme kam durch die Leitung.

„Sie schläft. Dein Gast?"

„Darf bis morgen in seiner Zelle schmoren. Dann rufe ich Broussard an."

„Wir können der Polizei nicht von Mila erzählen.

Wenn dieser Arsch von Boss sie angeschwärzt hat, müssen sie sie vielleicht mitnehmen." Auf gar keinen Fall würde sie jemand mitnehmen. „Du musst alles über Chuck Edwards herausfinden."

„Bin schon dabei, Dante."

Ich stemmte eine Hand in meine Hüfte und starrte aus den großen Fenstern. „Sie ist durch die Hölle gegangen."

„Ich weiß. Und du bist dabei, sie da herauszuholen."

„Ja." Ich hielt inne.

Ich konnte praktisch hören, wie Reath eine Augenbraue hochzog. Ich kannte meinen Bruder gut.

„Ich beschütze sie. Welche Scheiße auch immer sie durchgemacht hat, jetzt ist es vorbei."

„Gut."

„Und es ist nicht gespielt."

Reaths leises Lachen drang durch die Leitung. „Die Einzigen, die das jemals geglaubt haben, waren ohnehin nur du und Mila."

„Willst du mich damit gar nicht aufziehen?"

„Nein. Ich bin einfach froh, dass du ehrlich zu dir selbst bist."

„Es ist ein Risiko, Reath." Meine Mutter hatte mich im Stich gelassen, mein Vater hatte mich geschlagen, ich hatte Harvey Tuckers Prügel überlebt. Eine Frau an mich heranzulassen ... Ich schüttelte den Kopf. „Mila hat so viel durchgemacht. Sie ist verletzlich."

„Ist sie ein Risiko wert? Ohne ein paar Risiken wären wir nicht dorthin gekommen, wo wir jetzt sind."

„Seit wann bist du so verdammt schlau?"

Reath gab einen selbstgefälligen Laut von sich. „Ich war schon immer der Schlaue hier."

Ich musste herzhaft lachen. „Wenn du hier wärst, würde ich dir jetzt eine reinhauen."

Er war eine Sekunde lang still. „Ich parke gerade vor ihrer Wohnung in Tremé. Scheiße. Die Tür steht offen."

Verdammt. Meine Hand verkrampfte sich um das Telefon. „Und?" Ich stellte mir Reath vor, wie er den aufgeplatzten Bürgersteig entlangging.

„Die Wohnung ist verwüstet."

Ich fluchte leise. Im Bruchteil einer Sekunde traf ich eine Entscheidung. „Pack ihren ganzen Kram zusammen. Alles, was nicht im Arsch ist. Bring es hierher." Reaths leises Glucksen ließ mich knurren. „Ich muss für ihre Sicherheit sorgen."

„Da werde ich nicht widersprechen."

„Bei mir ist sie sicher."

„Und wo genau wird sie schlafen?"

„Tu es einfach, Reath."

„Du weißt, dass ich das werde."

„Wir müssen herausfinden, mit wem Edwards unter einer Decke steckt. Nur so können wir die Bedrohung für Mila ausschalten."

„Was auch immer das hier ist, es ist nicht gut."

„Wann haben wir jemals davor zurückgeschreckt, uns mit Arschlöchern anzulegen?" Vor allem mit solchen, die es auf unschuldige Frauen abgesehen hatten.

„In Ordnung. Ich lasse dich wissen, was ich herausfinde. Und ich werde meine Jungs bitten, ihre Sachen heute Nachmittag zu dir zu bringen, sobald du wach bist."

Ich warf noch einen Blick aus dem Fenster. Die Sonne ging gerade auf. Es war an der Zeit, die Ereignisse der letzten Stunden von meinem Körper zu waschen, die Verdunkelungsrollos herunterzulassen und ein wenig zu schlafen.

„Danke, Reath."

„Du weißt, dass du mir nie zu danken brauchst. Jederzeit, Dante."

Ich ging ins Badezimmer. Eine Wand bestand noch aus den ursprünglichen Backsteinen, aber der Rest war mit grauen Zementfliesen verkleidet worden. Neben einer großen, dunkelgrauen, freistehenden Badewanne befand sich eine riesige Dusche mit Glaswänden.

Erinnerungen daran, wie Mila sich gegen ihren Angreifer gewehrt hatte, drängten sich in meine Gedanken. Sie hatte so viel überlebt und ihre Familie verloren.

Aber es hatte sie nicht gebrochen. Sie war aus Stahl gemacht.

Dafür respektierte ich sie. Ich hatte zu viele Menschen gesehen, die in beschissenen Verhältnissen aufgewachsen waren und sich am Ende den Gangs anschlossen, mit Drogen dealten und andere Menschen verletzten.

Ich wusste, dass sie sich zusammenreißen und weitermachen würde, nachdem sie geschlafen hatte. Sie hatte keine Ahnung, wie attraktiv ich das fand. Wie eine Königin, die ihr Kinn hob und dem Feind entgegentrat.

So hatte ich es mein ganzes Leben lang gemacht – ich hatte mich jedem Hindernis gestellt, das es mir in den Weg legte.

Jetzt besaß ich das Geld und die Macht, um viel von

dem Mist mit Leichtigkeit abzuwehren. Ich trat unter die Dusche und spürte das heiße Wasser auf meiner Haut.

Ich wollte, dass Mila mir vertraute.

Ich wollte sie in meinem Bett haben.

Fluchend legte ich meine Hand um meinen Schwanz.

In Gedanken war ich wieder in meinem Büro, mein Mund auf ihrem, Mia unter mir, wie sie sich an mir rieb. Ich stemmte eine Hand gegen die Fliesen, während ich mit der anderen meinen Schwanz fester packte.

Es war viel zu einfach für mich, mir ihre Lippen auf meinen vorzustellen, auf meiner Haut, um meinen Schwanz.

Mit einem Stöhnen pumpte ich fester. Ich stellte sie mir auf meinem Schreibtisch vor, nackt nur für mich. Wie sie meinen Namen stöhnte, während ich sie kommen ließ.

Mein Unterbauch und meine Eier spannten sich an. Ich konnte fast spüren, wie sie mit ihren Nägeln über meinen Rücken kratzte und wie eng ihre süße Pussy sein würde.

„Fuck."

Ich kam, schnell und heftig. Mein Schwanz pulsierte, mein Sperma spritzte auf die Fliesen.

Ich tauchte meinen Kopf unter das Wasser und brauchte eine Sekunde, um zu Atem zu kommen. Ja, ich wollte Mila. Die wunderschöne, selbstbewusste, mutige Mila.

Aber mir wurde auch klar, dass ich sie nicht nur ficken wollte.

Heute Nacht hatte ich sie beschützt, ihr zu essen

gegeben und über sie gewacht, während sie schlief. Ich biss die Zähne so fest zusammen, dass ich fürchtete, ein paar davon könnten brechen. Ich ließ mich nicht mit Frauen ein. Die wichtigste Frau in meinem Leben hatte sich einen Dreck um mich geschert. Ich hielt meine Gefühle aus gutem Grund unter Verschluss.

Ich würde nie wieder hilflos sein.

Als ich das Wasser abdrehte, hatte ich mich entschieden. Die Sache mit Mila würde nicht ewig anhalten. Ich würde dafür sorgen, dass sie wieder sicher war, ich würde sie davon überzeugen, dass wir unsere gemeinsame Zeit genießen sollten, und dann würde sie in ihr altes Leben zurückkehren.

Und ich würde mein eigenes Leben so weiterleben, wie es mir gefiel.

17

MILA

Ich roch gebratenen Speck.

Ich fuhr aus einem tiefen Schlaf hoch, setzte ich mich auf und blinzelte. Verwirrt blickte ich auf die bequeme Couch und sah, wie eine Decke von meinen Beinen rutschte.

Als ich mich umsah, fiel es mir wieder ein. Ich war in Dantes sexy Lagerhaus. Originale Backsteinwände, polierter Betonboden und Möbel, die knallharte Männlichkeit verströmten. Seine Wohnung war einfach umwerfend.

Genau wie Dante, der in seiner eleganten Küche kochte.

Er trug Jeans und ein weißes T-Shirt, das sich um seine muskulöse Brust spannte. Dante Fury im Freizeitmodus. Mein Mund wurde trocken.

Er sah zu mir herüber, als er die Teller auf die Kücheninsel stellte, und bemerkte, dass ich wach war. „Hi. Gut geschlafen?"

„Ja." Junge, ich hatte wirklich gut geschlafen. Ich

konnte mich nicht daran erinnern, auch nur ein einziges Mal aufgewacht zu sein. Ich stand auf und schob eine Hand in meine Haare. Total durcheinander.

Dann fiel es mir wieder ein. *Der Angreifer.*

Magensäure bahnte sich den Weg in meine Kehle, als ich panisch wurde. Ich betastete die Wunde an meiner Wange. „Mein Rucksack und meine Schlüssel?" Verdammt, mein Laptop. Wenn der weg war, wären all meine Nachforschungen verloren.

„Da drüben." Er nickte mit dem Kopf und ich sah meinen Rucksack auf einem Stuhl liegen.

Mit drei Sätzen war ich dort und spürte durch den Stoff hindurch die harten Kanten des Laptops. Ich stieß einen zittrigen Atemzug aus. Als ich aufblickte, beobachtete er mich.

„Ähm, ich gehe nur kurz auf die Toilette."

Er zeigte mit einem Kochlöffel auf eine Tür. „Das Gästebad ist da drüben. Frische Zahnbürsten sind in der Schublade."

Ich ging mit meinem Rucksack ins Badezimmer. Auch dieser Raum war in einem eher männlichen Stil gehalten – mit einer Backsteinwand und vielen grauen Kacheln. Ich fand die Zahnbürsten und putzte mir mit einer davon die Zähne. Dann versuchte ich, mein Haar zu einem unordentlichen Dutt zusammenzufassen. Ich rümpfte die Nase und beschloss, dass es ein hoffnungsloser Fall war. Außerdem trug ich immer noch meine zerknitterte Arbeitshose und mein glitzerndes Top. Ich war zu schnell aus dem Club gestürmt, um mich umzuziehen.

Erst zog ich das Oberteil aus, dann kramte ich ein

einfaches blaues T-Shirt aus meinem Rucksack. Schließlich straffte ich meine Schultern, hob den Kopf und machte ich auf den Weg zurück in die Küche.

„Sind Rührei und Speck okay?", fragte er. „Du hast vermutlich in der Zwischenzeit bemerkt, dass die Arbeit in einem Nachtclub die Mahlzeiten durcheinanderbringt. Das hier ist also ein frühes Abendessen, aber auch in gewisser Weise eine Art Frühstück."

„Es ist großartig. Danke." Ich setzte mich neben ihm an die Kücheninsel, strich mit einer Hand über den glatten Stein und studierte die Maserung.

„Du bist also nicht aufgewacht?", griff er meine Worte von vorhin auf.

Ich schüttelte den Kopf. „Ich kann es eigentlich gar nicht glauben."

„Du warst eindeutig erschöpft. Das, zusammen mit dem Adrenalinabfall danach, wen wundert es da?"

Ich schnappte mir eine Gabel und stach in die Rühreier. Dann hielt ich inne und drehte mich zu ihm. „Ich kann dir gar nicht genug danken."

„Ich will deinen Dank nicht, Mila." Er hob seine Tasse und nippte am Kaffee.

In diesem Moment sah ich, dass seine Fingerknöchel aufgeplatzt und geschwollen waren.

Davon, dass er mich beschützt hatte.

Mein Magen krampfte sich zusammen. Er war verletzt worden. Meinetwegen. Gott, was, wenn der Typ ihn erstochen hätte?

Es war alles zu viel. Meine Eltern waren meinetwegen gestorben. Der Gedanke, dass Dante verletzt werden, verbluten hätte können ... *Nein.* Das war etwas, womit ich nicht umgehen konnte.

„Es ist das Beste, wenn ich gehe, Dante. Ich weiß nicht einmal, wer diese Typen sind, die hinter mir her sind, und ich will nicht noch mehr Menschen in Gefahr bringen." Ich wollte vor allem ihn nicht in Gefahr bringen.

Als ich den Job bekommen hatte, waren die Fury-Brüder irgendwie unwirklich für mich gewesen, mächtige Fremde, aber jetzt kannte ich Dante.

Er packte mein Handgelenk und ich keuchte, als er mich von meinem Hocker und zwischen seine muskulösen Schenkel zog. Mein Blick blieb am dunklen Jeansstoff hängen, der seine kräftigen Beine umspielte.

„Du gehst nirgendwo hin", knurrte er.

„Dante ..."

„Hör zu." Er drückte eine Hand auf mein Kinn. „Du hast gesagt, dass du wusstest, dass meine Brüder und ich uns gegen Arschlöcher zur Wehr setzen. Das stimmt." Er strich mit einem Finger an meinem Kiefer entlang und ein Schauer lief mir über den Rücken. „Du kannst nicht ewig auf der Flucht sein. Ich werde dir helfen."

Ich schlang meine Finger um sein Handgelenk und versuchte, das schnelle Pochen meines Herzens zu beruhigen. „Was, wenn du verletzt wirst?"

Er hielt inne und starrte mich einfach an.

Ich schluckte. Atmete er noch? „Dante?"

„Du machst dir ... Sorgen um mich?"

Ich runzelte die Stirn. Irgendetwas ging in ihm vor und ich war mir nicht ganz sicher, was es war. „Ja. Ich will nicht, dass du verl–"

Bevor ich zu Ende sprechen konnte, zog er mich an sich und seine Lippen prallten auf meine. Der Kuss war heftig, schnell, ein wenig fieberhaft. Ich hielt mich an seinen starken Schultern fest und öffnete die Lippen. Er ließ seine Zunge in meinen Mund gleiten. Alles an diesem Kuss war kraftvoll, intensiv, fordernd. Gott, ich liebte alles daran. Die Hitze, das Verlangen, ich ließ mich davon mitreißen.

Als er sich von meinen Lippen löste, sah ich, dass sein Blick ernst geworden war. Mein Herz klopfte heftig.

„Es ist lange her, dass sich eine Frau Sorgen um mich gemacht hat."

Mein Puls ging schneller.

„Aber kein Problem, ich bin ziemlich hart im Nehmen, Mila."

Um die Situation aufzulockern, verdrehte ich die Augen.

Er nahm meinen Kopf zwischen seine Hände und neigte ihn nach hinten. Er war so nah und roch so gut, sah so unbeschreiblich gut aus. Mein Gott. Ich konnte nicht zulassen, dass ich mich zu sehr auf diesen Mann einließ.

„Sie werden es wieder versuchen, Dante."

Er sah mich ernst an. „Ich weiß. Sie haben deine Wohnung auf den Kopf gestellt."

„Was?" Jetzt schlug mein Herz wie verrückt. „Das darf nicht wahr sein."

Seine Hände legten sich um meine Schultern. „Einfach atmen."

„*Gott.*" Ich schaffte es, einen zittrigen Atem einzuziehen.

„Ich habe mich darum gekümmert."

„Wie?"

„Ich habe deine Sachen zusammengepackt."

Ich runzelte die Stirn. „Du hast meine Sachen zusammengepackt?"

„Ja. Weil du hier bei mir einziehst."

Ich erstarrte und spürte, wie meine Augen groß wurden. „Nein."

„Doch."

Ich konnte nicht bei Dante einziehen. Ich konnte Dante nicht die ganze Zeit um mich haben, wo er so gut aussah und noch besser roch. Ich würde mich in ihn verlieben und das war das Letzte, was ich brauchte.

„Du wirst hier sicher sein, Mila. Ich werde überall herumerzählen, dass wir zusammen sind und zusammen leben. Meine Brüder und ich werden herausfinden, wer hinter dir her ist."

Das Gefühl, nicht allein zu sein, zog mir fast den Boden unter den Füßen weg. Ein Teil von mir wollte das. Jemanden zum Anlehnen, der mir half.

Er spielte mit meinen Haaren. „Du wirst weiter im Club arbeiten und hierbleiben, wenn du freihast."

„Ich bin in etwas Großes hineingeraten, Dante. Sie werden nicht lockerlassen."

Er nickte. „Und ich werde dich beschützen."

Dann piepte sein Handy und er holte es heraus. „Das sind Reaths Jungs mit deinen Sachen. Wir machen es dir hier gemütlich und danach gehen wir in den Club."

Er rutschte von seinem Hocker, tippte mir auf die Nase und schlenderte davon. Mein Blick fiel auf seinen Hintern, bevor ich mich zwang, wegzusehen.

Worauf hatte ich mich da bloß eingelassen?

18

DANTE

Mit meiner Hand auf Milas Rücken gingen wir über den Parkplatz zur Hintertür des Ember.

Noch schien die Sonne, aber bald würde sie untergehen, und New Orleans würde in den Partymodus schalten. In dieser Stadt brauchte man keinen Vorwand für eine Party.

Mila stakste steif neben mir her und starrte geradeaus. Ich wusste, dass sie immer noch versuchte, das alles zu verarbeiten.

Als ich den Parkplatz absuchte, entdeckte ich einen von Reaths Männern. Er lehnte an der Wand und sah aus wie ein Angestellter, der nur fünf Minuten frische Luft schnappen wollte. Er nickte mir zu und ich nickte zurück.

Reath und ich hatten vereinbart, die Vorsichtsmaßnahmen zu erhöhen, bis außer Zweifel stand, dass Mila in Sicherheit war.

Plötzlich blieb Mila stehen und drehte sich um. „Dante, wir müssen das nicht tun. Vorgeben, ein Paar ...“

Ich nahm ihr Gesicht in meine Hände und merkte, wie ihr Atem stockte. Ich wusste, dass auch sie diese unbeschreibliche Verbindung zwischen uns spürte. Als ob unsere Seelen einander erkannten.

Ich schnaubte innerlich. Ich glaubte nicht an Glück oder Schicksal. Jeder Mensch war für sein eigenes Glück verantwortlich und man musste immer gut überlegen, wem man vertraute.

Aber ich wusste, dass ich mich nicht davon abhalten konnte, alles zu tun, was ich tun musste, um diese Frau zu beschützen.

Sie gehörte zu mir. Es war ihr nur noch nicht klar.

Ich drückte meine Lippen auf ihre. Ich knabberte daran, verlor mich in ihrem Geschmack. Ihre Hände umklammerten meine Arme und sie drückte sich an mich. Milas Gehirn mochte alles zerdenken, aber ihr Körper reagierte auf meinen – schnell und bereitwillig.

„Ich glaube, es ist zu gefährlich für dich, Gäste zu bedienen." Wenn der Laden sich füllte, wollte ich niemandem die Gelegenheit bieten, an sie heranzukommen. Allein der Gedanke, dass sie verletzt werden könnte, ließ mir den Atem stocken. Keine Chance.

Sie machte ein langes Gesicht. „Ich kann hinter der Bar bleiben."

„Nein."

Ihre Augen funkelten böse. „Ich werde meinen Job machen, Dante. Ich kann nicht einfach ..."

„Ich möchte, dass du mit Clarissa zusammenarbeitest. Sie braucht Hilfe bei den Vorbereitungen für die Benefizveranstaltung. Besonders jetzt, wo sich die Pläne geändert haben und ihr nur noch ein paar Tage bleiben."

„Oh." Ich sah den inneren Kampf auf ihrem Gesicht. „Das ist aber nicht der Grund, warum du mich eingestellt hast."

„Dort sind deine Fähigkeiten besser aufgehoben und sicherer ist es auch."

„Ich will Clarissa nicht vor den Kopf stoßen."

„Das wirst du nicht. Versprochen. Sie wäre sogar froh über etwas Hilfe." Ich nahm Milas Hand und zog sie hinein. Meine Mitarbeiter waren mit den Vorbereitungen für den kommenden Abend beschäftigt und Clarissa saß an der Bar und tippte auf einem Tablet.

Als wir uns der Bar näherten, blickte Venus mit besorgter Miene auf. „Gott, Mila. Ist alles okay bei dir? Wir haben gehört, dass ein Typ dich mit dem Messer bedroht hat."

„Es geht mir gut. Danke, Venus."

„Gut. Ich habe mir schon Sorgen gemacht."

Eli lehnte sich an den Tresen. „Du bist nicht verletzt?"

Mila schüttelte den Kopf und versuchte, ihre Hand wegzuziehen. Ich hielt sie fester.

„Nicht wirklich." Sie räusperte sich. „Dante hat sich um mich gekümmert."

Ich legte einen Arm um ihre Taille. „Und das werde ich auch weiterhin tun, denn Mila zieht bei mir ein." Ich hörte ein paar Leute nach Luft schnappen, aber ich konzentrierte mich darauf, ihr Kinn anzuheben und sie zu küssen. „Venus, dir wird leider eine Barkeeperin fehlen. Mila wird nämlich ab jetzt Clarissa unter die Arme greifen."

Clarissa klatschte in die Hände und kam herüber.

„Oh, Gott, das ist ja *fantastisch*. Ich kann die Hilfe wirklich dringend gebrauchen." Sie nahm Milas Hand. „Und darf ich noch sagen, dass du und der Boss so toll zusammen ausseht."

Mila schenkte ihr ein halbherziges Lächeln.

„Es besteht die Möglichkeit, dass derjenige, der Mila angegriffen hat, es noch einmal versuchen wird", sagte ich.

Alle spitzten die Ohren und Eli sah regelrecht wütend aus.

„Ich sorge für zusätzliche Sicherheit. Falls jemand nach ihr fragt, gebt ihr mir sofort Bescheid."

Alle nickten.

Dann sah ich Mila tief in die Augen und sie erwiderte meinen Blick. Ich wollte sie noch einmal küssen.

Aber Clarissa zog sie bereits weg. Eigentlich wollte ich sie nicht aus den Augen lassen, aber zu wissen, dass sie im Club in Sicherheit war, reichte mir.

19

MILA

Als ich klein gewesen war, hatte ich es geliebt, mir *Der Zauberer von Oz* anzusehen. Nichts hatte ich dringender gewollt als Dorothys rote, glitzernde Schuhe, und insgeheim hatte ich schon immer eine Hexe sein und einen Zauberstab haben wollen. Ich hatte meinen Dad mit Fragen darüber gelöchert, wie es sich wohl anfühlen würde, von einem Wirbelsturm erfasst zu werden.

Tja, jetzt wusste ich es.

Mein Leben fühlte sich an, als hätte ein regelrechter Tornado darin gewütet. Tornado Dante. Und ich stand im Auge und gab vor, in einer Beziehung mit Dante Fury zu sein.

Nur gab es da ein kleines Problem. Wann immer wir uns berührten, fühlte es sich nicht unecht an. Es fühlte sich sogar viel zu echt an. Die Linien zwischen gespielt und real waren so verschwommen, dass ich sie gar nicht mehr sehen konnte.

„Dieser Maskenball wird der *Hammer*." Clarissa setzte sich auf die Ecke ihres Schreibtisches. „Hier sind die Aussendungen mit dem neuen Veranstaltungsort und den Details für die Kostüme."

Diese Frau war ein Energiebündel. Wir waren in ihrem Büro im Mitarbeiterbereich. Darin standen zwei Schreibtische und Clarissas war ziemlich unordentlich. Mir juckte es in den Händen, ihn aufzuräumen.

Ich warf einen Blick auf die Einladung. „Einfach perfekt." Sie war auf einem dicken, cremefarbenen Papier gedruckt, das mit Goldfolie umrandet war, mit einer kleinen heraldischen Lilie oben in der Mitte.

„Einen Tanz mit jedem der Fury-Brüder in Aussicht zu stellen, war ein genialer Schachzug." Sie lächelte. „Und zusammen mit den anderen Spenden von Dante und seinen Brüdern, auf die geboten werden kann, wird die Sache ein Bombenerfolg."

„Aha?" Ich spürte, wie meine innere Aufregung stieg.

„Dante hat mir mehrere Gutscheine für Abendessen im Luminosity und Wildfire zugesagt und außerdem einen Montagabend für eine geschlossene Gesellschaft im Ember."

„Klasse."

„Beauden bietet Boxstunden im Hard Burn an – mit ihm als Trainer. Er gibt so gut wie nie Einzelstunden. Colt hat angeboten, jemanden zum Schießstand mitzunehmen. Anscheinend ist er ein ausgezeichneter Schütze. Die Leute werden auch auf ein Sicherheitssystem von Phoenix Security Services bieten können, von Reath selbst installiert. Er arbeitet nur mit wenigen handverlesenen Kunden zusammen, also ist das eine große Sache. Ein Wochenende in der Fire Bay Lodge.

Das kommt von Kavner. Ihm gehört dieses Fünf-Sterne-Resort."

„Er ist Milliardär, richtig?" Jeder hatte schon von Kavner Fury gehört.

„Er ist *so* umwerfend. Der Mann rockt jeden Anzug." Clarissa seufzte und sah mich verträumt an.

Ich kicherte und schlug mir im nächsten Moment meine Hand vor den Mund.

Clarissa grinste. „Ich bin so froh, dass du bei all dem, was dir passiert ist, noch lachen kannst. Obwohl es sicher hilfreich ist, dass Dante Fury jedes Mal Herzchen in den Augen hat, wenn er dich ansieht."

Ich schnaubte. „Dante? Herzchen in den Augen? Hast du dir den Mann mal angesehen? Das Wort Herzchen und seine Name passen doch niemals in denselben Satz."

„Und wie ich ihn mir angesehen habe. Und wie er dich beobachtet ... mmh."

„Hör auf." Ich lehnte mich zurück. Dante sah mich so an, weil wir so taten, als wären wir zusammen. „Bist du sicher, dass ich dir nicht im Weg stehe, wenn ich dir bei der Organisation helfe? Es ist deine Veranstaltung, und ..."

„Nein." Clarissa packte mich am Arm. „Gott, nein. Ich brauche deine Hilfe. Ich liebe Brainstormings und überhaupt ... ich rede total gern."

„Du machst deine Sache mit dem Marketing für das Ember richtig gut. Du brauchst meine Hilfe doch gar nicht."

„Tue ich aber." Ihre Augen begannen zu strahlen.

„Ich habe es noch niemandem verraten, weil es noch zu früh ist, aber ... ich bin schwanger."

„Oh, du bekommst ein Baby? Herzlichen Glückwunsch." Ich umarmte sie.

Tränen standen ihr in den Augen. „Das sind Freudentränen, keine Sorge. Passiert mir in letzter Zeit ständig", sagte sie und wedelte mit den Händen. „Morgenübelkeit ist schlimm. Ich vergebe null Sterne. Nicht zu empfehlen. Gegen Abend geht es mir zum Glück meistens gut, aber Dante hat mir Hilfe für die Benefizveranstaltung versprochen. Und diese Hilfe bist du." Sie faltete die Hände, als ob sie beten würde. „Helft mir, Obi-Wan Kenobi! Ihr seid meine letzte Hoffnung."

Ich konnte nicht aufhören zu lachen. „Okay, okay."

„Jetzt lass uns übers Essen reden."

Wir machten uns daran, Ideen auszutauschen, und ich merkte sehr schnell, wie viel Spaß ich hatte. Ab und zu schweiften meine Gedanken ab, aber überraschenderweise nicht zu meinen Problemen, sondern zu Dante.

Und zu seinen Küssen. Sie hatten einen bleibenden Eindruck bei mir hinterlassen.

Es ist eine gespielte Beziehung, Mila. Das durfte ich niemals vergessen. Egal, wie viel Licht er in meine Dunkelheit brachte. Egal, mit welcher Leichtigkeit er die Eisschicht zum Schmelzen brachte, unter der mein Herz so lange erstarrt gewesen war.

„Okay, ich denke, das Essen muss richtig gut sein", sagte Clarissa.

„Finde ich auch. Das Motto des Abends ist schick und luxuriös. Wir brauchen also definitiv Essen vom Feinsten."

Clarissa tippte sich mit dem Ende ihres Stiftes an die Lippen. „Die Küche hier im Ember ist dafür nicht das Richtige. Wir brauchen den Chefkoch vom Wildfire."

„Dantes Restaurant?"

„Richtig. Dort wartet man aktuell drei Monate auf einen Tisch. Aber wir brauchen den Chefkoch, Remy Marcelle. Er soll sich um das Essen für den Maskenball kümmern." Clarissa sprang von ihrem Stuhl auf. „Lass uns das mit Dante besprechen und dann gleich zu Remy gehen. Er sollte gerade mit den Vorbereitungen für das Abendessen beschäftigt sein."

„Okay."

„Eine Frage", sagte Clarissa.

„Ja?"

„Sag mir, dass Dantes Küsse wie der Himmel auf Erden sind. Ich muss es wissen."

Ich schüttelte den Kopf. „Ich verrate lieber nichts. Aber himmlisch ist kein Wort, das ich im Zusammenhang mit Dantes Küssen verwenden würde."

Clarissa keuchte. „Komm schon, lass mich nicht hängen. Das ist grausam."

Ich rieb mir den Nacken. „Hypothetisch gesprochen, sind seine Küsse zu wild, um etwas mit dem Himmel zu tun zu haben. Ich denke eher an die Hölle – verrucht, heiß, sexy." Ich spürte, wie ich errötete.

„Ich hasse dich", wisperte Clarissa.

„Du bist verheiratet, schon vergessen?"

„Ich weiß, ich weiß, und ich liebe meinen Mann. Aber bei einem so heißen Boss wie Dante ist es doch nur verständlich, dass ich mich solche Dinge frage."

Ich hakte mich bei ihr unter. „Komm mit. Wir müssen uns um das Essen kümmern."

Wir machten uns auf den Weg zu Dantes Büro und ich spürte, wie ich ein wenig nervös wurde. Das letzte Mal, als ich hier hereingekommen war, war *nicht schön* gewesen. Ich verdrängte alle Erinnerungen an die üppige Jasmine aus meinem Kopf.

Clarissa klopfte an.

„Ja."

Wie immer schickte mir seine tiefe Stimme einen wohligen Schauer über den Rücken. Er stand hinter seinem Schreibtisch, die Ärmel seines schwarzen Hemdes hochgekrempelt, und blickte auf einen Zettel in seiner Hand.

Gott, sein Anblick war Unterarmporno vom Feinsten. Wie konnten mich Unterarme so sehr anmachen? Ein Tattoo prangte auf einem – Dornenzweige, die sich um Flammen rankten.

„Hey, Boss." Clarissa fegte unbefangen hinein.

„Hi." Sein Blick wanderte direkt zu mir.

„Wir haben beschlossen, da der Maskenball schick sein soll ...", Clarissa betonte das Wort schick, „muss das Essen in derselben Liga spielen. Können wir Küchenchef Marcelle dafür buchen? Sein Essen wäre perfekt."

Dante schlenderte an die Vorderseite seines Schreibtisches und lehnte sich dagegen. „Ich denke, das ist eine großartige Idee. Ich bin sicher, dass Remy liebend gern mitmachen würde."

„*Yes*." Clarissa boxte mit einer Faust in die Luft.

Dante beugte sich vor und hakte einen Finger in eine

Gürtelschlaufe meiner Hose, bevor er mich daran zu sich zog.

„Hey", sagte ich.

„Ebenfalls hey."

Er zog mich so nahe an sich, bis unsere Körper sich aneinanderpressten. Mein Puls raste wie verrückt. „Ich bin im Dienst", murmelte ich. „Somit ist das hier sexuelle Belästigung am Arbeitsplatz."

Sein gemächliches Lächeln löste ein Kribbeln in meinem ganzen Körper aus. „Besprich es mit deinem Boss."

„Gott, ihr zwei." Clarissa fächelte sich Luft zu. „Komm, wir gehen hinüber ins Wildfire und reden mit Remy."

Dante machte ein langes Gesicht. „Ich will nicht, dass du das Ember allein verlässt. Ich komme mit."

Ich wollte widersprechen, aber er tat so viel für meine Sicherheit.

Die Bürotür ging auf. Reath stand da, sein schönes Gesicht ernst. „Entschuldigt die Störung. Carlos Salazar ist hier. Er will mit dir sprechen."

Ein Ausdruck wanderte über Dantes Gesicht. Ein gefährlicher Ausdruck.

„Dachte ich mir schon, dass er bald hier auftauchen würde. Reath, einer der Jungs vom Sicherheitsteam soll Clarissa und Mila zum Wildfire begleiten."

„Geht klar."

Ich wandte mich an Dante. „Wir sehen uns bald."

Er fuhr mit dem Daumen über meine Lippen. „Verlass dich darauf."

20

DANTE

Carlos Salazar kam in mein Büro gestürmt wie ein tasmanischer Teufel. Klein, laut und fuchsteufelswild.

Mir war von Anfang an klar gewesen, dass ihm unser kleiner Streich nicht gefallen würde. Aber er musste lernen, dass seine schlechten Entscheidungen Konsequenzen hatten.

„Du." Salazar funkelte mich böse an. Zwei seiner Schläger standen im Korridor. Reaths Männer waren bei ihnen, die Arme verschränkt und die Körper reaktionsbereit.

„Carlos, es ist mir immer ein Vergnügen." Ich lehnte mich an meinen Schreibtisch.

Salazar trug einen teuren Anzug, nur sah er leider scheiße darin aus. Er war klein mit etwas Bauch, hatte schwarzes Haar, das an manchen Stellen silbern glänzte, und einen Schnauzbart. Um den Hals trug er immer eine dicke Goldkette. So was von geschmacklos.

„Ich weiß, dass das du und deine Scheißbrüder seid."

Ich hob eine Augenbraue, richtete mich auf und ging zu meinem Regal, auf dem der Whiskey in einem Dekanter stand. „Du klingst, als könntest du einen Drink gebrauchen."

„Ich will nichts von dir."

Hitzköpfigkeit wie diese vertrug sich nicht gut mit dem Geschäft, schon gar nicht, wenn dieses Geschäft illegal war. Mit solchen Idioten, die sich aufplusterten und zu beweisen versuchten, wie wichtig sie waren, hatte ich schon öfter zu tun gehabt.

Ich schenkte zwei Scotch ein und drehte mich um.

„Setz dich." Ich sorgte dafür, dass der Befehl deutlich in meiner Stimme mitschwang, und hielt ihm ein Glas hin.

Ein Muskel in Salazars Kiefer zuckte. Er nahm das Glas und setzte sich auf einen Stuhl.

Ich nahm einen Schluck und ließ mir Zeit damit. „Du hast die Vereinbarungen, die wir mit deiner Organisation getroffen haben, klammheimlich untergraben. Du hast doch bestimmt damit gerechnet, dass wir uns das nicht gefallen lassen würden?"

Salazar erstarrte.

Ich nippte erneut an meinem Drink. „Ja, wir wussten, was du tust. Ich will, dass du einen weiten Bogen um meine Lokale machst. Außerdem wirst du keinen Fuß in Fury-Gebiet setzen. Du pisst mir ans Bein, ich pisse dir ans Bein."

Er warf mir einen trotzigen Blick zu.

Unbeeindruckt schwenkte ich meinen Drink. „Du wirst dich in das vereinbarte Gebiet zurückziehen und dich von allem fernhalten, was mit dem Namen Fury zu tun hat."

„Oder?"

Ich machte einen Schritt auf ihn zu und senkte meine Stimme. „Oder ich werde dafür sorgen, dass du es bitter bereust. Du denkst, wir wollen uns die Hände nicht schmutzig machen? Reiz mich und ich zeige dir, wie schmutzig die Sache werden kann."

Jetzt sah ich einen Anflug von Angst auf dem Gesicht des Mannes.

Gut. Männer wie Salazar verstanden nur die Sprache von Angst und Macht. Ich hatte viele wie ihn gesehen, als ich aufgewachsen war.

„Wie du willst", spie er.

Reath betrat mein Büro mit einem furchterregenden Gesichtsausdruck.

„Meine Männer werden Salazar hinausbegleiten", sagte mein Bruder.

Der Drogendealer stand auf und knallte das Glas auf meinen Schreibtisch. Dann stürmte er hinaus und murmelte dabei etwas vor sich hin. Es amüsierte mich, dass er einen großen Bogen um Reath machte.

„Er wird nicht aufgeben", sagte ich.

„Nein, wird er nicht." Reath schüttelte den Kopf. „Arschlöcher wie er lassen sich von ihrem Ego leiten. Er muss ständig allen beweisen, wie groß und wichtig er ist. Du musst aufpassen."

„Hast du ein Auge auf ihn?"

Reath nickte.

„Was gibts?"

FURY

„Ich habe etwas über Chuck Edwards III. herausgefunden."

Ich spannte mich an. „Und?"

„Mila sollte es hören, schätze ich."

„Scheiße. Okay." Ich seufzte. „Ich habe sie heute
Abend lächeln sehen. Sie hilft Clarissa bei der Benefizveranstaltung und hat so glücklich ausgesehen." Die
wahre Mila schimmerte durch. Ich wusste, dass sie das,
was Reath herausgefunden hatte, in ihren Albtraum
zurückziehen würde. „Kann es bis morgen warten?"

„Sicher. Kommt in mein Büro."

Ich würde sie erst zu ihm bringen, damit sie sich
anhören konnte, was Reath zu sagen hatte, und dann
würde ich mir etwas ausdenken, um sie davon
abzulenken.

„Wir werden sie aus dieser Scheiße herausholen,
Dante. Sie ist zäh, wenn sie so lange überlebt hat. Sie
schafft das."

Ich wollte sie beschützen. Ich wollte, dass sie wieder
mehr tun konnte, als nur zu überleben.

Während ich Reath zunickte, legte ich in Gedanken
einen Schwur ab. Was auch immer nötig war, und egal
wie lange es dauerte, Mila Clarke würde wieder ein
freies Leben führen können.

„Wir kommen morgen zu dir."

Reath klopfte mir auf den Arm. „Wir werden dein
Mädchen in Sicherheit bringen, das verspreche ich."

ALS ICH DIE Tür zu meinem Haus aufsperrte, konnte ich sehen, wie müde Mila war.

„Der Maskenball wird so schön werden." Trotz der Erschöpfung schwang Aufregung in ihrer Stimme mit. „Clarissa hat Küchenchef Marcelle so süß um ihren Finger gewickelt. Das Essen wird genial sein."

Ich drückte ihr eine Hand auf den Rücken und führte sie die Treppe hinauf. „Sie hat mir erzählt, dass du jetzt für die Dekoration zuständig bist."

„Das wird keine schwere Aufgabe werden. Das Ember ist jetzt schon wunderschön."

Ich konnte mich nicht davon abhalten, mit meiner Hand über ihr Haar zu streichen. „Ich weiß, dass Samstagabend wunderbar werden wird."

Am oberen Treppenabsatz drehte sie sich um. „Ich habe mir die Wohltätigkeitsorganisation angesehen, für die wir Geld sammeln. Northstar."

Ich ließ meine Hände in meine Hosentaschen gleiten.

„Du hast sie gegründet", sagte sie.

„Ja." Ich ging in die Küche und nahm mir eine Flasche Wasser aus dem Kühlschrank. Als ich sie fragend hochhielt, nickte sie, also reichte ich sie ihr und machte mir eine eigene auf. Ich nahm einen großen Schluck. Sie setzte sich auf einen Hocker an der Kücheninsel.

Während sie am Etikett ihrer Flasche fummelte, fragte sie: „War es schlimm für dich in den Pflegefamilien?"

Ich stellte meine Flasche ab. „Nicht in allen. Es gibt viele gute, fürsorgliche Menschen da draußen, die sich einfach um Kinder in Not kümmern wollen. Die erste Pflegefamilie war besser als meine eigene."

„Als dein Vater." Milas Blick wurde ernst. „Bei dem deine Mutter dich allein zurückgelassen hat."

Ich hatte den Eindruck, dass, wenn meine Mutter hier wäre, Mila sie sich vorknöpfen würde. Ich verbarg ein Lächeln. Zum Teufel, das war das erste Mal, dass ich an meine Eltern dachte und lächeln wollte.

„Sag mir, dass er dafür bezahlt hat, dich geschlagen zu haben?"

„Er ist ins Gefängnis gewandert." Ich legte meine Hand über ihre auf der Granitplatte. „Und die Pflegefamilie gab mir ein Bett, Essen und ein Dach über dem Kopf." Ich hielt inne. „Aber ich war wütend. Ich war jeden einzelnen Tag so verdammt wütend."

„Das Gefühl kenne ich."

Ich verschränkte meine Finger mit ihren. „Ich wurde viel herumgeschoben. Keiner will einen wütenden Jungen in der Nähe von Babys und Kleinkindern haben. Es war schwer, in einer fremden Familie neu anzufangen, immer und immer wieder."

„Aber so hast du deine Brüder gefunden."

„Ja."

„Und jetzt hilfst du anderen Pflegekindern."

„Northstar hilft ihnen, wenn sie aus dem System entlassen werden. Oft sind sie dann allein, haben keine Familie, keine Zukunft und keine Unterstützung." Ich werde nie vergessen, wie es war, als meine Brüder und ich auf uns allein gestellt waren.

Mila drückte meine Hand. „Es ist beeindruckend,

was du tust. Du bist beeindruckend. Du hast nicht nur überlebt, du bist stärker daraus hervorgegangen."

Unsere Blicke trafen sich. Als ich darüber nachdachte, die Kücheninsel zu umrunden und sie in meine Arme zu ziehen, gähnte sie.

Sie hielt sich eine Hand vor den Mund. „Tut mir leid."

Ihre Augenlider wurden schwer und ich konnte ihr die Erschöpfung ansehen. Sie war monatelang auf der Flucht gewesen, hatte Angst um ihr Leben gehabt und nicht richtig schlafen können. Jetzt hatte ihr Gehirn die Tatsache akzeptiert, dass sie in Sicherheit war, und wollte den fehlenden Schlaf nachholen.

„Komm mit." Ich stellte mich vor sie und zog sie auf die Beine. Sie sagte nichts, als ich sie zu den Schlafzimmern führte. Vor dem Gästezimmer, das sich direkt neben meinem Schlafzimmer befand, blieb ich stehen. „Zeit für ein wenig Schlaf."

Sie gähnte erneut und nickte.

Ich legte meine Hand an ihre Wange. „Denk daran, hier bist du sicher."

Ihr Blick wanderte über mein Gesicht. „Ich weiß."

„Morgen reden wir mit Reath."

Augenblicklich spannte sie sich an. „Hat er etwas über Chuck?"

Ich nickte.

Angst legte sich in ihren Blick.

„Hey." Ich nahm sie in den Arm. „Es wird alles gut werden."

Sie atmete tief aus. „Ich hoffe es."

„Du bist nicht mehr allein, Mila."

Sie lehnte sich an mich und ich schlang meine Arme um sie und stützte mein Kinn auf ihren Kopf.

So blieben wir für eine Weile stehen und als ich nach unten schaute, merkte ich, dass ihre Augen geschlossen waren. Sie war praktisch im Stehen eingeschlafen.

„Bett."

Ihre Augenlider flatterten. „Okay", murmelte sie undeutlich.

Sanft schob ich sie ins Gästezimmer. „Alle deine Sachen sind hier. Dusch dich und dann leg dich aufs Ohr."

Es wäre mir viel lieber, wenn sie in meinem Bett schlafen würde. Aber sie hier bei mir zu haben, war immerhin ein guter Anfang. Sanft schob ich eine Hand in ihre Haare. Ich liebte den sanften Ausdruck in ihrem Gesicht, jetzt, wo sie nicht mehr in ständiger Alarmbereitschaft war. Ich drückte ihr einen zärtlichen Kuss auf die Lippen.

Es war weit weniger, als ich wollte, aber im Moment brauchte sie Schlaf.

„Gute Nacht, Mila."

„Nacht, Dante."

In meinem eigenen Schlafzimmer zog ich mich aus und ging unter die Dusche. Danach zog ich mir eine schwarze Pyjamahose an.

Als ich mich gerade auf mein Bett gesetzt hatte, hörte ich plötzlich ein seltsames Geräusch. Ich stand auf und starrte stirnrunzelnd auf die Tür. Ich wusste, dass niemand in meinem Haus war, denn die Alarmanlage war nicht losgegangen. Niemand kam unbemerkt an einem System vorbei, das Reath installiert hatte.

Wieder dieses Geräusch. Ein Wimmern.

Ich rannte quer durch den Raum, riss die Tür auf und brauchte genau drei Sekunden, um Milas Schlafzimmer zu erreichen. Ihre Nachttischlampe war an, aber sie lag schlafend in der Mitte des Bettes.

Und hatte einen Albtraum.

Sie wälzte sich hin und her und ihr Anblick war kaum zu ertragen. Es tat mir so weh, zu sehen, dass sie nicht im Dunkeln schlafen konnte und Albträume von alldem hatte, was sie hatte durchmachen müssen.

Ich stürzte ans Bett und berührte ihren Arm.

„Nein!", schrie sie.

„Mila, ich bins. Dante."

Sie verstummte, aber mir wurde klar, dass sie noch schlief. Ich setzte mich neben sie.

„Du bist in Sicherheit", murmelte ich. „Niemand kann dir etwas tun."

„Dante." Ihre Stimme war nur ein schläfriges Murmeln, ihre Augenlider waren noch geschlossen. „Sicherheit."

Ich konnte so gut nachempfinden, wie es ihr ging. „Ja, du bist in Sicherheit." Ich streichelte ihr Haar. „Ich bin da. Schlaf jetzt."

Langsam entspannte sie sich und kuschelte sich an mich. Ihre Atmung beruhigte sich.

Ich lehnte mich zurück ans Kopfteil und streichelte immer noch ihr Haar. Ich würde stundenlang so sitzen bleiben und ihre Albträume vertreiben, wenn es nötig wäre.

„Ich werde diese Schweine finden, die dir wehgetan haben. Ich verspreche, dass sie dafür bezahlen werden."

21

DANTE

Ich saß draußen auf meiner Dachterrasse, schlürfte meinen ersten Kaffee und sah zu, wie die Nachmittagssonne die Stadt in ihr wärmendes Licht tauchte.

Mila war noch drinnen und schlief. Ich hatte sie nicht wecken wollen. Ich nippte noch einmal an meinem Kaffee und starrte auf die Häuser von New Orleans hinaus. Nachdem ich ihr Zimmer verlassen hatte, hatte ich nicht viel geschlafen.

Hatte mir gewünscht, dass sie in meinem Bett liegen würde.

Das würde sie noch. Ich schlang meine Finger enger um die Tasse. Zuerst musste ich sie in Sicherheit bringen und ihr geben, was sie brauchte.

Ihr zeigen, dass sie auch mich brauchte.

Ich hörte, wie sich die Schiebetür leise öffnete und sah über meine Schulter. „Hi."

Barfuß kam Mila in meine Richtung getappt. Ihr Haar war feucht und zu einem Pferdeschwanz zusammengebunden. Sie trug heute Nachmittag nicht ihr

Arbeitsoutfit, sondern eine schwarze Caprihose und ein grünes Wickeltop. Es zeigte einen Hauch von Dekolleté und ich saugte einen Atemzug in meine Lungen.

„Tut mir leid, dass ich gestern Abend einfach so eingepennt bin." Sie setzte sich auf der Gartencouch neben mich.

„Du brauchst dich nicht zu entschuldigen. Du hattest den Schlaf dringend nötig."

Sie erwähnte den Albtraum nicht, und wie ich vermutet hatte, erinnerte sie sich nicht daran.

„Hier oben ist es echt schön." Sie lehnte sich zurück und genoss die Aussicht. „Es muss toll sein, hier draußen zu grillen und abzuhängen." Sie starrte auf meinen großen, glänzenden Grill.

„Ist es auch. Irgendwann machen wir das."

Sie nickte und spielte mit dem Kissen neben sich. „Also ... Reath hat Informationen über Chuck?"

„Ja. Er erwartet uns nachher in seinem Büro." Ich streckte meine Hand aus und nahm ihre. „Alles wird gut, Mila."

Sie nickte nur knapp. „Das würde ich so wahnsinnig gern glauben."

Ich drückte ihre Finger. „Ich bringe dich hin. Aber zuerst warten drinnen Bagel auf dich und frischer Kaffee ist auch fertig. Iss etwas und dann brechen wir auf."

„Ja, Boss."

Ich hielt ihre Hand fester. „Du solltest es nicht so sagen. Es bringt mich auf Ideen."

Sie verstummte.

„Geh, bevor wir die Couch nicht nur nutzen, um die Aussicht zu genießen."

Mila stand wie von der Tarantel gestochen auf. Sie sah mir lange in die Augen, bevor sie hineinging.

Etwa zwanzig Minuten später verließen wir das Haus. Reath hatte in der Nähe sein eigenes Lagerhaus, in dem Phoenix Security Services untergebracht war. Ich sah mich auf der Straße um und bemerkte zwei von Reaths Männern, die Wache hielten.

Wir kamen an mehreren Kunstgalerien vorbei und standen kurz darauf vor seinem Haus. Es hatte große Glasfenster im Erdgeschoss, in die die Worte Phoenix Security Services eingraviert waren, darunter ein kleines kunstvolles Bild eines aufsteigenden Phönix'. Er war identisch mit Reaths Tattoo. Die Glastüren glitten zischend auf und wir betraten die Lobby. Ein junger Mann saß hinter dem Empfangstresen.

Er nickte. „Hallo, Mr. Fury. Er erwartet Sie – gehen Sie direkt zu ihm hoch."

„Danke, Warwick."

Ich führte Mila die Treppe hinauf. Die Lobby sah aus wie jeder andere professionelle Empfangsbereich, mit weißen Wänden, poliertem Betonboden und einer Backsteinwand, die noch vom ursprünglichen Gebäude stammte. Aber ich wusste, dass es hier mehrere versteckte Kameras gab und dass Warwick zweifellos eine Handfeuerwaffe in Reichweite hatte.

Am oberen Treppenabsatz betraten wir einen großzügigen, offenen Bereich.

„Wow, wie toll." Mila sah sich um und betrachtete die Stützbalken aus Holz und die erhaltenen Dachsparren unter der Decke. Der Boden hier oben war aus glattem, grauem Beton, und entlang der Wände befanden sich ein paar Räume – ein Besprechungsraum und mehrere Büros.

Nach außen hin präsentierte sich PSS eindrucksvoll.

„Hier entlang." Ich führte sie in einen Flur. Die Tür am Ende öffnete sich und Reath trat heraus.

Er winkte uns zu und hielt die Tür auf. Ich bezweifelte, dass Mila erkennen konnte, dass sie aus verstärktem Metall bestand und mit einem Schloss versehen war, das einen Netzhautscan erforderte. Als sie eintrat, schnappte sie nach Luft.

Der abgedunkelte Raum wurde von den Bildschirmen an der Wand dominiert, die ein blaues Licht in den Raum warfen. Darunter standen mehrere lange, geschwungene Schreibtische. Ein Mann und eine Frau saßen dort und verfolgten konzentriert die Live-Streams von Überwachungskameras.

„Gehen wir in mein Büro", sagte Reath.

Er führte uns in einen weiteren Raum. Ich nannte ihn gern Reaths Batcave.

Die Wände waren dunkelgrau gestrichen, bis auf eine, an der ein riesiger Bildschirm hing. Darauf war gerade eine Weltkarte zu sehen, mit mehreren leuchtenden Punkten an verschiedenen Stellen. Ich war mir ziemlich sicher, dass ich nicht wissen wollte, was die Punkte darstellten.

Die Schränke im Büro waren schwarz und Reaths Schreibtisch bestand aus einer massiven, rustikalen Holzplatte. Ein großer Curved Monitor dominierte ihn.

Reath deutete auf die grauen Sessel vor seinem Schreibtisch und lehnte sich dann an die dicke Holzplatte.

Mila und ich setzten uns. Sie war ganz zappelig und wippte mit dem Bein. „Du hast also etwas herausgefunden? Ich habe alles über Chuck recherchiert, seit ich auf der Flucht bin. Aber mit Gangs oder Drogendealern konnte ich ihn bisher nicht in Verbindung bringen." Frustration machte sich in ihrem Gesicht breit. „Ich konnte auch nicht die Männer identifizieren, die meine Eltern getötet haben."

Mein Herz setzte einen Schlag aus. Sie hatte ihre Nase in die Angelegenheiten von ein paar sehr gefährlichen Männern gesteckt.

Reath verschränkte die Arme. „Charles ‚Chuck' Edwards III. und seine Firma, Edwards Industries, sind pleite."

Mila holte tief Luft.

„Chuck hat in den letzten Jahren ein paar schlechte unternehmerische Entscheidungen getroffen, lebt aber immer noch auf großem Fuß."

Sie spielte nervös mit ihren Fingern in ihrem Schoß. „Seine Familie war schon immer wohlhabend und einflussreich in Baton Rouge."

„Nun, Chuck ist nicht ganz so erfolgreich als Geschäftsmann, wie sein Vater und Großvater es waren. Und trotz allem hat er dafür gesorgt, dass er und seine Familie auch weiterhin all den Luxus haben, den sie gewöhnt sind." Reath machte eine schwungvolle Bewegung mit seinem Arm. „Sein Sohn ist vor Kurzem in das Familienunternehmen eingestiegen und hat versucht, sich nützlich zu machen."

Mila nickte. „Charlie. Ich kannte ihn nicht gut, aber er wirkte nett und enthusiastisch."

„Es gibt keinen Hinweis darauf, dass der Sohn weiß, was vor sich geht. Chuck hat dafür gesorgt, dass alles gut versteckt abläuft, aber er schmuggelt seit einiger Zeit für jemanden Drogen nach Baton Rouge. Weil er einen guten Ruf hat, fliegt die Sache nicht auf. Niemand wird die Lastwagen und Lagerhäuser von Edwards Industries nach Drogen durchsuchen."

„Gott." Mila presste eine Hand auf ihre Brust.

„Wer?", wollte ich wissen. „Mit wem arbeitet er zusammen?"

„Weiß ich nicht." Frustration machte sich in Reaths Gesicht breit. „Es muss eines der Kartelle sein. Wer auch immer es ist, hat seine Spuren gut verwischt. Ich habe meine Leute darauf angesetzt. Aus den Finanzunterlagen, die wir uns angesehen haben, geht hervor, dass Chuck auch Geldwäsche betreibt. Wir müssen die Blüten nur zur Quelle zurückverfolgen, dann wissen wir, wer außer Chuck sonst noch hinter Mila her ist. Offensichtlich wollen beide diesen lukrativen Deal, den sie am Laufen haben, schützen."

Kopfschüttelnd klammerte sich Mila an die Armlehnen ihres Stuhls. „Ich kann immer noch nicht glauben, dass Chuck in diese Sache verwickelt ist. Er ist nett, herzlich, er will sogar als Gouverneur kandidieren."

„Die Kosten für seine Kandidatur als Gouverneur waren der ausschlaggebende Grund dafür, dass sein Bankkonto ins Minus gerutscht ist", sagte Reath. „Seither ist es sein Anteil an den Drogengeschäften, der sein Geschäft über Wasser hält."

Mila sprang auf. „Dieses *Arschloch*. Hier geht es also nur um Geld!"

„Und Macht", fügte Reath hinzu. „Er kann den Gedanken nicht ertragen, sein gesellschaftliches Ansehen zu verlieren."

Sie schüttelte den Kopf, die Hände zu Fäusten geballt. „Wenn er hier wäre, würde ich ihm eine reinhauen." Dann ließ sie die Schultern sinken. „Und *dafür* sind meine Eltern gestorben?"

Ich stand auf und schlang meine Arme um sie. Sie klammerte sich an mich und drückte ihr Gesicht an meine Brust. Verdammt, fühlte sich das gut an. Ich genoss es, derjenige zu sein, bei dem sie Schutz suchte. Ich drückte meine Hand an ihren Hinterkopf und hielt sie fest.

„Wir werden weiter daran arbeiten, herauszufinden, mit wem Edwards unter einer Decke steckt", sagte Reath.

„Fürs Erste sorgen wir dafür, dass Mila in Sicherheit ist."

Mein Bruder nickte.

„Danke, Reath." Ich strich mit einer Hand über Milas Rücken. „Komm, Clarissa wird bestimmt schon auf dich warten."

Mila hob den Kopf. Ihre Augen waren trocken, aber ich sah die Trauer und die Niedergeschlagenheit darin.

Ich drückte ihr einen schnellen Kuss auf die Lippen. „Wir machen heute früher Schluss."

Sie runzelte die Stirn. „Was? Ich kann nicht. Dante, der Maskenball ist morgen Abend. Wir haben noch ..."

„Du und Clarissa habt doch für den Ball alles im Griff. Du brauchst eine Pause, Mila."

„Aber ..."

Ich drückte einen Finger auf ihre Lippen. „Keine Widerrede. Ich bin der Boss."

Leben kehrte in ihre Augen zurück. „Du liebst es einfach nur, andere herumzukommandieren."

Ich versuchte, mein Grinsen zu verbergen. „Ja."

Sie schüttelte den Kopf und ich war froh zu sehen, dass die Trauer aus ihrem Blick zu verschwinden begann.

„Wir machen heute früher Schluss", wiederholte ich. „Ich habe eine kleine Überraschung für dich."

Ihr Blick verengte sich auf mich. „Warum habe ich das Gefühl, dass ich mir jetzt Sorgen machen sollte?"

„Vertrau mir."

Sie musterte mich mit ihren grauen Augen. „Ich glaube, das tue ich."

Ich drückte sie an meine Brust. Ich fühlte mich, als hätte ich einen verdammten Preis gewonnen.

Das Rattern des Druckers hallte durchs Büro.

„Mila, du kannst doch nicht allen Ernstes noch mehr Checklisten ausdrucken."

Ich warf einen Blick zu Clarissa. Sie sah müde aus und ihre Schuhe hatte sie schon vor einer Stunde ausgezogen.

„Ich möchte nichts für den Maskenball morgen vergessen." Ich fasste meine verschiedenen Checklisten zu einem Stapel zusammen. Hmm, ich brauchte ein Klemmbrett.

Clarissa berührte meinen Arm. „Es wird perfekt sein, dank dir."

„Dank uns."

Sie lächelte mich an.

Es klopfte sanft an der Tür. Ich drehte mich um und sah Dante, und mein Herz machte einen Sprung. Er sah so gut aus. Gefährlich gut.

„Bereit?", fragte er.

„Sagst du mir jetzt, was wir vorhaben?"

Er lächelte. „Nein."

Schnaubend stieß ich Luft aus meinen Nasenlöchern.

„Ein Date." Clarissa klatschte in die Hände. „Na los, schaff sie hier raus, bevor sie noch eine weitere Checkliste ausdruckt."

Dante nahm meine Hand. „Bis morgen, Clarissa."

„Viel Spaß!"

„Bin ich passend angezogen?" Ich fand, dass meine Caprihose und mein Wickeltop ziemlich vielseitig waren, aber wenn wir irgendwo hingingen, wo Abendgarderobe gefragt war, sollte ich mich vielleicht umziehen.

„Du siehst wunderschön aus."

Schmetterlinge flatterten in meinem Bauch.

Er zog mich durchs Ember und rief allen zum Abschied zu. Venus winkte. Mir entging nicht, dass das gesamte Personal uns beobachtete.

Wir gingen durch den Haupteingang hinaus und Reggie winkte nur, da er mit der langen Schlange von Leuten beschäftigt war, die darauf warteten, in den Club gelassen zu werden.

„Wohin gehen wir, Mr. Fury?"

Er ging den Bürgersteig hinunter, wobei er mich an seine Seite drückte. „Es ist nicht weit."

Vor dem eleganten, grauen Eingang des Wildfire blieb er stehen. Es war ein moderner Betonbau mit einer großen Holztür im passenden Stil. Ein kleines Schild daneben leuchtete in Gold und trug die Aufschrift *Wildfire* in einer geschwungenen Schrift.

„Ich führe dich zu einem späten Abendessen aus."

In eines der besten Restaurants von New Orleans. Ich war sprachlos und hielt seine Hand ein bisschen fester, als ich ihm hineinfolgte.

„Herzlich willkommen, Mr. Fury." Die elegante Empfangsdame nickte. Sie trug ein elegantes, graues, tailliertes Kleid und sah darin aus wie ein Laufstegmodel. „Ihr Tisch ist bereit, wie gewünscht."

Dante hielt immer noch meine Hand, als wir weitergingen.

Ich musste mich daran erinnern, dass das alles nur gespielt war. Um unsere vorgetäuschte Beziehung glaubwürdig zu verkaufen.

Der große Bereich hatte eine hohe Decke und stimmungsvolle, graue Wände. Ich traute meinen Augen nicht. In der Mitte des Restaurants stand tatsächlich ein Baum. Die Zweige ragten in die Höhe und breiteten sich in alle Richtungen aus, sodass man die Decke kaum sehen konnte. Leuchtende Blüten funkelten und erinnerten mich an die Decke im Ember. Hier leuchteten die Blumen allerdings in einem dunklen Pinkton.

„Diese Blumen sind alle kleine Lichter", sagte Dante. „Wir können die Farbe mit einem Schalter ändern."

„Es ist wunderschön."

Elegante Holztische standen in starkem Kontrast zu einem dunklen Betonboden. Sie waren alle mit frischen, weißen Tischtüchern bedeckt.

In der Mitte des Raumes stand ein freier Tisch. Dante zog einen der Stühle für mich heraus und berührte mich sanft, als ich mich setzte. Ich spürte die Blicke der Leute auf uns.

Er nahm mir gegenüber Platz und ich konnte kaum

glauben, dass dieser Mann es sich zur Aufgabe gemacht hatte, mich zu beschützen. Dante setzte alle Hebel in Bewegung, um mir zu helfen. Das schummrige Licht des Restaurants warf Schatten auf sein markantes Gesicht. Diese einzelne Haarsträhne fiel ihm wieder in die Stirn, nur diesmal konnte ich mich nicht zurückhalten, die Hand auszustrecken. Ich schob sie zur Seite.

Sein dunkler Blick traf meinen.

„Diese Haarsträhne hat mich in den Wahnsinn getrieben, seit ich dich kennengelernt habe."

„Ich sollte zum Friseur gehen, aber das ist etwas, das ich noch nie gern getan habe."

Ein Kellner erschien. Er trug eine graue Hose und ein graues Hemd im Tunika-Stil. „Was darf ich Ihnen zu trinken bringen?"

„Bestell du für mich", sagte ich zu Dante.

Er neigte den Kopf zur Seite. „Eine Flasche vom Marcassin Chardonnay. Und wir teilen uns das Carpaccio als Vorspeise."

„Ja, Sir."

Ich beugte mich vor. „Also, warum gehst du nicht gern zum Friseur?"

Seine Schultern spannten sich an.

Mir wurde sofort klar, dass ich einen wunden Punkt erwischt hatte. „Tut mir leid." Ich schob eine Hand über den Tisch. „Ich wollte nicht ..."

Er nahm meine Hand. „In der zweiten Pflegefamilie, in die ich kam, ging es streng zu. Der Mann dort war ein Arschloch. Am ersten Tag zwang er mich, mir den Kopf rasieren zu lassen."

Ich keuchte.

„Er wollte nicht, dass der Abschaum Ungeziefer in sein Haus bringt."

Ich konnte meine Wut nicht kontrollieren. Meine Finger verkrampften sich um seine.

Dante streichelte meine Handfläche. „Es war kein schlechtes Zuhause. Das Essen war gut."

Wieder einmal war ich dankbar dafür, dass meine Eltern mich durch meine Kindheit begleitet hatten. „Wie bist du überhaupt in Pflegefamilien gelandet? Hat jemand deinen Vater angezeigt?"

„Nein. Die Lehrer in der Schule ignorierten meine blauen Flecken, obwohl ich sie zugegebenermaßen gut versteckte. Nachdem meine Mutter abgehauen war, wurde es immer schlimmer mit ihm. Einmal ging er zu weit und schlug mich so heftig, dass er mich in die Notaufnahme bringen musste. Die Ärzte meldeten es. Und das wars. Ich landete im System."

Ich spürte, wie mir die Tränen kamen. Ich weinte um den kleinen Jungen, der er einmal gewesen war. Es war so schwer vorstellbar, dass er jemals jung und hilflos gewesen war. „Ist dein Vater noch im Gefängnis?" Ich hoffte, dass es so war.

„Er ist dort gestorben." Er sagte es sachlich. „Bei einem Gefängnisaufstand."

„Es ist so schrecklich, dass es Menschen wie ihn gibt. Manchmal frage ich mich, warum solche Leute Kinder bekommen, während andere Paare, liebevolle Paare, kinderlos bleiben."

Er hob eine Augenbraue.

„Meine Eltern ..." Ich unterdrückte den Schmerz und den Verlust, den ich bei diesen Worten empfand, und konzentrierte mich auf die guten Erinnerungen. „Sie waren großartig. Wundervolle Eltern. Nachdem sie mich bekommen hatten, erlitt meine Mutter mehrere Fehlgeburten. Schließlich beschlossen sie, es nicht länger zu versuchen." Ich lächelte. „Mir machte es nichts aus, ein Einzelkind zu sein. Mein Vater verwöhnte mich. Meine Mutter und ich teilten unsere Schuhe. Wir beide liebten Designerschuhe und träumten davon, eines Tages ein Paar Louboutins zu besitzen."

„Es tut mir leid, dass du sie verloren hast, Mila."

„Es tut mir leid, dass du nie solche Eltern hattest."

„Ich habe meine Brüder."

Und ich war wirklich froh, dass er sie hatte.

Unsere Vorspeise kam und das Fleisch zerschmolz auf meiner Zunge. Dante bestellte unsere Hauptgerichte und ich trank ein Glas des köstlichsten Weißweins. Ich aß den perfekt gebratenen Red Snapper mit Krabbenfleisch. So etwas Gutes hatte ich noch nie gegessen. Dante hatte das Lammfleisch mit Waldpilzen.

Ein Mann im Anzug kam zu unserem Tisch. „Dante. Schön, dich zu sehen."

„Andrew." Dante schüttelte die Hand des Mannes.

Ich lehnte mich zurück und sah ihm zu, als er sich mit ihm unterhielt. Er war so entspannt und strahlte ein angeborenes Selbstvertrauen aus.

„Und wer ist diese reizende Dame?", fragte der Mann.

Ich blickte auf und sah, wie er mich anlächelte.

„Andrew, das ist meine Freundin Mila."

Bei dem Wort bekam ich eine Gänsehaut, auch wenn es nicht der Wahrheit entsprach.

„Freundin?" Andrew klang überrascht. „Ist mir ein Vergnügen, Mila. Ich lasse euch jetzt in Ruhe essen."

„Vielleicht sollte ich mir ein Schild umhängen", sagte ich. „Eigentum von Dante Fury."

Seine Mundwinkel hoben sich. „Keine schlechte Idee."

Ich erwiderte sein Lächeln, aber mein Magen zog sich zusammen. *Nicht echt. Nicht echt. Nicht echt.* Das durfte ich nicht vergessen.

Denn wenn ich diesen Mann zu nahe an mich heranließ, würde ich mich in ihn verlieben.

Und wenn er unsere Scharade beendete, würde mir das Herz brechen. Leider wusste ich bereits, dass es keine weiteren Tiefschläge mehr verkraften würde.

23

DANTE

„Dante, wohin gehen wir?"

Ich führte Mila aus dem Wildfire. Davor wartete ein schwarzer 8er BMW auf uns. Ich öffnete die hintere Tür des Wagens für sie. „Ich habe noch eine letzte Überraschung."

Sie schürzte die Lippen und schüttelte den Kopf, stieg aber ein. Ich folgte ihr auf die Rückbank.

„Abend, Mack." Der Mann war eigentlich Kavs Fahrer.

„Mr. Fury." Der Wagen fuhr sanft vom Bordstein los.

„Sag mir, wohin wir fahren", sagte sie.

Ich schüttelte den Kopf.

Wir fuhren ins French Quarter. Es war Freitagabend und entsprechend ging hier die Post ab.

„Ist es sicher für uns, uns unter die Leute zu mischen?" Sie rutschte unruhig auf ihrem Sitz umher.

„Ja. Ich verspreche es." Ich sagte ihr nicht, dass uns zwei von Reaths Leuten im Blick hatten. „Ich würde dich nie in Gefahr bringen, Mila."

Sie beugte sich vor und mein Blick blieb an ihrem Dekolleté hängen. Ich atmete kurz ein.

„Das weiß ich", murmelte sie.

Mein Verlangen nach ihr wuchs. Ich wollte sie nackt, unter mir, wollte hören, wie sie meinen Namen schrie. Aber als ich sah, wie sie lächelnd und entspannt aus dem Fenster schaute, riss ich mich zusammen.

Für den Moment.

„Du kannst uns hier absetzen, Mack." Er hielt den Wagen an. „Ich rufe dich an, wenn wir nach Hause wollen."

„Ich warte in der Nähe."

Ich half Mila aus dem Auto. Als wir auf die Bourbon Street zusteuerten, dröhnte laute Musik durch die Luft. In allen Richtungen liefen Menschen umher – Touristen, Taschendiebe, Feierwütige. Als wir in die Bourbon Street einbogen, sah ich, wie Mila die Leuchtreklamen unter den kultigen Balkonen bestaunte.

„Ich war erst einmal in der Bourbon Street", sagte sie.

„Einmal ist normalerweise ausreichend."

Sie lachte. „Gesprochen wie ein echter Einheimischer."

Ich schlang einen Arm um sie und zog sie an mich. Wir gingen an den belebten Restaurants und überfüllten Bars vorbei. An einer Ecke spielte ein Mann Saxophon, und eine kleine Menschenmenge jubelte ihm zu. Ich bog in die nächste Straße ein und führte sie zu einem sehr bekannten Lokal.

Als sie die bunte Bar mit den grünen Fensterläden sah, begannen ihre Augen zu leuchten. „Wir gehen ins Pat O'Brien's?"

„Ja."

„Geburtsort des Hurricane."

„Ich dachte mir, jemand, der so köstliche Cocktails kreiert, sollte den Ort besuchen, an dem der Hurricane angeblich erfunden wurde."

Ich ignorierte die Schlange, die auf Einlass wartete, und ging direkt auf die Tür zu. Mila warf mir einen verwirrten Blick zu.

Der Türsteher drehte sich um, erkannte mich und lächelte. „Fury. Was zum Teufel führt dich an einem Freitagabend hierher?"

„Ich habe eine wunderschöne Frau dabei, die einen Hurricane möchte."

Der Mann warf Mila einen neugierigen Blick zu. „Dann seid ihr hier genau richtig. Rein mit euch."

In der Hauptbar war viel los, also führte ich Mila in den Innenhof. In der Mitte plätscherte der berühmte Flammenbrunnen. Ich suchte uns einen leeren Tisch in einer schattigen Ecke.

„Man sagt, Pat O'Brien habe den Hurricane während des Zweiten Weltkriegs erfunden", erzählte ich ihr. „Damals war es schwierig, Whiskey und Scotch zu importieren, also zwangen die Verkäufer die Barbesitzer, Kisten mit Rum zu kaufen, der in großen Mengen verfügbar war, um überhaupt an Whiskey heranzukommen. Pat musste eine Verwendung für den ganzen Rum finden, den er hatte."

„Und der Hurricane-Cocktail war geboren", folgerte sie. „Rum, Zitronensaft und Passionsfruchtsirup."

Ich gab einer der Kellnerinnen ein Zeichen, als sie an

mir vorbeihuschte, und bestellte einen Hurricane. Dann zog ich Milas Stuhl näher an meinen heran.

„Danke", sagte sie.

„Wofür?"

„Dass du mich heute Abend ausführst. Das habe ich seit Ewigkeiten nicht mehr gemacht." Sie beugte sich vor und küsste mich auf die Wange. „Und überhaupt. Danke für einfach alles."

Unter dem Tisch griff ich nach ihrem Oberschenkel. Ich sah, wie sich ihre Brust zusammenzog. Dann beugte ich mich vor und küsste sie.

Wie es mit Mila immer der Fall zu sein schien, schoss mir meine Lust direkt in den Schwanz. Mein Verlangen nach ihr steigerte sich in einer Sekunde von null auf durch-die-Decke. Der leiseste Hauch ihres Geschmacks, und jede schmutzige Fantasie, die ich je gehabt hatte, strömte in meinen Kopf. Instinktiv zog ich sie auf meinen Schoß.

„Dante ..."

„Es ist dunkel und es ist New Orleans. Niemanden interessiert, was wir tun." Ich legte meine Finger um ihr Kinn und meine andere Hand streichelte ihren Oberschenkel.

Ein Feuer der Lust flackerte in ihren grauen Augen auf und sie wiegte sich gegen mich. Mein Schwanz war augenblicklich steinhart.

„Spürst du das? Spürst du, was du mit mir machst?"

„*Dante*." Sie drückte ihren Mund an meinem Hals.

Fuck.

„Ein Hurricane." Die Kellnerin unterbrach den knisternden Moment und stellte ein hohes Glas auf dem Tisch ab.

Ich holte tief Luft, nahm mich zusammen und strich Mila über die Wange. „Trink. Nach diesem werden wir noch mehr Cocktails verkosten." Ich reichte der Kellnerin ein paar Scheine.

„Noch mehr Cocktails?" Mila nippte an ihrem Hurricane und lächelte.

„Ja. Ich gebe dir eine private Cocktailtour durch das French Quarter."

Nachdem wir das Pat O'Brien's verlassen hatten, schlenderten wir zurück in die Bourbon Street. Sie war laut und schrill, aber sie hatte einen gewissen lebendigen Charme.

„Das French Quarter ist toll zum Feiern", sagte sie, „aber der Warehouse District gefällt mir besser."

„Mir auch."

Als ich mich umsah, entdeckte ich nicht weit von uns einen von Reaths Männern. Er schien uns keine Aufmerksamkeit zu schenken, aber als er meinen Blick auffing, nickte er mir kurz zu.

Ich führte Mila von der Bourbon Street in die angrenzende Royal Street. Als sie zu dem historischen weißen Gebäude hinaufschaute, auf das wir zugingen, kicherte sie.

„Oje. Wenn Clarissa wüsste, dass wir gleich ins Hotel Monteleone gehen, wäre sie stinksauer."

„Dann wird es unser kleines Geheimnis bleiben."

Als ich sie in die Carousel Bar führte, lachte sie und sah sich interessiert um. Die runde Bar war wie ein

Karussell dekoriert und drehte sich langsam. In einer Ecke sang eine Jazzsängerin.

„Heimat des Vieux Carré." Ich half Mila auf einen Hocker an der Bar.

„Ich weiß, dass Vieux Carré französisch für *altes Viertel* ist. Roggenwhiskey, Cognac, Wermut, Bénédictine und Peychaud's Bitters."

Ich lehnte mich von hinten an sie und winkte dem Barkeeper zu. Als er kam, bestellte ich einen Vieux Carré. „Ein Barkeeper hier in der Carousel Bar namens Walter Bergeron hat den Cocktail in den 1930er Jahren erfunden. Er gilt als der Paradecocktail des French Quarters."

Sie neigte ihren Kopf zurück und lächelte. Ich ließ meine Fingerspitzen über ihre Wange und dann weiter über ihren Hals gleiten. Sie erschauderte wohlig unter meinen Berührungen.

Ich liebte es, sie zu berühren. Ihr zu geben, was sie brauchte. Ihr Cocktail kam und sie nahm einen Schluck.

„Lecker."

Es war unschwer zu erkennen, dass er ihr besser schmeckte als der Hurricane. Mein Mädchen mochte eben Whiskey. Ich ließ meine Hand an ihrer Seite hinunterstreichen, und sie schmiegte sich an mich. Dann glitt meine Hand nach oben und umschloss ihre Brust.

Sie sah sich um, aber niemand schaute in unsere Richtung.

„Du spielst gern mit mir", sagte sie atemlos.

Ich beugte mich vor und knabberte an ihrem Ohr. „Trink aus."

„Fahren wir dann nach Hause?" In ihrem Blick spiegelten sich Willigkeit und Verlangen.

Mein Schwanz pochte. *Nach Hause*. War ihr klar, dass sie mein Haus gerade als ihr Zuhause bezeichnet hatte? „Bald."

Ich setzte meine zärtlichen Liebkosungen fort und bemerkte, dass ihre Brustwarzen sich unter ihrem Top zu kleinen, festen Perlen zusammengezogen hatten. Als sie ausgetrunken hatte und vom Hocker rutschte, war sie etwas wacklig auf den Beinen.

Von ihren Cocktails. Und meinen wandernden Händen.

Wir reihten uns wieder in das Gedränge der Feierlustigen auf der Bourbon Street ein.

„Nur noch eine Bar."

„Dante ..."

„Vertrau mir."

Sie nickte.

Ich nahm ihre Hand und führte sie an den Rand des French Quarters, wo wir die Canal Street überquerten. Auf der anderen Seite schritten wir über die mit rotem Teppich ausgelegten Stufen zum Roosevelt Hotel hinauf.

Der Ort versprühte Geschichte und den Charme der alten Welt. Dasselbe Ambiente setzte sich in der Sazerac Bar fort. Sie war klein und im Jugendstil gehalten, mit einer langen Holzbar und weich gepolsterten Sitzbänken. Man fühlte sich wie in die Zeit um die Jahrhundertwende zurückversetzt.

Wir fanden einen freien Tisch und ich zog Mila neben mir auf die bequeme Bank.

„Hier herrscht eine ganz andere Stimmung als im

French Quarter." Sie betrachtete das berühmte Wandge-mälde von Paul Ninas an einer Wand. „Nach ... Wohlstand."

„Die Sazerac Bar zelebriert das, was manche als Amerikas ersten Cocktail bezeichnen und den offiziellen Cocktail von New Orleans."

„Den Sazerac. Cognac oder Roggenwhiskey, Absinth oder Herbsaint, Peychaud's Bitters und Zucker."

Ein weiß gekleideter Kellner erschien. „Was darf ich Ihnen bringen?"

„Zwei Sazeracs, bitte."

Der Mann lächelte mich an. „Kommt sofort, Mr. Fury."

Mila warf mir einen Blick zu. „Natürlich kennt er dich."

„Viele Leute kennen mich." Ich zog sie näher zu mir. „Und morgen werden sie alle darüber reden, dass ich heute Abend mit einer wunderschönen Frau unterwegs war."

Ihr Lächeln verblasste. „Stimmt. Alles, um den Schein zu wahren."

Oh, nein, das würde ich sie nicht glauben lassen. Ich zog sie auf meinen Schoß und sie keuchte. Dies wurde schnell zu meinem Lieblingsplatz für sie.

Ich legte meine Finger um ihr Kinn. „Heute Abend geht es um dich." Unter dem Tisch ließ ich eine Hand an ihrem Schenkel nach oben gleiten und streichelte sie.

Sie öffnete ihre Lippen leicht.

„Es fühlt sich nicht unecht oder gespielt an, wenn ich dich berühre."

„Die Grenzen verschwimmen immer mehr, Dante."

Eindeutig waren sie noch nicht verschwommen genug. Ich schob meine Hand zwischen ihre Schenkel und streichelte über die Naht ihrer Hose. Sie keuchte und rieb sich an meinen Fingern.

Das reichte mir nicht. Ich fand den Bund ihrer Hose und öffnete den Knopf mit einer schnellen Bewegung. Ihr stockte der Atem. Ich schob eine Hand in ihr Höschen.

Jetzt atmete sie hingegen ziemlich schnell.

„So nass, Mila." Ich fuhr mit meinen Fingern über die feuchte, zarte Haut.

Ihre Zähne versanken in ihrer Unterlippe und eine bezaubernde Röte stieg ihr ins Gesicht.

Sie war so heiß. Heiß und niedlich zugleich.

Ich berührte ihren Kitzler mit meinem Daumen, und sie zuckte, bevor sie ihren süßen Hintern an meinem Schwanz rieb. Ich ließ zwei Finger in sie gleiten.

Sie wimmerte. Genau, was ich hören wollte.

„Reite meine Finger, Baby."

Ihre Hüften bewegten sich.

„Fühlt sich das gut an?"

„Ja", hauchte sie.

Plötzlich erschien der Kellner. „Zwei Sazeracs." Er stellte die beiden Gläser vor uns ab.

Ich räusperte mich. „Danke."

Mila verkrampfte sich, aber ich ließ meine Finger, wo sie waren, und zog mit der anderen Hand meine Brieftasche heraus.

„Hier. Der Rest ist für Sie."

Der junge Mann lächelte und eilte davon.

„Dante", sagte Mila.

Ich führte meinen Daumen, der ganz schlüpfrig von ihr war, zurück zu ihrer Klitoris. „Erst kommst du für mich, dann kannst du deinen Sazerac haben."

Ich bearbeitete sie schneller. Sie schaukelte gegen meine Hand, ihre Augen groß und ein wenig glasig.

„Verdammt, du bist so atemberaubend", murmelte ich.

Bei der nächsten Drehbewegung meines Daumens spürte ich, wie sich ihr Körper um meine Finger anspannte. Ich presste meinen Mund auf ihren und küsste sie, als sie kam.

Noch nie hatte ich jemanden so sehr gewollt wie in diesem Moment. Ich würde alles geben, was ich besaß, einschließlich meiner Seele, um sie zu haben.

Sie ließ sich auf mich fallen und ich zog meine Hand aus ihrer Hose. „Trink deinen Cocktail, Baby, und dann fahren wir nach Hause."

Sie nickte, griff nach dem Glas und nahm einen Schluck.

Ich führte meine Hand an meinen Mund und leckte mir die Finger ab. Der Blick in ihren Augen ... köstlich.

Wir beide leerten unsere Gläser zügig, und ich textete Mack, dass er uns abholen sollte.

Auf der Rückfahrt zu meinem Lagerhaus achtete ich darauf, Mila nicht zu berühren. Wenn ich es tat, würde ich sie noch auf dem Rücksitz ficken, während Mack zuhörte.

Ich spürte das leichte Beben ihres Körpers, hörte ihren schnellen Atem. Nach einer gefühlten Ewigkeit fuhren wir vor dem Lagerhaus vor.

„Danke, Mack." Ich stieß die Tür auf und zog Mila heraus.

Als das Auto wegfuhr, presste ich sie gegen die Backsteinmauer neben meiner Haustür. Im Handumdrehen hatte ich sie unter meinem Körper fixiert und fiel über ihre Lippen her. Während ich sie begierig küsste, glitten ihre Hände in mein Haar und zerrten kräftig daran.

Ich musste sie nehmen.

Im selben Moment spürte ich, wie mein Handy in meiner Hosentasche vibrierte. Ich ignorierte es. „Baby, ich muss in dir sein."

Sie schob sich mir entgegen. „*Ja.*"

Ich bewegte mich mit ihr auf die Tür zu, als mein Handy erneut vibrierte.

„*Verfluchte Scheiße.*" Ich riss es heraus und las, was da stand. Dann fluchte ich erst recht.

„Dante?" Sie legte ihre warme Hand seitlich an meinen Hals.

„Ein kleines Feuer in der Küche des Smokehouse. Es ist niemand verletzt, aber ..."

„Du musst sofort hin."

„Ja." Ich atmete frustriert aus. „Ich weiß nicht, wie lange ich weg sein werde."

Sie presste die Lippen zusammen. „Manchmal nervt es, der Boss zu sein."

„Das tut es." Ich küsste sie noch einmal. „Geh ins Bett, ja? Du brauchst den Schlaf."

Sie lächelte, stellte sich auf die Zehenspitzen und biss mir verspielt auf die Unterlippe. „Danke für die beste Nacht meines Lebens, Dante."

Ich blieb stehen und sah ihr nach, als sie hineinging.

Ich hatte ihr drei Cocktails im French Quarter spendiert, und sie dachte, das sei die beste Nacht ihres Lebens gewesen?

Ich steckte die Hände in die Hosentaschen und schwor mir, dass ich ihr noch so viel schönere Nächte schenken würde.

Koste es, was es wolle.

Ich drehte mich um und marschierte über den Parkplatz in Richtung Smokehouse. Die Tage, an denen Mila Clarke Angst gehabt, sich von schlechtem Essen ernährt und Albträume gehabt hatte, waren vorbei.

24

MILA

„Okay, ich will die frischen Blumen dort drüben, und überprüft noch einmal die Dekoration und die Beleuchtung."

„Geht klar, Mila."

Während die Arbeiter davoneilten, schaute ich auf mein Klemmbrett. Ich arbeitete mich langsam durch die Liste für den Maskenball. Ich wollte, dass heute Abend alles perfekt war.

Ich nahm mir einen Moment, um zu verschnaufen. Clarissa und ich hatten seit heute Morgen Vollgas gegeben, um alles für den Maskenball vorzubereiten.

Nach meinem magischen Date mit Dante war ich allein ins Bett gegangen. Ich biss mir auf die Lippe. Ich hatte mich unter der Decke von einer Seite zur anderen gewälzt. Mein Verlangen nach ihm hatte mir den Schlaf geraubt und meinen Körper nicht zur Ruhe kommen lassen. Heute Morgen hatten wir uns nur ganz kurz gesehen, bevor Clarissa gekommen war und mich ins Ember geschleppt hatte.

Es gab keine Neuigkeiten über Chuck. Und niemand war in den Club gekommen, um nach mir zu fragen.

Ich schloss die Augen und atmete tief durch. Dante kümmerte sich um mich, passte auf mich auf und sorgte für meine Sicherheit. Es wäre so einfach, sich daran zu gewöhnen.

Und wenn wir nicht bald nackt in seinem Bett landen würden, würde ich noch den Verstand verlieren.

Ich stellte ihn mir nackt in seinem großen Bett vor. Ich wusste, dass er ein großes Bett hatte, denn ich hatte einen heimlichen Blick in sein wunderschönes, männlich eingerichtetes Schlafzimmer geworfen. Ich wusste nicht, ob er nackt schlief – in meinen heißen, wilden Fantasien tat er es jedenfalls.

Ich stieß einen Atemzug aus. Die Erinnerung daran, wie er mich in der Sazerac Bar hatte kommen lassen, löste ein Kribbeln zwischen meinen Schenkeln aus.

Als ich das Klacken von Absätzen hörte, drehte ich mich um. Clarissa eilte auf mich zu. Sie sah ein wenig gehetzt aus, aber ihre Schritte waren eher ein aufgeregtes Hüpfen.

„In der Küche geht es heiß her und der Chefkoch schreit alle an."

Ich lächelte. „Ich glaube, je mehr ein Koch schreit, desto besser wird das Essen. Alte Küchenweisheit."

„Jedenfalls riecht es himmlisch da drinnen." Sie drückte eine Hand auf ihren noch flachen Bauch. „Ich habe *ständig* Hunger." Sie stieß einen langen Atemzug aus. „Die Spenden für die Versteigerung sind alle vorbereitet." Sie deutete mit der Hand zur anderen Seite des

Ember, wo im VIP-Bereich alles für die stille Auktion vorbereitet worden war.

„Prima. Langsam fügt sich alles zusammen. Die Deko ist auch fast fertig." Ich fragte mich, wo Dante war. Ich konnte es kaum erwarten, ihn im Smoking zu sehen. Meine Hände umklammerten das Klemmbrett fester.

Es ist nicht echt, Mila. Du darfs dich nicht daran gewöhnen, ihn um dich zu haben.

Nur fühlte es sich nicht unecht an.

In diesem Moment war Dante eines der echtesten, greifbarsten Dinge in meinem Leben.

„Erde an Mila?"

Ich blinzelte. „Tut mir leid, Clarissa. Meine Gedanken sind heute einfach an zu vielen Orten gleichzeitig."

Clarissa drückte meinen Arm. „Verständlich. Der heutige Abend wird *fantastisch* werden. Ohne dich hätte ich das nicht geschafft."

Es tat so gut, das zu hören. „Du hättest den Maskenball auch ohne mich gerockt."

„Aber mit viel mehr Stress und ohne dich wäre es niemals so toll geworden. Ich sehe mich mal im Getränkelager um. Ich will sichergehen, dass wir alles für die Cocktails haben, die du kreiert hast. Die werden alle umhauen." Sie verzog das Gesicht. „Außer mich, da ich sie nicht trinken darf."

„Eigentlich ... habe ich Eli gebeten, einen speziellen Mocktail für dich zu mixen."

Sie strahlte mich an. „Wirklich? Gott, ich liebe dich!"

„Ich gehe alles ein letztes Mal durch." Ich sah wieder

auf mein Klemmbrett. „Aber im Großen und Ganzen bin ich fertig." Danach wollte ich alles noch einmal überprüfen. Doppelt.

Clarissa beugte sich über mein Klemmbrett. „Steht da auch, dass du dir die Haare machen und dich schminken lassen sollst? Und ein fabelhaftes Kleid tragen?"

„Ha. Keine Sorge, ich finde schon ein paar Minuten, um mich vorzeigbar zu machen."

Meine Freundin schnappte nach Luft. „Das ist dein Maskenball, Mila. Und du musst umwerfend aussehen, nicht vorzeigbar. Mit deinem Körper kannst du allen die Schau stehlen."

„Ich habe noch irgendwo ein kurzes, schwarzes Kleid, in dem ich ganz gut aussehe." Es war aus einem Secondhandladen, aber es hatte einen klassischen Schnitt, der zu meinen Kurven passte.

Clarissa schüttelte den Kopf. „Oh, nein. Ich will, dass du fabelhaft aussiehst. Hast du Dante schon mal im Smoking gesehen?"

Mein Magen zog sich zusammen. „Nein." Aber ich war sehr gut darin, mir vorzustellen, wie dieser Mann aussah, wenn er einen Smoking trug – oder nicht trug.

„Und wenn es so ist wie in den letzten Jahren, werden alle Single-Frauen von New Orleans sich ihm vor die Füße werfen." Sie verdrehte die Augen.

„Was?" Mehr Magenkrämpfe.

„Du musst dein Revier markieren, Süße."

Ich schluckte. „Ich habe aber kein anderes Kleid."

„Was kein Problem ist, weil der Boss mir seine

Kreditkarte und die strikte Anweisung gegeben hat, dir eines zu besorgen! Dieser Mann liebt es einfach, dich zu verwöhnen. Ich habe dir das *perfekte* Kleid gekauft. Und passende Schuhe – die waren ihm besonders wichtig. Und die Stylistin kommt zu Dantes Lagerhaus in ...", sie warf einen Blick auf ihre Uhr, „zwanzig Minuten."

Schmetterlinge flatterten wild in meinem Bauch. „Clarissa ..."

„Dante hat gesagt, und ich zitiere: ‚Keine Widerrede, Mila.'"

Ich verdrehte die Augen. „Das klingt nach ihm."

Clarissa riss mir das Klemmbrett aus den Händen. „Alles wird perfekt sein. Der Maskenball wird reibungslos ablaufen. Jetzt geh und mach dich schön. Ich gehe noch mal deine Liste durch und lasse mich dann selbst für heute Abend aufhübschen."

„Aber ich ..."

„Geh." Sie scheuchte mich hinaus. „CJ, die Stylistin, wird gleich hier sein."

Ein wenig überwältigt verließ ich das Ember und sah einen von Reaths Männern auf dem Parkplatz stehen. Ich winkte ihm zu und konnte spüren, dass er mich beobachtete, als ich zu Dantes Lagerhaus ging. Ich legte eine Hand auf das Schloss und wartete, bis es piepte. Er hatte meine Fingerabdrücke im System gespeichert, sodass ich Zutritt zu seinem Haus hatte.

Drinnen eilte ich die Treppe hinauf. Ich musste duschen und dann würde ich versuchen, der Stylistin ein wenig Dampf zu machen, damit ich schnell zurück ins Ember gehen konnte, um mich um die letzten Vorbereitungen zu kümmern.

Ich betrat das Gästezimmer und blieb ruckartig stehen.

Ein Kleid lag auf dem Bett. Ein langes, schmal geschnittenes Kleid. Ich atmete tief durch. Okay, gut. Es sah nicht übermäßig elegant aus.

Auf dem Boden stand ein Paar wunderschöner Riemchenschuhe mit hohen, gefährlichen Absätzen. Es waren sexy Schuhe, mit glitzernden Kristallen an den Knöchelriemen. Ich keuchte auf. Sie hatten rote Sohlen! Das hier waren Louboutins.

Ich biss mir auf die Lippe. „Verdammt noch mal, Dante. Du brichst mir noch das Herz."

Auf dem Bett lag auch eine Maske und ich nahm sie in die Hand. Sie war traumhaft schön. Schwarz, mit einem Rand aus feinster, bestickter Spitze und ein paar glitzernden Kristallen auf einer Seite.

Dann sah ich mir das Kleid genauer an.

Oh. Mein. Gott. Es war durchsichtig. Es war aus durchsichtiger schwarzer Spitze genäht, die an manchen Stellen ein wenig blickdichter war und die delikatesten Stellen an mir verbergen würde, aber zum größten Teil bestand das Kleid aus einer feinen, zarten Spitze, die sich wie ein Spinnennetz an meine Haut schmiegen würde.

Ich würde Clarissa umbringen.

Die Türklingel kündigte Besuch an. *Mist.* Die Stylistin war hier.

Ich rannte die Treppe hinunter und hastete zur Eingangstür. Als ich sie öffnete, sah ich einen von Reaths Männern mit einer kleinen, zierlichen Frau davor stehen. Sie trug ein enges Tank-Top und Shorts. Ein Arm und eine Schulter waren bunt tätowiert und sie hatte einen

Nasenring. Ihr kurzes Haar war weißblond und ihre Beachwaves reichten ihr bis zum Kinn.

„Ich bin CJ." Ihr Blick wanderte zu meinem Haar. „Ich bin hier, um in Ordnung zu bringen, was auch immer du mit deinen Haaren angestellt hast."

Der Wachmann nickte und machte einen Schritt zurück.

„Hi, ich bin Mila. Komm herein."

CJ hob einen großen Koffer hoch. „Ein Glück, dass wir ein paar Stunden Zeit haben. Warum in aller Welt hast du dein Haar mit dieser hässlichen schwarzen Farbe gestraft, die absolut nicht zu dir passt?"

Ich schloss die Tür hinter ihr. „Ich war auf der Flucht."

„Mieser Ex?"

„Mieser Boss."

CJ nickte verständnisvoll und ich führte sie hinauf.

„Es gibt nichts Schlimmeres als einen schlechten Boss." Sie legte den Kopf schief. „Ist jetzt alles in Ordnung?"

„Ich arbeite daran. Wenigstens habe ich jetzt einen besseren Boss, mit dem ich, äh, irgendwie zusammenwohne."

„Süße, Dante Fury ist nicht besser, er ist das Nonplusultra."

Ich lächelte. „Das ist er." Ich griff nach einer Haarsträhne. „Wir veranstalten heute Abend einen Maskenball. Es ist eine Benefizveranstaltung. Ich will, dass er sprachlos ist. Kriegst du das hin?"

Ein Lächeln umspielte CJs Lippen. „Mila, ich liebe Herausforderungen."

ICH STAND STAUNEND vor dem Spiegel.

Fast schon ehrfürchtig griff ich nach oben und berührte meine Haare. CJ konnte zweifellos zaubern. Sie hatte mein Haar erst hellbraun gefärbt und dann ein paar blonde Strähnen eingearbeitet. Es entsprach fast meiner natürlichen blond-braunen Farbe, die ich seit Monaten nicht mehr gesehen hatte.

Das war *ich* in diesem Spiegel.

Ich hatte gar nicht gemerkt, wie sehr mich das hässliche Schwarz hinuntergezogen hatte. Es hatte überhaupt nicht zu mir gepasst und war ein Symbol für alles gewesen, was ich durchgemacht hatte.

CJ hatte mein Haar zu einem lockeren Pferdeschwanz hochgesteckt. Der Seitenscheitel stand mir und ein paar Strähnen um mein Gesicht herum lockerten den Look auf. Sie hatte mich auch geschminkt. Natürlich, aber mit dunklen, sexy Augen. Sie hatte es schlicht halten wollen, da mein Kleid die Hauptrolle spielen und ich ohnehin eine Maske tragen würde.

Ich setzte sie mir auf. Sie ließ mich aufreizend und sexy wirken.

Aber es war das Kleid, das mir den Atem raubte.

Es passte wie angegossen. Die zarte schwarze Spitze erweckte den Eindruck, dass ich darunter nackt war. Das Kleid hatte einen einfachen V-Ausschnitt und dichtere Spitze an strategischen Stellen. Es war rückenfrei. Ich schluckte und warf einen Blick über meine Schulter. Ich konnte keinen BH tragen. Und der winzige Tanga, den ich trug, verdiente die Bezeichnung Höschen nur mit viel

ANNA HACKETT

Fantasie. Ich ließ meine Hände über meine Kurven gleiten. Das Kleid schmiegte sich an sie und verlief nach unten hin in einen Rock im Meerjungfrauenstil.

Ich hatte noch nie etwas so Wunderschönes besessen.

„Wenn ich ein Mann wäre, ich würde dich definitiv vögeln." CJ erschien und zupfte an meiner Frisur herum. „Dein Haar sieht toll aus. Es ist so dicht und wunderschön."

„Dank dir."

„Da habe ich tatsächlich ein wenig gezaubert." CJ verschränkte die Arme. „Und das Kleid ist verdammt heiß."

Ich lächelte und stellte mir den Moment vor, wenn Dante mich darin sehen würde. Der Gedanke löste ein köstliches Brennen zwischen meinen Schenkeln aus.

CJ zog eine gepiercte Augenbraue hoch. „Ich nehme mal an, du stellst dir gerade deinen Mann vor."

Ich musste laut auflachen. „Woher wusstest du das?"

Sie wedelte mit einem Finger. „Es steht dir ins Gesicht geschrieben. Er wird den Verstand verlieren. Und jetzt ...", sie klappte ihren riesigen Schminkkoffer zu, „macht sich diese Fee aus dem Staub."

„Danke, CJ."

Sie lächelte. „Es war mir ein Vergnügen, deine Haare zu retten. Wenn du das nächste Mal im Supermarkt zur Haarfarbe greifen willst, lass es."

„Verstanden."

„Viel Spaß heute Abend." Sie zwinkerte. „Und treib deinen Mann in den Wahnsinn."

Ich fuhr mit meinen Händen wieder über das Kleid.

Ja, ich wollte Dante Fury in den Wahnsinn treiben. Ihn einen Bruchteil dessen fühlen lassen, was ich jedes Mal empfand, wenn ich ihn sah.

Mein Verstand flehte mich an, daran zu denken, dass der Mann nicht wirklich mir gehörte, aber mein Körper hörte nicht darauf.

25
___

DANTE

Ich war nicht sicher, wie ich mich dabei fühlen sollte, aus meinem eigenen Haus geworfen zu werden und gezwungen zu sein, mich bei meinem Bruder umzuziehen.

Geübt band ich meine Fliege, dann zog und zerrte ich daran, bis ich zufrieden war. Clarissa hatte mir erzählt, dass sie Mila schon vor Stunden in mein Lagerhaus geschickt hatte, um sich fertig zu machen.

Wie lange brauchte eine Frau, um sich fertig zu machen?

Natürlich brachte die Vorstellung, Mila nackt oder in sexy Dessous zu sehen, meinen Schwanz zum Zucken. Ich verkniff mir einen Fluch und atmete aus. Sie in meinem Bett zu haben, sie zu berühren, zu küssen ...

Meine eiserne Selbstbeherrschung war verflogen. Ich brauchte sie. Ich musste sie einfach nehmen. Bald.

Vorhin hatte ich im Ember vorbeigeschaut. Der Club sah großartig aus. Ich wusste jetzt schon, dass es unsere bisher erfolgreichste Spendenaktion werden würde.

Ich schnappte mir meine Smokingjacke und schlüpfte hinein. Es machte mir nichts aus, einen Smoking zu tragen. Er erinnerte mich daran, wie weit ich es gebracht hatte.

„Verdammtes Scheißteil." Colt erschien und kämpfte mit seiner Fliege. „Ich hasse diese Dinger."

Colt trug lieber Jeans und ein Henley. „Warte." Ich band sie für ihn.

Er wechselte von einem Fuß auf den anderen.

„Halt still, sonst wird sie schief."

Er gab einen verärgerten Laut von sich. „Ich trinke heute Abend deinen ganzen Macallan als Bezahlung dafür, dass ich diesen Pinguin-Anzug trage."

„So." Sie war immer noch ein bisschen schief, aber es würde reichen. „Hör auf, dich zu beschweren." Wir gingen ins Wohnzimmer des Haupthauses.

„Also, wirst du Mila heute Abend endlich offiziell zu deiner Freundin machen?", fragte Colt.

Ich grunzte.

„Ihr zwei spielt eure Rollen so gut, aber die Einzigen, denen ihr etwas vormacht, seid ihr selbst."

„Ich spiele nicht nur eine Rolle."

„Wirklich?"

„Ich warte nur auf den richtigen Zeitpunkt."

„Ah." Colt nickte. „Raffiniert."

„Mila brauchte Zeit, um mir zu vertrauen. Und Zeit, sich zu entspannen. Sie musste zu lange mit ihrer Angst klarkommen und war nervlich am Ende. Ich wäre ein Arschloch gewesen, das auszunutzen."

„Du bist oft ein Arschloch."

ANNA HACKETT

Ich starrte meinen Bruder an. „Willst du, dass ich dir eine reinhaue?"

Er zerrte an seiner Fliege und zerstörte sie völlig. „Ich ersticke sowieso bald. Was sind da ein oder zwei Schläge?"

Auf dem Fernseher im Wohnbereich lief eine Zeichentrickserie für Kinder. Daisy hüpfte von der Couch und machte große Augen.

„Ihr seht so hübsch aus."

„Männer sind gut aussehend, Knirps, nicht hübsch." Colt nahm seine Tochter in den Arm. „Du bist hübsch. Und heute Abend, wenn Lola auf dich aufpasst, bist du artig."

„Lola ist nicht hier", sagte Daisy.

Colt erstarrte. „Was?"

„Sie trifft sich mit ihren Freundinnen", sagte ich.

Colt runzelte die Stirn. „Aber ..."

„Na, seht ihr zwei nicht zum Anbeißen aus?"

Macy Underwood schritt herein. Sie war eine kleine, quirlige Blondine, die ihr gewelltes, blondes Haar in zwei Zöpfen seitlich am Kopf trug. In ihren Händen hielt sie zwei Eis am Stiel. Sie sah aus, als wäre sie auf der High-school. Aber ihre Hotpants, die Cowboystiefel und die eng anliegende Bluse, die ihre Brüste gekonnt in Szene setzte, zeigten ganz klar, dass sie kein Schulmädchen mehr war.

Colt sah sie finster an. „Was machst du hier? Und was ist mit deinen Haaren los?" Er starrte auf ihre Zöpfe.

„Daisy hat mir die Haare gemacht." Sie reichte dem kleinen Mädchen ein Eis. „Ich bin heute ihre Baby-sitterin."

„Macy, ich bin kein Baby", beschwerte sich Daisy.

„Ich weiß, Schätzchen. Ich bin deine fabelhaftes-klei-nes-Mädchen-Sitterin."

Daisy strahlte sie an.

„Wieso bist du halb nackt?", fragte Colt.

Macy warf ihm einen vernichtenden Blick zu. „Ich bin nicht im Büro, Großer. Und wie ich dir schon hundertmal gesagt habe, wirst du nicht bestimmen, was ich anziehe."

Ich beobachtete, wie einige interessante Emotionen über das Gesicht meines Bruders wanderten, bevor er sie hinter seinem üblichen finsteren Blick verbarg.

Macy trat einen Schritt vor. „Deine Fliege sitzt schief."

„Dante hat sie mir gebunden."

„Sie ist schief, weil du verdammt nochmal dran rumgepfuscht hast", sagte ich.

„Onkel Dante, das ist ein Dollar für die Schimpf-wortkasse", verkündete Daisy.

„Klar doch, Süße. Setz es auf meine Gesamt-rechnung."

„Warte." Macy stellte sich auf die Zehenspitzen und rückte Colt die Fliege zurecht. Neben meinem großen Bruder sah sie zwar besonders klein aus, aber kein biss-chen eingeschüchtert.

Er beugte sich hinunter und ich sah, wie er an ihren Haaren schnupperte.

Ich unterdrückte ein Lächeln. Colt hatte mich wegen Mila aufgezogen, aber wie es schien, hatte er sein eigenes Ding mit seiner hübschen, quirligen Büromanagerin am Laufen.

ANNA HACKETT

„So." Macy trat einen Schritt zurück. „So kannst du hinaus. Geh und sammle jede Menge Geld für wohltätige Zwecke. Daisy und ich werden Tacos essen und uns einen Disneyfilm ansehen."

„*Die Eiskönigin*", quietschte Daisy.

Als Macy zur Couch ging, beobachtete ich, wie Colts Blick auf ihren nackten Beinen verweilte.

Als er mich ansah, zog ich fragend eine Augenbraue hoch.

Sein finsterer Blick vertiefte sich. „Komm schon, ich brauche einen Scotch."

„Bis dann, Daddy."

Er gab Daisy einen Kuss. Macy warf er einen finsteren Blick zu, und hinter Daisys Rücken zeigte die Blondine ihm den ausgestreckten Mittelfinger. Ich konnte mir ein Lachen kaum verkneifen.

Als wir draußen waren, ging Colt voran. „Kein einziges Wort."

„Gut. Aber später hast du etwas zu erzählen."

„Verdammt."

Als wir das Ember betraten, war es wie im Märchen. Winzige goldene Lichter hingen an den Wänden und glitzerten wie Edelsteine. Überall standen frische Blumen, die in Schwarz, Gold und Creme gehalten waren.

„Verdammt, da hat dein Mädchen aber ganze Arbeit geleistet", sagte Colt.

„Ja, das hat sie."

Die Gäste trafen langsam ein. Kellner servierten Getränke und eine Band spielte auf der Tanzfläche.

„Versuch, die Dame, die den Tanz mit dir ersteigert,

nicht mit deinen finsteren Blicken zu vergraulen", ermahnte ich ihn.

Colt grunzte. „Versteigert wie ein Stück Fleisch."

„Denk an die Kinder, denen du hilfst."

Seine Gesichtszüge wurden weicher. Es bedeutete ihm etwas, Kindern zu helfen, die gerade aus Pflegefamilien kamen und von denen viele niemanden hatten. Es bedeutete uns allen etwas

„Da seid ihr ja." Beauden erschien, einen Drink in der Hand. Sein Smoking half auch nicht gerade. Er sah immer noch aus wie ein Schläger.

Kav war bei ihm und sah im Gegensatz dazu aus, als wäre er mit einem Smoking geboren worden. Seine Fliege saß definitiv nicht schief. Und Reath war nicht weit hinter den beiden. Reath besaß die Fähigkeit, dass ihm alles stand und er sich überall wohlfühlte.

„Hier." Kav reichte mir ein Glas Scotch. „Gut gemacht. Der Club sieht genial aus."

„Danke. Aber das Lob gebührt Mila und Clarissa." Ich sah Reath an. „Irgendwelche Neuigkeiten?"

Mein Bruder schüttelte den Kopf. „Edwards ist im Urlaub. Eigentlich sollte er auf seinem Landsitz sein, aber ich habe ein paar Jungs vorbeigeschickt. Er ist nicht dort."

Ich spürte ein Kribbeln in meinem Nacken. Das gefiel mir nicht.

„Keine Sorge", versicherte mir Reath. „Ich habe die Sicherheitsvorkehrungen erhöht und niemand ist so dumm, eine öffentliche Veranstaltung wie diese anzugreifen."

„Immer noch keine Ahnung, mit wem er zusammen-arbeitet?"

Reath schüttelte den Kopf.

Ich nickte und suchte nach Mila. Die Sache gefiel mir immer noch nicht. Ich wusste, dass verzweifelte Menschen dazu neigten, verzweifelte Dinge zu tun.

Die Menge teilte sich und plötzlich sah ich eine Frau. Als Erstes bemerkte ich ihre wunderschönen, üppigen blond-braunen Haare. Verdammt, wer auch immer sie war, sie hatte traumhafte Haare. Dann wanderte mein Blick an ihrem schwarzen Kleid hinunter, einem sexy Kleid, das sich liebevoll um köstliche Kurven schmiegte. Kurven, die ich kannte. Kurven, von denen ich träumte.

Mila. Ich konnte nicht verhindern, dass ich mit einem Ruck hochfuhr.

Ich bekam keine Luft. Sie sah aus ... wie jede heiße Fantasie, die ich je gehabt hatte. Mein ganzer Körper spannte sich an.

Endlich. Endlich wusste ich, wie ihr echtes Haar aussah.

Ihr Blick traf meinen.

„Er ist so was von am Arsch."

Ich ignorierte Beaus raue Stimme.

„Und wie", stimmte Colt zu.

„Ich glaube nicht, dass ihn das interessiert", fügte Kav hinzu.

„Trinkt aus und lasst uns die Show genießen." Reath klang amüsiert.

„Haltet die Klappe, ihr Vollpfosten." Ich sah, wie die Leute sie anblickten. Wie *Männer* sie anstarrten.

Niemand würde auch nur in ihre Nähe kommen. Sie gehörte *mir*. Ich drückte Reath mein Glas in die Hand und schritt auf sie zu.

26

MILA

Das Ember sah fantastisch aus.

Ich lächelte, als ich durch den Club ging. Ich war so stolz auf das, was wir hier vollbracht hatten. Es war definitiv Zeit für einen Drink. Als ich eine Kellnerin entdeckte, winkte ich ihr zu. Sie näherte sich und ich erkannte sie trotz ihrer schwarz-goldenen Maske.

„Hey, Jessica. Läuft alles reibungslos mit den Getränken?"

Jessica musste zweimal hinsehen. „Mila? Oh, mein Gott, du siehst ja unglaublich aus. Wie eine Prinzessin."

Meine Wangen erröteten und ich strich über das Spitzen-V meines Dekolletés. „Danke."

„Du siehst unfassbar heiß aus." Ihr Blick wanderte über mein Kleid. „Dieses Kleid ist der absolute Wahnsinn. Und hinter den Kulissen läuft alles wie geschmiert. Du und Clarissa habt alles so gut organisiert."

Ich lächelte.

Sie reichte mir eine Flöte mit Champagner. Jemand

hinter ihr rief nach einem Drink. Mit einem Zwinkern wirbelte Jessica davon.

Ich sah mich um und beobachtete die vielen Gäste, die eintrafen. Bald wäre der Club gerappelt voll. Ich nippte an meinem Champagner und genoss das herrliche Prickeln.

Hier zu sein, fühlte sich gut an. Ich fühlte mich endlich wieder wie ich selbst.

Dann sah ich sie.

Die Fury-Brüder.

Heilige Hitzewallung. Ich bekam eine Gänsehaut bei ihrem Anblick. Hatten sie überhaupt eine Ahnung, wie heiß sie alle waren?

Sie sahen so unterschiedlich aus, aber es war klar, dass sie zusammengehörten. Sie alle umgab dieselbe Aura von Selbstvertrauen und Macht.

Kavner strahlte Klasse und Autorität aus. Er brauchte eine Krone, beschloss ich. Er sah aus wie ein Kronprinz oder ein junger König, der sich sein neues Königreich besah. Beauden war das krasse Gegenteil. Seine Tätowierungen wurden von seinem Smoking verdeckt, aber das milderte seine schroffe Erscheinung nicht. Er wäre der Anführer der königlichen Garde, bereit, in die Schlacht zu ziehen.

Reath sah aus wie ein junger James Bond, der den Raum nach Problemen absuchte. Ich fand es lustig, mit meiner Analogie weiterzumachen – er wäre der Spion des Königs. Colt sah verdammt gut aus, selbst mit dem grimmigen Gesichtsausdruck. Es war klar, dass er es kaum erwarten konnte, sich die Fliege vom Hals zu reißen. Hmm, er wäre der Späher des Königs. Er würde in alle Ecken des Königreichs reisen, um seinem König zu dienen.

Und dann war da noch Dante.

Er war verdammt attraktiv, auf eine verruchte Art und Weise, und hatte diese abgeklärte Rauheit an sich, die vermittelte, dass er mit allem fertig wurde – und die die geheimsten, sündhaftesten Träume einer Frau wahr werden lassen konnte.

Er wäre die rechte Hand seines Königs, mit allen Wassern gewaschen, löste die Probleme und schaffte sie aus der Welt. Wahrscheinlich gab es für diese Position einen Namen, aber ich kannte ihn nicht.

Ich sah weg und versuchte, mein rasendes Herz zu beruhigen. Mir wurde heiß, wenn ich ihn nur ansah.

Als ich noch einen Blick riskierte, sah er mir direkt in die Augen.

Ich bebte innerlich.

Er kam auf mich zu. *Oh, Mann.* Ich stolperte fast. Hitze flutete jede meiner Zellen.

Sein dunkler Blick wanderte über mich, und es war, als ob er mich berührt hätte.

Seine Halbmaske war schlicht, schwarz, ohne jegliche Verzierung. Mein Blick wanderte über die starke Linie seines Kiefers unter seinem sexy Bart. Ich brachte nicht mehr zustande, als ihm dabei zuzusehen, wie er auf mich zukam. Mit zittriger Hand stellte ich meine Champagnerflöte auf einem Tisch in der Nähe ab.

Im nächsten Moment stand Dante vor mir. „Mila."

„Gott, siehst du gut aus im Smoking." Ich drückte meine Hände auf sein schneeweißes Hemd.

Seine Hände wanderten währenddessen zu meinen Hüften. „Du bist umwerfend."

Er beugte sich vor und sein Duft umhüllte mich. Mmh, wenn ich diesen Duft nur in Flaschen abfüllen könnte.

„Ich werde jeden einzelnen Mann hier vermöbeln müssen", murmelte er. „Sie starren dich alle an und wollen dich nackt sehen."

Ich spürte, wie mir die Röte in die Wangen stieg. „Wohl kaum."

„Oh, das tun sie. Ich tue es." Er zog mich an sich und küsste mich.

Sobald ich seine Lippen schmeckte, war ich verloren. Ich drückte mich an seinen Körper und öffnete mich für ihn. Er vertiefte unseren Kuss, bis ich ihn bis in die Zehenspitzen spürte.

Als er sich von mir löste, war ich ein bisschen benommen.

„Fuck." Er packte meinen Kiefer.

Ich blickte mich verstohlen um. „Die Leute starren uns an."

„Ich weiß."

Ach ja, richtig. Das war doch das Ziel. Alles nur gespielt.

„Fury." Die tiefe Stimme ließ mich aufschrecken. „Der Club sieht toll aus."

Dante legte seinen Arm um mich. Ein Mann in einem dunklen Anzug, einige Jahre älter als Dante, kam auf uns zu. Er hatte das reiche Aussehen von jemandem, der Wohlstand gewohnt war.

„Paul. Danke. Schön, dass du da bist."

„Es ist für einen ausgezeichneten Zweck." Paul wandte sich mir zu. „Und wer ist diese schöne Frau?"

„Meine Freundin Mila. Mila, das ist Paul Durant, ein Geschäftsmann hier in New Orleans."

„Freut mich, Sie kennenzulernen." Ich schüttelte die Hand des Mannes.

„Mila hat geholfen, die Veranstaltung zu organisieren", sagte Dante.

„Wirklich?" Paul nickte anerkennend. „Sie haben ein Händchen dafür. Ausgezeichnete Arbeit. Ich war schon auf viel zu vielen Veranstaltungen wie dieser, und die meisten sind fade und langweilig, mit schlechtem Essen."

„Wir haben ein sehr gutes Team hier im Ember", sagte Mila. „Und den Chefkoch haben wir uns vom Wildfire geliehen, also verspreche ich, dass es hervorragend ist."

„Ausgezeichnet." Paul lächelte.

„Mila, möchtest du etwas trinken?" Dante schob mein Haar zur Seite und drückte mir einen Kuss auf die nackte Schulter.

Ich unterdrückte ein Stöhnen und versuchte einfach, nicht dahinzuschmelzen. „Champagner, bitte."

Bald hatte ich eine frische Flöte mit Champagner in der Hand. Dante stellte mich Leuten vor, während er sich mit mir durch die Menge schob. Alle wurden von ihm angezogen wie von einem Magneten.

„Mila!"

Clarissa erschien. Sie trug ein smaragdgrünes Kleid mit einem fließenden Rock und trägerlosen Ausschnitt. Ihre schwarze Maske war mit schwarzen und grünen Pailletten besetzt.

„Du siehst wunderschön aus, Clarissa."

Sie schwang ihren Rock hin und her. „Und du siehst einfach sensationell aus – als würdest du in einem Film die sexy Verführerin spielen. Ich wünschte, ich könnte dieses Kleid tragen. Ich wusste, dass es perfekt für dich wäre."

„Ich wäre gern ein bisschen weniger aufgefallen."

„Nein." Clarissa schüttelte den Kopf. „Du bist fertig mit unauffällig." Sie drehte sich um. „Dante, ich entführe deine Frau für eine Minute." Clarissa hängte sich bei mir ein. „Wir sehen uns nach der stillen Auktion."

Er berührte meine Wange. „Solange du sie mir zurückbringst."

„Alles klar, Boss." Clarissa und ich gingen zum VIP-Bereich. „Wie er dich ansieht ..." Sie schüttelte sich übertrieben. „Allein davon bekomme ich fast einen Orgasmus."

„*Clarissa.*"

„Mila, du musst dein Revier markieren. Die Hälfte der alleinstehenden Frauen hier will deinen Mann."

Was? Ich sah mich um.

„Und die andere Hälfte will einen seiner Brüder. Die Fury-Brüder sind heiß begehrt."

Ich sah tatsächlich mehrere Frauen, die Dante beobachteten. Unter all den Masken konnte ich nicht viel erkennen, aber ich konnte mir die hungrigen Blicke schon vorstellen.

Ich richtete mich auf. „Nun, sie können ihn nicht haben."

Clarissa lächelte. „Gut. Sehen wir uns die Auktion an."

Als wir uns umsahen, stellte ich fest, dass bereits eine Menge Gebote abgegeben worden waren. Einige davon so hoch, dass mir schwindlig wurde. Diese Veranstaltung würde eine Menge Geld einbringen.

In der Nähe kicherten drei Frauen und nippten an ihren Cocktails, während sie ihre Gebote niederschrieben.

„Sie bieten auf die Tänze", flüsterte Clarissa.

Eine Frau schrieb ihr Gebot mit einem schwungvollen Schnörkel am Ende auf. „Wenn wir doch nur mehr als einen Tanz ersteigern könnten."

„Dafür würde ich sogar mein Sparkonto leeren", sagte eine zweite.

Die Frauen lachten.

Als Clarissa und ich näher kamen, sah ich viele, viele Gebote für die Tänze. Manche gingen in die Tausende von Dollars. Dante hatte eine lange Liste von Geboten erhalten.

Verdammt. Und ich war pleite.

„Du *musst* bieten", sagte Clarissa.

„Das kann ich mir nicht leisten."

Sie verdrehte die Augen. „Aber Dante kann es."

„Clarissa ..."

Eine große Frau schlenderte an den Tisch, vor dem sie standen. Sie trug ein wunderschönes Designerkleid in einem tiefen Violettton. Sie hatte eine schlanke Figur und dunkles, seidiges Haar, das in kunstvollen Wellen über ihren Rücken hing. Ihre Maske war mit schwarzen Federn verziert.

Sie warf mir einen langen Blick zu. „Ich habe gehört, dass du Dante fickst."

Clarissa keuchte und riss die Augen auf.

Ich straffte meine Schultern. „Ja, ich bin Mila. Seine Freundin."

„Freundin?" Die Frau lächelte, und es war kein nettes Lächeln. „Dante Fury hat keine Freundinnen. Er fickt Frauen nur." Ihr Lächeln wurde noch breiter. „Und ich weiß genau, wie gut er darin ist."

Mir wurde heiß. Sie war eine Ex. Eine atemberaubend schöne, glamouröse Ex.

Clarissa stemmte eine Hand in ihre Hüfte. „Nun, ich schätze, Dante hatte bis jetzt einfach noch nicht die richtige Frau getroffen. Eine, mit der er zusammen sein wollte."

Die blauen Augen der Frau blitzten auf. Sie nahm einen Stift und schrieb damit ein saftiges Gebot unter Dantes Namen. Mit einem letzten bohrenden Blick stolzierte sie davon.

„Blöde Kuh", sagte Clarissa.

„Sie ist wunderschön."

Clarissa schnaubte. „Da bin ich anderer Meinung. Sie ist eifersüchtig. Jetzt *musst* du ihr Gebot überbieten." Clarissa warf einen Blick auf die Ziffern. „Ach du Schande. Dreitausend Dollar."

Mein Mund wurde trocken. „So viel Geld habe ich nicht."

„Du kannst *nicht* zulassen, dass sie mit Dante tanzt."

Ich ignorierte meinen Magen, als er sich unbehaglich zusammenzog. „Komm schon. Holen wir dir einen Mocktail."

Als wir zur Bar gingen, versuchte ich, meine innere

Unruhe loszuwerden. Okay, meine rasende Eifersucht. Ich wollte nicht, dass diese Frau mit Dante tanzte.

Eine Frau, die ihn berührt, ihn nackt gesehen, ihn in sich gehabt hatte.

Ekelhaft. Mir wurde übel bei dem Gedanken.

Als ich sah, wie die Brünette mich wieder anstarrte, überschlugen sich meine Gefühle. Dann grinste sie mich auch noch selbstgefällig an.

Scheiß drauf. Ich ging zurück zur stillen Auktion.

„Mila?", rief Clarissa mir nach.

Ich ging weiter. Ich würde *nicht* zulassen, dass diese Frau mit meinem Mann tanzte.

27

DANTE

„Meine Damen und Herren." Clarissas Stimme hallte durchs Ember.

Ich sah sie mit einem Mikrofon in der Hand auf der Tanzfläche stehen.

„Das ist der Moment, auf den Sie alle gewartet haben – die Versteigerung der Tänze mit den Fury-Brüdern!"

Es gab lauten Beifall und Pfiffe.

„Alter", murmelte Colt neben mir.

„Es ist für einen guten Zweck", sagte Kav.

„Okay, okay", sagte Clarissa. „Leider dürfen Sie sie hinterher nicht behalten."

Nicht ganz ernst gemeinte Buhrufe erklangen.

„Meine Damen, vergessen Sie nicht, es ist nur *ein* Tanz. Fury-Bruder Nummer eins ist der sensationelle Kopfgeldjäger Colton Fury."

Mein Bruder stieß einen langen, leidenden Seufzer aus.

„Und der Tanz geht an ... Mrs. Julia Platt. Ein Geschenk von ihrem wunderbaren Ehemann."

Eine ältere Dame in einem eleganten grauen Kleid trat aus der Menge heraus und errötete sichtlich. Ihr Mann lächelte ihr zu.

Colts finsterer Blick hellte sich auf und er nahm galant die Hand der Frau.

„Der Nächste ist ...", fuhr Clarissa mit verführerischer Stimme fort, „der sexy Milliardär Kavner Fury."

Es wurde wild gepfiffen und geklatscht. Ich sah, wie ein paar Frauen einander anrempelten und ihre Blicke gierig auf meinen Bruder richteten.

„Die Gewinnerin ist Miss Kristy Benson."

Clarissa machte weiter und nach und nach wurden meinen Brüdern ihren Tanzpartnerinnen zugewiesen.

„Und nun kommen wir zu dem Mann, der den heutigen Abend ausgerichtet hat, um Pflegekindern hier in New Orleans zu helfen. Er ist auch der Mann, für den heute Abend die höchste Summe geboten wurde."

Ich sah mich um. Ich wollte mit keiner außer Mila tanzen. Allerdings fehlte jede Spur von ihr und mehrere Frauen beäugten mich. Ich kannte diesen Blick. Sie sahen den teuren Anzug, den Club, das Geld und den Einfluss. Aber niemals den Mann.

„Okay, dann wollen wir mal herausfinden, welche glückliche Schönheit zehntausend Dollar bezahlt hat, um mit Dante zu tanzen ..."

Ein Raunen ging durch die Menge und auch ich war überrascht.

„Nun, es ist natürlich seine Freundin. Komm und schnapp dir deinen Mann, Mila!"

Ich drehte mich um und die Menge teilte sich, um den Blick auf sie freizugeben, als sie auf mich zugeschritten kam. Plötzlich war ich angespannt. Ich konnte sehen, dass ihr die Aufmerksamkeit nicht gefiel, und ich wollte auch nicht, dass die Männer sie in diesem verdammten Kleid angafften.

Die Maske machte sie noch verführerischer und betonte die Linien ihres Gesichts. Ein Lied begann zu spielen, und ich machte die letzten paar Schritte auf sie zu und zog sie in meine Arme.

„Sieht so aus, als gehöre ich ganz dir."

„Es tut mir so leid, Dante, aber ich kann mir das Gebot nicht leisten."

Ich fuhr mit meiner Nase an ihrer entlang und schmiegte ihren Körper an meinen. „Das ist mir egal. Ich kann das bezahlen. Solange ich dich einfach so halten kann, bin ich glücklich." Wir bewegten uns auf der Tanzfläche und ich nahm meine Brüder und ihre Tanzpartnerinnen kaum wahr.

Ich hatte nur Augen für Mila.

Sie öffnete ihre Lippen und drückte sich enger an mich. Jede Bewegung ihres Körpers spürte ich in meinem Schwanz. Meine Lust auf sie flackerte in meinen Lenden auf.

Plötzlich wurde geklatscht. Ich blinzelte und bemerkte erst jetzt, dass das Lied zu Ende war.

Milas Augenlider flatterten verträumt. Sie war immer noch gefangen in diesem magischen Moment. Ich wollte sie nicht loslassen. Ich *brauchte* sie.

Ich ließ eine Hand in ihren Nacken gleiten und

spürte, wie der Puls in ihrer Schlagader pochte. Ihre Wangen waren gerötet.

Ich legte meine Lippen an ihr Ohr. „Geh in mein Büro. Warte dort auf mich."

Sie holte tief Luft und ich beobachtete, wie sich ihre Brüste hoben und senkten.

„Jetzt", ergänzte ich.

Sie hob das Kinn und nickte.

„Und ... Mila?"

Fragend hob sie eine Augenbraue.

„Kein Höschen."

Sie wollte schon zum Sprechen ansetzen, doch dann wirbelte sie herum und eilte davon.

Heute Nacht würde sie endlich mir gehören. Meine Frau.

Ich sah mich im Ember um und ignorierte die Leute, die versuchten, meine Aufmerksamkeit zu erregen. Unauffällig schlich ich mich in Richtung Mitarbeitereingang im hinteren Teil des Clubs.

In meinem Kopf gab es nur noch Mila. Mein ganzer Körper vibrierte. Wenn ich sie nicht bald berühren könnte ...

Ich tippte den Code ein und hastete dann die Treppe zu meinem Büro hinauf. Zwei Stufen auf einmal.

28

MILA

Ich konnte nicht aufhören zu zittern.

Als ich Dantes Büro betrat, war ich vor Vorfreude ganz hibbelig. Der Duft nach seinem Sandelholzparfüm lag in der Luft und ich presste meine Schenkel zusammen.

Ich wusste, dass er kommen würde.

Er wollte mich.

Bald würde er seine Hände auf mir haben, seine Lippen auf meine pressen.

Ich griff unter mein Kleid, hakte meine Finger seitlich in den winzigen Tanga und zog ihn über meine Beine hinunter. Erregung, Lust, Verlangen, all diese Empfindungen überschlugen sich in mir.

Mit pochendem Herzen ließ ich den Hauch von Spitze mittig auf seinen Schreibtisch fallen. Dann trat ich an das große, verspiegelte Fenster. Unten im Club sah ich all die verkleideten Gäste. Sie lachten, tranken, amüsierten sich.

Sie hatten ja keine Ahnung von den hässlichen Seiten des Lebens außerhalb ihrer glitzernden Welt.

Keine Ahnung, dass sich das Leben von einem Augenblick auf den anderen schlagartig verändern konnte.

Und jetzt wusste ich, dass sich mein Leben aufs Neue radikal verändern würde, sobald Dante durch diese Tür trat. Ich spürte das verheißungsvolle Kribbeln zwischen meinen Schenkeln. Ich biss mir auf die Lippe. Meine Haut war warm und meine Wangen gerötet. Niemals hätte ich gedacht, dass ein einziger Mann mir so viel Vorfreude bereiten könnte.

Die Tür öffnete sich mit einem Klicken und ich drehte mich um.

Dante betrat den Raum wie ein dunkler König auf Eroberungszug. Mein Herz setzte einen Schlag aus.

Sein Blick wanderte über mich.

Oh, Gott.

Dann sah er mein Höschen auf seinem Schreibtisch und schnappte es sich. „Gut, mein wunderschönes, sexy Mädchen." Er steckte es in seine Tasche.

Zitternd blieb ich, wo ich war.

„Dreh dich um."

Auf wackligen Knien gehorchte ich seinem Befehl. Das Fenster war direkt vor mir, nur Zentimeter entfernt, aber ich sah nicht auf die Party hinunter.

Ich betrachtete Dantes Spiegelbild in der Scheibe. Er zog seine Jacke aus und warf sie auf den Schreibtisch. Dann kam er zu mir und knöpfte im Gehen die Manschetten seines Hemdes auf. Er trug immer noch seine Maske, die ihn so gefährlich und geheimnisvoll aussehen ließ.

Mein pochender Herzschlag hallte in meinem Kopf wider. Er krempelte seine Ärmel hoch.

„Meine wunderschöne Mila." Seine Hände legten sich um meine Taille, fuhren über meinen nackten Rücken nach oben und streiften die Träger meines Kleides von meinen Schultern, um meine Brüste zu entblößen.

Als er sie mit seinen Händen umschloss, stöhnte ich auf. Er spielte mit meinen Brustwarzen, die bereits steinhart waren.

„Ich brauche dich, Dante." Ein Geständnis, das ich nicht beabsichtigt hatte.

„Du hast keine Ahnung, wie sehr ich dich brauche." Er presste seine Lippen seitlich auf meinen Hals und ich schob mich ihm entgegen. „Wie oft habe ich mir vorgestellt, dich zu haben, verdammt. Dich zu berühren. Meinen Schwanz tief in dir zu vergraben."

Ein Stöhnen entwich mir.

„Leg deine Hände auf die Scheibe."

Mein Atem ging stoßweise. Ich presste meine Handflächen an das Fenster, das Glas kühl unter meiner Haut. Ich wusste, dass die Leute unten uns nicht sehen konnten, aber es fühlte sich an, als könnten sie es. Das steigerte meine Erregung nur noch mehr.

„Den ganzen Abend habe ich dich beobachtet." Er biss mir in den Nacken. „Dich begehrt." Seine Hände wanderten nach unten, wo er den Stoff meines Kleides bündelte und über meinen Hintern schob.

Dann glitt seine Hand zwischen meine Schenkel und

streichelte mich. Ich schrie auf und kippte nach vorne, sodass meine Brüste gegen das Glas drückten. Meine Nippel waren so hart, dass sie schmerzten.

Er war nicht zärtlich. Seine Finger glitten durch meine feuchte Mitte.

„Oh, Gott."

„Ganz nass für mich."

„Ich bin schon den ganzen Abend nass für dich." Zur Hölle, seit Wochen.

Er streichelte mich und schob dann zwei Finger in mich. Ich stieß einen heiseren Schrei aus.

„*Dante* ..." Sein Daumen fand meinen Kitzler und ich stöhnte auf.

„Sie können dich nicht haben." Sein Atem war heiß an meinem Ohr. „Sie können dich ansehen, aber sie dürfen dich nicht berühren."

„Die Frauen da draußen wollen dich." Er pumpte seine Finger weiter in mich und meine Stimme brach.

„Eifersüchtig, Baby?" Er drückte sich an mich und knabberte an meinem Ohr.

„Ja." Ich konnte seinen harten Körper an meinem spüren.

„Musst du nicht. Alles, was ich sehe, bist du. Seit du hierhergekommen bist, habe ich nur noch Augen für dich." Er ließ seine Hüften kreisen und seine steinharte Erektion drückte gegen meinen Hintern. Es war mir egal, dass mein Kleid hochgezogen war und sich um meine Taille bündelte. Alles, was ich tun konnte, war, mich in dem Verlangen zu verlieren, das durch meinen Körper pochte.

Mein Verlangen nach diesem Mann.

„Dante, *bitte*."

„Lass die Hände auf dem Glas, Baby."

Ich hörte einen Reißverschluss und spürte seine Hand, als er seinen Schwanz befreite. Er rieb ihn zwischen meinen Pobacken und ich gab ein wimmerndes Geräusch von mir und drückte mich gegen ihn.

„Warte, mein gieriges Mädchen." Das Knistern von Folie. „Ich will, dass du meinen Namen schreist. Sie können uns nicht sehen oder hören, aber sie werden genau wissen, zu wem du gehörst, wenn wir fertig sind." Die Spitze seines Schwanzes glitt zu meinem Eingang und ich biss mir erwartungsvoll auf die Unterlippe.

Dann drückte er seine Hüften vorwärts und vergrub sich mit einem einzigen Stoß in mir. Füllte mich vollständig aus. Ich schrie auf und meine Finger drückten gegen das Glas. Endlich hatte ich ihn in mir. Atemlos betrachtete ich sein Spiegelbild, während er mich ohne jede Zurückhaltung fickte. Sein dunkles, gut aussehendes Gesicht war lustvoll verzerrt.

Für mich.

„Fuck, Mila. So verdammt eng."

Er zeigte keine Gnade, als er wieder und wieder kraftvoll in mich stieß. Er schlang einen Arm um meine Taille, um mich in der Position zu halten, in der er mich wollte.

Ich liebte es. Jede Sekunde davon.

Ich neigte mein Becken und sein Schwanz traf Stellen, von denen ich nicht gewusst hatte, dass es sie gab. Meine leidenschaftlichen Schreie hallten durch sein Büro. Ich spürte, wie sich mein Orgasmus aufbaute – schnell und mächtig.

„Dante", keuchte ich.

Er stieß hart zu und ein spitzer Schrei entwich mir.

„Komm, Mila. Komm für mich."

Beim nächsten Stoß seines riesigen Schwanzes kam ich und schrie, als all die angestaute Lust in mir explodierte. Ich war mir sicher, dass jeder im Club mich hören konnte, aber es war mir egal.

Welle für Welle riss mich mein Höhepunkt mit sich und ich stöhnte Dantes Namen.

Dann sah ich in der Spiegelung des Fensters zu, als er selbst kam.

Sein Kopf fiel zurück, die Adern an seinem Hals traten hervor. Er stieß tief in mich und stöhnte.

Wunderschön. Gott, dieser Mann war einfach wunderschön.

Für eine Weile war da nichts außer dem Geräusch unserer keuchenden Atemzüge. Sein Arm hielt mich aufrecht, mein Kleid und sein Smoking waren leicht derangiert, aber es kümmerte mich nicht im Geringsten.

Als er sich aus mir zurückzog, biss ich mir auf die Lippe, um nicht wieder aufzustöhnen. Im nächsten Moment hob er mich hoch und trug mich zur Couch.

„Beweg dich nicht." Nachdem er mich abgesetzt hatte, schritt er zu seinem Badezimmer.

Wow. Ich war noch ganz euphorisch vom besten Orgasmus meines Lebens. Ich fühlte mich so, so gut.

Er kam zurück, das Hemd wieder in die Hose gesteckt und die Ärmel wieder an ihrem Platz. Seine Maske hatte er immer noch auf, genau wie ich meine.

Sein dunkler Blick glitt über mich. „So umwerfend."

Ich lächelte. In diesem Moment fühlte ich mich tatsächlich umwerfend.

Er kniete nieder und wusch mich mit einem feuchten Lappen zwischen den Beinen. Ich versuchte, nicht zu erröten. Dann warf er ihn beiseite und half mir hoch.

„Ich wünschte, wir könnten hierbleiben, aber wir müssen zurück", sagte er.

Ich nickte. Er rückte mein Kleid zurecht und strich es nach unten glatt. Dann erst zog er mir die Träger über die Schultern und drückte mir einen Kuss auf mein Schlüsselbein. Ein wohliger Schauer lief mir über den Rücken.

„Mila." Während er gedankenverloren meinen Namen murmelte, fuhr er mit dem Daumen über meinen Wangenknochen.

Der Blick in seinen Augen ließ mich den Atem anhalten. „Das hier war nicht gespielt. Wir haben schon vor langer Zeit aufgehört, nur so zu tun, als wären wir zusammen."

„Was macht meine Frisur?"

Seine Lippen kräuselten sich. „Sieht gut aus."

Ich verzog skeptisch den Mund und betastete meine Haare. Die Lage schien nicht allzu schlimm zu sein. „Sehe ich aus, als wäre ich gerade gefickt worden?"

Jetzt zuckten seine Lippen. „Vielleicht."

Ich schlug ihm auf die Brust.

Er packte mein Handgelenk. „Das ist mir egal. Ich will, dass die Leute wissen, dass du zu mir gehörst."

„Wir wollten doch nur so tun, Dante." Meine Worte waren ein Flüstern.

„Fühlt es sich denn für dich so an?"

Ich schüttelte den Kopf, aber meine größte Angst

lauerte bereits in den Schatten meines Geistes. Ich wusste, dass schlimme Dinge passieren konnten. Ich wusste, dass das Leben einem all das Gute entreißen konnte, wenn man es am wenigsten erwartete.

Er nahm meine Hand und drückte sie. „Wir kriegen das hin, Mila. Aber jetzt müssen wir erst einmal zurück zur Party."

Ein Teil von mir wünschte sich, wir könnten hier oben bleiben, nur wir beide, aneinandergekuschelt, zusammen. Aber ich nickte und hob tapfer das Kinn.

ALS WIR ZURÜCK IN den Club traten, schlug mir der Lärm entgegen – die Musik, die Gespräche, das Gelächter.

Innerlich glühte ich immer noch und andere Teile von mir waren noch sehr empfindlich.

„Da seid ihr zwei ja!" Clarissa tauchte auf. „Dante, die Bürgermeisterin sucht dich."

Er seufzte. „Ich werde zu ihr gehen."

„Husch, husch." Clarissa hängte ihren Arm bei mir ein. „Mila und ich müssen ein paar Dinge überprüfen."

Dante warf mir einen langen, besitzergreifenden Blick zu und schritt dann davon. Clarissa zog mich ins Gedränge.

„Ist alles in Ordnung?", fragte ich.

„Alles ist perfekt. Alle reden davon, wie gelungen der Maskenball ist."

Ich lächelte sie an. „Wir sind ein gutes Team."

„Das sind wir tatsächlich. Deshalb mache ich dich hiermit offiziell zu meiner besten Freundin."

Mir wurde ganz warm ums Herz. Ich hatte alle meine Freundinnen zurückgelassen, als ich geflohen war. Und von Laura verraten zu werden, hatte mich so misstrauisch gemacht.

Jemand rempelte mich an und ich drehte mich um. „Oh, das tut mir leid ..."

Meine Kehle schnürte sich zu. Der Mann im Smoking, der mich anstarrte, war mein ehemaliger Boss.

„Chuck", flüsterte ich entgeistert.

Auf den ersten Blick sah er aus, als wäre er für die Party hier. Er war älter und wirkte vornehm, aber als ich ihn genauer ansah, bemerkte ich, dass sein angegrautes Haar zerzaust war und er schwitzte.

„Mila, du hast mir so viele Probleme bereitet." Er fuhr sich mit einer zittrigen Hand über den Mund.

„Ich dir?" Wut stieg in mir auf. „Du hast mir Killer auf den Hals gehetzt! Du hast meine Eltern ermordet."

Neben mir keuchte Clarissa und zog ihre Hand enger um meinen Arm.

„Das war nicht ich." Er verzog das Gesicht. „Es war der Mann, mit dem ich ..."

„Es war der Drogendealer, mit dem du unter einer Decke steckst", sagte ich aufgebracht.

Er lief kreidebleich an. „Es tut mir leid, Mila. Das tut es wirklich. Aber ich hatte keine andere Wahl."

„Man hat immer eine Wahl, Chuck. Nur hast du eben die egoistische getroffen." Ich sah mich um und versuchte, Dante oder einen der Männer vom Sicherheitsdienst ausfindig zu machen. Ich entdeckte einen der ganz in Schwarz gekleideten Jungs und winkte ihn zu mir.

„Lassen Sie sie gefälligst in Ruhe", fauchte Clarissa. „Ich hole Dante."

„Keine Bewegung." Chucks Stimme erhob sich.

In diesem Moment öffnete er seine Jacke, um die Waffe zu zeigen, die er darunter versteckt in der Hand hielt. Er richtete seinen Körper so aus, dass sie vor den umstehenden Gästen verborgen blieb.

Ich erstarrte. *Oh, Gott.* Das konnte doch nicht wahr sein. Ich bewegte mich, um mich vor Clarissa zu stellen.

Ein paar der Gäste bekamen mit, was vor sich ging. Ich hörte laute Stimmen.

„Lassen Sie die Waffe fallen!" Der Mann vom Sicherheitsdienst tauchte hinter ihm auf.

Panisch drehte sich Chuck um und feuerte.

Der Mann ging zu Boden. Menschen schrien. Ich stand da und war wie gelähmt vor Angst.

„Oh, mein Gott!", kreischte Clarissa. „Er hat eine Waffe!"

Mein Gehirn schaltete auf Autopilot. Ich stürmte einfach auf Chuck zu und rammte ihn mit meiner Schulter. Der Aufprall ließ ihn ächzen und seine Waffe fiel auf den Boden.

„Hilfe!", schrie Clarissa. „Wir brauchen Hilfe!"

Ich hörte Rufe, aber alles geschah wie im Schnelldurchlauf. Chucks Augen waren weit aufgerissen, panisch. Er taumelte erst, bevor er sich auf Clarissa stürzte, sie packte und mit aller Kraft umstieß.

Ich musste zusehen, wie sie mit voller Wucht auf den Boden krachte.

Nein! Ich musste an ihr Baby denken.

Das hier war alles meine Schuld. Chuck war meinetwegen hier, und jetzt hatte er auf einen Mann geschossen und Clarissa und ihr Baby waren in Gefahr.

Mit flacher Hand spannte ich meine Finger an. Ich hörte Shays Stimme in meinem Kopf, als ich mit der Kante meiner Handfläche gegen Chucks Kehle schlug. Er musste würgen und ich ließ einen Ellbogenschlag in sein Gesicht folgen. Er gab einen röchelnden Laut von sich und warf die Arme wild in die Luft. Eine seiner Hände traf mein Gesicht genau an der Stelle, die schon zuvor in Mitleidenschaft gezogen worden war.

Autsch. Ich wich taumelnd zurück.

Chuck machte einen Schritt auf mich zu. „Du musst sterben. Es gibt keinen anderen Weg. Sonst töten sie mich."

Ich spürte die Leute um mich herum, aber ich konzentrierte mich auf Chuck.

Vom Boden aus packte Clarissa sein Bein. „Lassen Sie sie in Ruhe."

Er drehte sich um und verpasste ihr einen Tritt. Sie kippte nach hinten und krümmte sich vor Schmerzen.

Ich schäumte vor Wut. „Lass sie in Ruhe!" Ich wirbelte herum und schnappte mir einen Hocker vom nächstgelegenen Tisch. Ich holte aus und schwang ihn durch die Luft.

Er krachte gegen Chucks Kopf.

„Du Arschloch!" Ich schlug ihn noch einmal und er ging in die Knie. „Ich werde nicht zulassen, dass du ihr wehtust." Ich schwang den Hocker noch einmal durch die Luft.

Er schwankte. Von allen Seiten strömten Menschen herbei.

„Sichert ihn!" Dantes zu einem Brüllen erhobene Stimme.

Im nächsten Moment tauchten Dante, Reath und Colt auf und mit ihnen mehrere Männer des Sicherheitsteams. Schwer atmend sah ich, dass Beauden und Kavner bei dem Mann hockten, auf den Chuck geschossen hatte. Als Dante und seine anderen Brüder sich auf Chuck stürzten, stolperte ich zu Clarissa und fiel neben ihr auf die Knie.

„Clarissa." Sie versuchte, sich aufzusetzen. „Geht es dir gut?"

„I-ich glaube schon." Tränen liefen ihr übers Gesicht.

Ich war so außer mir, dass ich kaum noch Luft bekam. Schließlich hob ich den Blick. Dantes Wut stand ihm ins Gesicht geschrieben. Alles, was ich tun konnte, war, Clarissa fest zu umarmen.

29

DANTE

I ch schritt durch das nun leere Ember und kochte immer noch vor Wut.

Die Gäste waren evakuiert worden und die Polizei hatte Chuck Edwards, diesen Wichser, in Gewahrsam genommen.

Der Dreckskerl hätte Mila fast umgebracht.

Als ich die Eingangstür erreichte, sah ich Reath. „Mila?"

„Es geht ihr gut. Sie ist draußen bei Clarissa. Sie weigert sich, von ihrer Seite zu weichen, bis sie von einem Sanitäter untersucht wurde."

Egal wie tief ich einatmete, ich konnte einfach nicht genug Sauerstoff in meine Lungen saugen. „Dein Mann?"

Reaths Gesicht verfinsterte sich. „Luke geht es gut. Er hatte eine kugelsichere Weste an. Aber der blaue Fleck wird riesig sein."

„Und Clarissa? Sie ist schwanger."

Mein Bruder murmelte einen Fluch. „Ihr scheint

nichts zu fehlen, aber sie ist gestürzt und dieses Arschloch hat sie getreten."

Ich schritt durch die Vordertür des Ember und sah,
dass sich dort eine Menschenmenge versammelt hatte.
Ein Krankenwagen stand neben einem Streifenwagen.
Ihre Lichter tauchten die Szene in einen rotblauen
Schein.

Mila saß im hinteren Teil des Krankenwagens und
hatte einen Arm um eine weinende, schimpfende
Clarissa gelegt. Ihr Mann stand neben ihr und hielt ihre
Hand. Ein Sanitäter untersuchte sie.

Als ich mich ihnen näherte, wichen Leute vor mir
zurück. Ich nahm an, dass der Ausdruck auf meinem
Gesicht ihnen sagte, dass ich meine Grenze erreicht
hatte. Mila hob den Kopf und ihr Blick traf meinen.

Mein Herz setzte einen Schlag aus. Ihre Augen
waren beunruhigend leer.

„Geht es euch beiden gut?" Ich griff nach Milas
Hand. Sie wich nicht zurück, aber sie hielt sie auch nicht
fest.

„Mir geht es gut", verkündete Clarissa. „Dieser Geis-
teskranke wandert besser für eine sehr lange Zeit in den
Knast."

„Clarissa, Baby", murmelte ihr Mann. „Du musst
dich beruhigen."

„Einer von Reaths Männern hat eine Kugel abbe-
kommen", sagte Mila hölzern. „Chuck hat Clarissa
getreten. Sie muss untersucht werden, weil ..."

„Er weiß, dass ich schwanger bin." Clarissa drückte
eine Hand auf ihren flachen Bauch. „Und meinem Baby

geht es gut. Der Typ hat mich am Arm erwischt. Dieses Arschloch." Wütend starrte sie auf etwas hinter mir.

Ich sah über meine Schulter. Zwei Beamte führten Edwards in Handschellen zu einem weiteren Streifenwagen. Als er meinem Blick begegnete, erstarrte er und sah weg.

Ich richtete meine Aufmerksamkeit auf Mila.

„Es geht mir gut." Sie sagte es ohne jede Emotion in der Stimme. Vielleicht stand sie unter Schock?

Ich zog sie in meine Arme. Ihre Haut war eiskalt. „Ist schon gut."

„Nein, ist es nicht. Clarissa wurde verletzt, und ein Mann wurde meinetwegen erschossen."

„Er trug eine schusssichere Weste. Es geht ihm gut."

Ich spürte, wie sie in meinen Armen zitterte. „Wie heißt er?"

„Luke."

Sie nickte.

Der Sanitäter kam zu uns. „Wir wollen Mrs. Landry für einen Ultraschall mitnehmen, da sie schwanger ist."

Mila war den Tränen nahe. „Clarissa, es tut mir so leid."

„Es ist *nicht* deine Schuld." Clarissa drückte ihre Hand, dann begegnete sie meinem Blick. „Kümmere dich um sie."

„Das werde ich." Ich führte Mila zum Eingang. „Bringen wir dich in Sicherheit." *Wo ich für dich da sein kann.*

„Ich will nicht, dass noch jemand verletzt wird."

„Ich weiß. Diese Sache ist nicht deine Schuld. Sie

geht auf Edwards' Konto und auf das des Mannes, mit dem er zusammenarbeitet."

„Ich will nicht, dass du verletzt wirst."

Wir betraten das Ember. Ihre Worte bewegten etwas in mir. Es machte mich glücklich, dass sie sich Sorgen um mich machte, aber ich wollte auch nicht, dass sie sich aufregte. „Das werde ich nicht. Ich bin schwer unterzukriegen."

In diesem Moment bemerkte ich die Schwellung in ihrem Gesicht. An derselben Stelle, an der sie schon einmal verletzt worden war. „Er hat dich geschlagen?"

Mein Tonfall ließ sie hochfahren. „Es ist nichts im Vergleich. Luke wurde angeschossen. Clarissa wurde getreten."

Ich berührte sanft ihren Augenwinkel. „Lass uns da erst mal Eis draufpacken."

Sie nickte, aber in ihrem Kopf ratterten die Zahnräder. Das gefiel mir am allerwenigsten.

30

MILA

Ich saß mittig auf dem Bett in Dantes Gästezimmer und starrte aus dem Fenster auf die Lichter von New Orleans.

Er hatte mich wie ein Falke beobachtet, nachdem wir zu ihm nach Hause gekommen waren. Hatte mir eine heiße Schokolade gemacht und versucht, mich mit einem Film abzulenken. Clarissa hatte mir eine Nachricht geschickt, dass es ihr und dem Baby gut ging. Dem Mann vom Sicherheitsdienst, Luke, ging es auch gut.

Ich sagte Dante, dass ich etwas Zeit für mich brauchte. Es hatte ihm nicht gefallen, aber sein Handy hatte unaufhörlich geklingelt, und er hatte tausend Dinge zu tun. Wegen all des Ärgers, den ich ihm eingebrockt hatte.

Ich zog die Knie an meine Brust. Das alles war meine Schuld.

Diesmal war niemandem etwas passiert. Aber was wäre beim nächsten Mal?

Genau das war der Grund, warum ich mich mit

niemandem anfreunden durfte. Ich konnte andere nicht in Gefahr bringen.

Verdammter Chuck. Ich schlug mit der Hand auf die Tagesdecke und stand auf.

Er mochte hinter Gittern sein, aber wer auch immer derjenige war, mit dem er zusammenarbeitete, lief noch da draußen herum – und wusste nicht, dass ich ihn in jener Nacht nicht gesehen hatte.

Wegen Chuck und seinem zwielichtigen Geschäfts-partner waren meine Eltern tot. Diese Leute hatten mein Leben ruiniert. Ich würde nicht zulassen, dass sie Clarissa oder irgendjemand anderem vom Team des Ember etwas antaten.

Oder Dante.

Entschlossen ging ich zu meiner Tasche und zog mich an. Eine schwarze Jeans und ein schwarzes T-Shirt.

Ich hatte nur eine Wahl.

Ich musste weglaufen.

Mit geschlossenen Augen hielt ich einen Moment inne. Der Schmerz, der in mir anschwoll, fühlte sich an wie eine Säure, die sich rasant ausbreitete und meine Seele auffraß.

So schnell ich konnte, stopfte ich ein paar Dinge in meinen Rucksack. Das Nötigste und meine mickrigen Ersparnisse. Es war nicht viel, aber es würde reichen müssen.

Ich musste weit weg. Nach Kalifornien vielleicht? Montana?

Ich hatte keine andere Wahl. Ich musste Louisiana hinter mir lassen.

Dantes Gesicht ging mir durch den Kopf und mein

Herz drohte zu zerspringen, so weh tat es mir. Ich rieb meine Faust dagegen und versuchte, ein paar beruhigende Atemzüge zu machen.

Trotz der starken Anziehung zwischen uns konnte ich ihn sowieso nicht behalten. Ein Mann wie Dante könnte jede haben. Eines Tages würde er weiterziehen und mir das Herz brechen.

Aber mein Herz und mein Körper wollten immer wieder diese heißen, leidenschaftlichen Momente in seinem Büro durchleben. Wie er so kraftvoll in mich geglitten war, auf welch tiefer Ebene ich unsere Verbindung gespürt hatte.

„Es tut mir leid", flüsterte ich.

Leise öffnete ich die Schlafzimmertür. Es war kurz nach halb vier Uhr morgens. Er sollte schlafen.

Als ich in den Flur trat, starrte ich auf die geschlossene Tür am hinteren Ende. Sein Schlafzimmer. Ich drückte eine Hand auf meinen Bauch. Es war viel zu einfach, ihn mir auf seinem Bett ausgebreitet vorzustellen. Seine gebräunte Haut, dieser große, muskulöse Körper.

Mehr als alles andere wollte ich da hineingehen, mich an ihn schmiegen, von seiner Kraft zehren. *Oh, Gott.* Ich kniff meine Augen einen Moment lang zu und ging dann wie auf Katzenpfoten den Flur entlang.

Mein Plan war einfach. Hinausschleichen und verschwinden. Aus New Orleans abhauen.

Ich erreichte die Treppe und machte mich auf den Weg hinunter in die Garage. Es war dunkel, also schlich ich dicht an der Wand entlang zur Eingangstür. Ich drückte meine Hand auf den Leser der Alarmanlage. Es piepte, und die roten Lichter wurden grün.

Ich blieb stehen und legte meine Hand auf den Türgriff. Ich tat das Richtige. Ich wollte nicht gehen, aber ich musste etwas gegen die Sorge tun, die mich innerlich auffraß. Ich musste meine Freunde in Sicherheit bringen.

Machs gut, Dante.

Ich ignorierte das elende Gefühl in meinem Inneren und stieß die Tür auf. Feuchte Luft schlug mir entgegen. Ich schwang mir meinen Rucksack über die Schulter und suchte den Parkplatz ab, bevor ich hinaustrat.

Plötzlich legte sich ein Arm um meine Mitte und ich wurde zurück ins Haus gezerrt.

Mein Puls schoss in die Höhe.

„Oh, nein, das tust du nicht."

Dante.

Ich stieß keuchend einen Atemzug aus. „Du hast mich zu Tode erschreckt."

„Gut so", knurrte er.

Er knallte die Tür zu und stellte den Alarm wieder scharf. Die Art und Weise, wie er auf die Knöpfe eindrosch, verriet mir, dass er sauer war.

„Dante, hör zu ..."

Mit einem kräftigen Ruck drehte er mich zu sich um. Ein Blick in sein Gesicht, und mein Magen zog sich zusammen.

Genau, stinksauer.

„Du wolltest einfach weglaufen. Verschwinden."

„Ja." Es hatte keinen Sinn, zu lügen.

Er verzog das Gesicht. „Ich hätte keine Ahnung

gehabt, wo du bist. Diese Arschlöcher wären immer noch da draußen und würden dich jagen."

„Wenn niemand weiß, wo ich bin, wird auch niemand verletzt, der mir etwas bedeutet!"

Er nickte. „Dass Luke und Clarissa verletzt wurden, war also der Auslöser."

„Ja, verdammt noch mal." Ich stieß gegen seine Brust. „Es ist meine Schuld."

Er packte meine Handgelenke. „Es ist *nicht* deine Schuld. Es ist die Schuld des Arschlochs, das hinter dir her ist. Es ist die Schuld von Chuck Edwards."

„Du verstehst es nicht."

„Ich verstehe, dass du dich hinausschleichen und mich verlassen wolltest. Wird. Nicht. Passieren."

„Du wirst nicht bestimmen, was ich tun und lassen darf." Wow. Ich hatte mich in eine Highschool-Schülerin zurückentwickelt.

Er knurrte, drückte mich an die Wand und kam dicht an mein Gesicht. „Du wolltest mich *verlassen*."

Sein Ton ließ mich erstarren. Ich blickte ihn in der Dunkelheit an.

„Du wolltest mich verlassen", wiederholte er.

„*Nein.*" Das Wort war ein Flüstern aus meiner trockenen Kehle. „Ich wollte dich nicht verlassen. Ich habe es für dich getan. Um dich zu beschützen."

Er strich mit seinen Lippen über meinen Kiefer. „Du kannst mich nicht verlassen."

Das Flehen in seiner Stimme brach mir das Herz. Diese Worte aus dem Mund dieses starken, wunderbaren Mannes. „Dante." Ich zappelte, bis er meine Hände losließ, dann schlang ich meine Arme um ihn.

Er atmete zitternd ein.

In der nächsten Sekunde warf er mich über seine Schulter.

„Dante!"

Marschierte zur Treppe. Trug mich, als ob ich leicht wie eine Feder wäre.

„Lass mich hinunter."

„Nein."

Mann! Ich hatte bisher nie etwas für herrische Männer übrig gehabt. Er trug mich an meinem Zimmer vorbei und mein Herz schlug schneller. Er betrat sein Schlafzimmer.

Ich hob den Kopf. Mit einem Blick erfasste ich den Backstein, der von schwarzen Metallträgern durchzogen war. Das Bett war riesig, mit einem grauen Kopfteil und schwarzen Bezügen.

Er ließ mich hinunter und mein Blick blieb an seiner Brust hängen. Sie war nackt und er trug nur eine lockere schwarze Hose. All diese Muskeln, der Flaum dunkler Haare. Ein Kribbeln setzte zwischen meinen Schenkeln ein. Er hatte ein Sixpack, das ich unbedingt mit meinen Fingern erkunden wollte.

Ich gab einen Laut von mir. Er war heiser, bedürftig.

Ich konnte seine Gesichtszüge im schwachen Licht kaum erkennen, aber der dunkle Blick in seinen Augen entging mir nicht. Er schob seine Finger in meine Haare.

„Du läufst *nicht* weg. Das lasse ich nicht zu. Du wirst mich *nicht* verlassen." Er strich mit seinen Lippen über meine.

Ich fing an zu zittern bei seinen besitzergreifenden Worten.

Er knabberte an meinen Lippen, und mein Herz begann, in einem verrückten Rhythmus zu schlagen. Ich spürte die dunkle Intensität eines Raubtiers, die von ihm ausging.

„Ich werde dir zeigen müssen, dass du zu mir gehörst, Mila. Ich werde dich hart ficken und so lange wie nötig, damit du nie wieder daran zweifelst."

Meine Fingernägel bohrten sich in meine Handballen. Seine Worte schickten einen Schwall Feuchtigkeit zwischen meine Schenkel und ich holte scharf Luft.

Ich konnte nirgendwo mehr hin.

Und kein einziger Teil von mir wollte weglaufen.

31

DANTE

Mila dabei zu beobachten, wie sie mich mit einem solchen Verlangen im Blick anstarrte, war einfach nur berauschend.

Ihre Hände hatte sie zu Fäusten geballt. Als ob sie sich zurückhalten würde. Ich wusste, dass sie schon viel zu lange auf der Flucht und allein gewesen war.

Ich streckte die Hand aus und streichelte ihren Hals. Sie schloss für einen Moment die Augen. „Du wolltest mich verlassen."

„Ich habe nicht ... ich kann nicht ..." Ihre Stimme war zittrig. „Es ist zu viel."

„Mila, willst du mich?"

Sie wandte den Blick ab. „Du weißt, dass ich das tue."

Ich zwang sie, mich anzusehen. „Bist du feucht für mich?"

Sie sog scharf Luft ein. Ich sah, wie sich ihre Brustwarzen unter ihrem T-Shirt abzeichneten.

„Im Moment gibt es nur dich und mich. Niemanden und nichts sonst. Lass es los und vertraue mir."

„Es ist nicht so leicht für mich, die Kontrolle abzugeben."

„Du kannst es. So wie du es in meinem Büro getan hast. Hier bei mir bist du sicher." Ich packte den Saum ihres T-Shirts und zog es ihr über den Kopf. Darunter trug sie einen schlichten, schwarzen BH. Auch den zog ich ihr aus. Ihr Brustkorb hob und senkte sich schnell.

„Wunderschön." Ich umschloss eine ihrer Brüste.

„Wie es aussieht, kann ich nicht Nein zu dir sagen."

„Weil du es nicht willst." Ich spielte mit ihrer Brustwarze und genoss ihr leises Stöhnen.

Als Nächstes öffnete ich den Reißverschluss ihrer Jeans. Ich ließ mir Zeit, schob den Stoff zusammen mit ihrem Höschen ihre Beine hinunter und half ihr, herauszusteigen, obwohl meine Lust auf sie mich wahnsinnig machte – sie pochte intensiv mit jedem Herzschlag durch meine Adern. Ich strich mit einer Hand über ihre Schulter, dann weiter an ihrem Arm hinunter und schließlich über ihren Bauch. „Wunderschön."

„Dante."

Mit meinem Körper schob ich sie einen Schritt zurück und sie setzte sich auf die Bettkante.

Ich kniete mich vor sie und schob ihre Beine auseinander. Als ich sie zwischen ihren Schenkeln streichelte und durch die getrimmten, braunen Locken glitt, ließ ich mir bewusst Zeit. Sie war weich und so verdammt nass.

„*Oh.*" Sie stützte sich auf ihre Ellbogen.

„Ich wusste, du würdest feucht für mich sein, Baby."

Ich beugte mich über sie und liebkoste die Innenseiten ihrer Schenkel. Sie zuckte zusammen und ich sog den süßen Duft ihrer Erregung ein.

Dann drückte ich meinen Mund auf ihren Venushügel.

Sie schrie auf. Als ich sie leckte, zuckte ihr Körper. Mit meiner Zunge leckte ich erst über die zarten Falten ihrer Haut und fing dann an, mit ihr zu spielen. Ich ließ meine Zähne über ihre Klitoris gleiten.

„Du bist ... zu gut darin", keuchte sie atemlos.

„Fühle einfach. Lass mich dich zum Kommen bringen."

Sie gab einen unartikulierten Laut von sich, griff nach meinem Kopf und zerrte an meinen Haaren. Ich genoss ihren Geschmack, ließ meine Hände an ihrem Körper hinaufgleiten und legte sie um ihren Brustkorb, während ich ihre Mitte weiter mit meiner Zunge und meinem Mund liebkoste.

„Ich habe von dir geträumt", murmelte ich zwischen zwei Atemzügen. „Mir all die verdammten Möglichkeiten vorgestellt, wie ich dich berühren würde. Dich küssen. Dich zum Kommen bringen."

Ihre Hüften zuckten. Während ich meine Zunge wieder auf Erkundungstour gehen ließ, schlang sie ihre Beine um meinen Kopf.

Mein Schwanz war so hart, dass er wehtat. Ich leckte sie weiter.

„In meinem Büro mussten wir uns beeilen. Dort konnte ich mir nicht die Zeit nehmen, alles zu tun, was ich mit dir machen wollte."

„Ich will ... ich brauche dich in mir, wenn ich komme", keuchte sie.

Mein Schwanz pochte. Sowohl ihm als auch mir gefiel diese Idee. „Noch nicht. Erst kommst du an meinem Mund, dann auf meinem Schwanz, und dann habe ich noch mehr mit dir vor. Ich höre erst auf, wenn du so erschöpft bist, dass du ohne einen einzigen Albtraum schlafen kannst." Ich biss in die zarte Haut ihres Schenkels und sie schrie auf. „Bis du weißt, dass du zu mir gehörst."

Ich wollte sie markieren. Ich fuhr mit meinen Zähnen über ihre empfindliche Haut und saugte dann an ihrer geschwollenen Klitoris.

„Dante ... *Dante* ..." Sie spannte sich an.

Ihr Orgasmus riss sie mit und ihr nackter Körper zuckte.

Ich genoss jede Sekunde. Sie war heute Abend schon zweimal für mich gekommen. Ich rieb meine Wange an ihrem Bein und wusste, dass mein Bart eine Spur hinterlassen würde. Dann leckte ich sie mit flacher Zunge und hielt sie fest, während sie die Nachbeben ihres Höhepunktes ausritt.

„Oh, mein Gott", hauchte sie.

Ich richtete mich auf. „Ich bin noch nicht fertig."

Sie setzte sich auf und als ich ihr ins Gesicht sah, war klar, wie sehr sie mich wollte. „Gut." Sie vergrub ihre Finger in meinen Haaren und presste ihre Lippen auf meine.

Ich knurrte in ihren Mund und küsste sie stürmisch und gierig, bevor ich aufstand und mir die Pyjamahose auszog.

Sie machte große Augen, als ihr Gesicht auf gleiche

Höhe mit meinem geschwollenen Schwanz kam. „Dante."

Ich schlang meine Hände um ihre Taille und zog sie in die Mitte des Bettes. Dann kniete ich mich auf die Matratze. „Was, Baby?" Ich beugte mich vor und küsste ihre Schulter.

„Ich will dich so sehr, dass es mir Angst macht." Ihr Blick blieb an meinem hängen. „Ich will dich so sehr, dass es mich innerlich fast zerreißt."

Ich bedeckte ihren Körper mit meinem und fixierte sie unter mir. „Du hast mich, Mila."

Sie fuhr mit ihren Händen an meinen Seiten hinunter und schob sie dann zwischen uns. Ihre Finger legten sich um meinen Schwanz und rieben ihn. „Ich wollte dich schon vorhin berühren, in deinem Büro."

Fuck. Ich bewegte mich in ihrer Faust auf und ab. Wenn ich nicht aufpasste, würde ich auf ihrem Bauch kommen, bevor ich überhaupt in ihr war.

„Ich bin sauber, Mila." Mein Bauch krampfte sich zusammen. „Ich habe noch nie eine Frau ohne Kondom gefickt."

Ich wollte in sie gleiten, ohne dass etwas zwischen uns war.

„Ich war schon sehr lange mit niemandem mehr zusammen." Sie leckte sich über die Lippen. „Und ich bekomme die Hormonspritze. Wenn du willst ..."

Ich zog ihre Hand weg, nahm meinen Schwanz und schob ihn durch ihre feuchten Falten. Sie stöhnte.

„Ich will." Ich wollte so verdammt sehr.

Dann setzte ich die Spitze meines Schwanzes genau dort an, wo wir beide sie haben wollten.

„*Ja*", hauchte sie.
Ich vergrub mich bis zum Anschlag in ihr.

32

MILA

Oh. *Gott.*

Ich lag unter Dantes großem, prachtvollem Körper. Und sein großer, harter Schwanz dehnte mich.

Aber dieses Mal konnte ich ihn berühren und ihm zusehen, wie er sich in mir bewegte. Ich richtete mich auf, biss in seine Brust und ließ meine Zähne über seine Haut kratzen.

Mit einem Knurren setzte er sich in Bewegung und vergrub sich tief und hart in mir.

Schreiend schlang ich meine Beine um ihn und spürte, wie sich die Muskeln in seinem Hintern anspannten, wenn er wieder in mich stieß.

„Du wirst mich *nicht* verlassen."

Ich konnte seine Worte kaum verstehen, als er sie durch zusammengebissene Zähne hervorpresste.

„Das werde ich nicht zulassen."

„*Dante.*" Ich fuhr mit meinen Nägeln über seinen Rücken.

Ich spürte, wie der Druck in mir wuchs. Seine Stöße

waren hart, besitzergreifend. Noch nie hatte mich jemand so gefickt.

„Ich werde dich zum Schreien bringen.“

„Eingebildet.“

Er stieß seine Hüften nach vorn. „Selbstbewusst.“ Dann küsste er mich mit seinen köstlichen Lippen.

Sein Geschmack flutete all meine Sinne. Er packte meine Handgelenke und hob sie über meinen Kopf, um sie dort zu fixieren.

Ich war ihm ausgeliefert.

Und ich liebte es.

„Zu wem gehörst du, Mila?“

Ich versuchte zu sprechen, aber mit jedem Stoß traf er einen Punkt in mir und raubte mir den Atem. Er befeuerte meine Erregung und ich war mir ziemlich sicher, dass ich zu Asche verbrannt sein würde, wenn er mit mir fertig war.

„Zu wem, Mila? Sag meinen Namen.“

„Solange du nicht aufhörst“, stöhnte ich.

Er stieß ein tiefes, männliches Knurren aus. *Sag ihn.*“

„Dante.“ Und ich begegnete seinem Blick. Sein Ausdruck war angespannt und sein Verlangen stand ihm ins Gesicht geschrieben. „Dante. Ich liebe dich in mir.“

Er hämmerte in mich hinein und ich neigte meine Hüften, um ihn noch tiefer aufzunehmen. Der köstliche Druck in mir wurde größer und größer.

„Mila. Fuck.“

„Komm“, stöhnte ich. „Ich will spüren, wie du in mir kommst.“

„Noch nicht. Erst du.“

Jede Zelle meines Körpers stand in Flammen. Die Art, wie er mich ausfüllte, der gleichmäßige Rhythmus seiner Stöße. Ich fühlte mich so herrlich beansprucht, so wunderbar in Besitz genommen.

Dann explodierte alles. In diesen glorreichen Sekunden gab es nichts sonst, nur Dante und mich.

Alles zog sich zusammen und dann spürte ich, wie mich die Impulse meines Orgasmus durchzuckten. Ich schrie und der Höhepunkt meiner Lust war so intensiv, dass ich keine Luft mehr bekam.

„Noch mal." Seine sexy Gesichtszüge wirkten entschlossen, seine Augen leuchteten wie glühende Kohlen.

Als er sich aus mir zurückzog, konnte ich einen Protestschrei nicht unterdrücken.

Er drehte mich mit erschreckender Leichtigkeit auf den Bauch und ich suchte mit meinen Fingern Halt in den Laken.

„Du wirst noch einmal auf meinem Schwanz kommen." Er hob meine Hüften an und fuhr mit einer Hand die Kurven meines Hinterns nach. Ich hörte ihn stöhnen und spürte seine Lippen in meinem Nacken.

Stöhnend bot ich mich ihm an.

„Dieser Arsch." Seine Hand glitt unter mich. Er fand meinen Kitzler und ich biss mir auf die Lippe. Als er ihn rieb, war ich schamlos feucht.

Er schob zwei Finger in mich und ich drückte mich der köstlichen Dehnung entgegen.

Aber ich brauchte ihn. Seinen Schwanz. Ich brauchte Dante.

„Willst du meinen Schwanz, Baby?" Er biss mir in die Schulter.

Ich drückte mich gegen ihn. „Ja."

Ich spürte, wie er sich bewegte, dann stieß die dicke Krone seines Schwanzes gegen mich. Er packte eine Handvoll meiner Haare und stieß seinen Schwanz tief in mich hinein.

„*Dante*."

„Nimm ihn. Nimm mich." Er zog sich zurück und glitt wieder in mich. Seine Stöße gingen tief, waren unerbittlich.

Ich konnte nicht mehr klar denken. Ich konnte gar nicht mehr denken, nur noch fühlen.

Seine Stöße brachten meinen Körper zum Beben, aber er hielt mich fest, während er seinen Schwanz in mich trieb.

„Wer fickt dich, Mila? Wer nimmt dich? Wer beschützt dich?"

Er erhob jeden Anspruch auf mich. Dominierte mich. Ich spürte, wie sich ein weiterer Orgasmus anbahnte. Ich wusste, dass dieser mich überwältigen würde.

Ich war entschlossen, Dante mit mir zu nehmen. Ich erwiderte seine Stöße.

„Mein gieriges, sexy Mädchen." Seine Hand war wieder unter mir und rieb meinen Kitzler.

Mein Körper zuckte auf und ich schrie seinen Namen, als ich vom heftigsten Orgasmus überrollt wurde. Ich stöhnte und empfand pure Ekstase.

„Mila. *Fuck*."

Ich war noch immer auf der Welle, als Dante selbst zum Höhepunkt kam.

Er packte meine Hüften mit beiden Händen und zog mich zurück, als er sich ein letztes Mal in mir versenkte. Dann spürte ich, wie seine heiße Erlösung mich erfüllte.

Er sackte mit einem tiefen Stöhnen nach vorne und stützte sich mit einer Hand ab.

Ich war am Ende meiner Kräfte. Mein Herz wollte mir aus der Brust springen und ich hörte ein Dröhnen in meinen Ohren. Ein Kribbeln lief durch meinen ganzen Körper.

Das hier war nicht Sex, es war ... mir fehlten die Worte, um es zu beschreiben.

Dantes schwerer Atem hallte über mir wider. Er drückte mir einen Kuss in den Nacken.

„Bist du noch wach?"

Ich gab einen Laut von mir. „Ich brauche nur einen Moment."

Er schmiegte sich an meinen Nacken, dann spürte ich eine Hand auf meinem Hintern. Er drückte ihn, besitzergreifend und herrisch. „Müde genug, um zu schlafen?"

Mein Puls beschleunigte sich. „Vielleicht."

Seine Zähne schlossen sich zärtlich um die Sehne an meinem Hals und ich ließ ihn gewähren.

„Weißt du, zu wem du gehörst?"

„Vielleicht."

„Vielleicht ist nicht gut genug. Ich glaube, ich bin hier noch nicht fertig."

33

DANTE

Etwas kitzelte mich an der Brust.

Ich öffnete die Augen und sah Milas Haare, die auf meiner Haut lagen. Sie drückte mir einen Kuss auf den Brustmuskel.

Ich gab ein grollendes Geräusch von mir und ließ eine Hand in ihr Haar gleiten. „Gut geschlafen?"

Sie sah auf und wirkte ausgeruht, ihr Gesicht noch ganz entspannt vom Schlaf.

Verdammt. Ich wollte, dass sie jeden Tag so aussah.

„Das weißt du doch, schließlich habe ich mich um deinen atemberaubenden Körper gewickelt wie eine Brezel."

Ich fuhr mit dem Daumen über ihre Lippen. „Zum Glück mag ich Brezeln."

Das brachte mir ein Lächeln ein.

Verdammt. Mein Magen krampfte sich zusammen. Mir wurde klar, wie sehr ich mir wünschte, dass sie so für mich lächelte. Dass sie sich mir öffnete und sich in meiner Gegenwart entspannte.

Sie fuhr mit ihrer Hand über meinen Unterarm und zeichnete mein Tattoo nach. „Es steht dir."

„Meine Brüder und ich haben uns alle tätowieren lassen. Sobald wir auf uns allein gestellt waren. Ich habe dieses Design gezeichnet. Dornen und Flammen."

„Die Dornen stehen für die Entbehrungen", sagte sie.

„Ja. Und das Feuer bedeutete für uns Freiheit, Stärke." Ich legte meine Hand um eine ihrer Brüste. Auf ihrem Körper waren ein paar etwas dunklere, rosafarbene Flecken zu sehen. Meine Spuren. Von meinen Fingern gemacht. Das gefiel mir auch.

Sie fing wieder an, Küsse auf meiner Haut zu verteilen, und drückte mehrere auf meine Bauchmuskeln, die sich daraufhin wie von selbst anspannten. „Was geht dir durch den Kopf, Baby?"

„Du." Sie kniete sich zwischen meine Beine. Ihre Brüste wurden teilweise von ihren langen Locken verdeckt, und sie sah aus wie die perfekte Verführerin.

„Du bist so unbeschreiblich schön, Mila. Männer würden töten, um dich so zu sehen." Ich packte meinen härter werdenden Schwanz und pumpte ihn. „Willst du ihn?"

Sie sah auf meinen Schwanz und ihr Atem stockte. „Ja."

Lusttropfen perlten aus dem Schlitz an der Spitze und mein Blick lag auf ihren hübschen Lippen. „Nimm dir, was du willst, Mila."

Ein sexy Lächeln erblühte auf ihrem Gesicht. „Du wirst nehmen, was ich dir gebe."

War ihr eigentlich klar, dass ich langsam anfing, das

gesamte Paket zu wollen? Es waren gefährliche Gedanken, mit denen ich da spielte.

Ich lehnte mich in den Kissen zurück. „Ach wirklich?"

„Ja." Sie drückte ihre Hände auf meine Oberschenkel und senkte ihren Kopf.

Ihre Wange streifte meinen Bauch und meine Muskeln spannten sich an.

„Ich will deine beängstigend große Selbstbeherrschung ein wenig aus der Reserve locken."

„Dann mach den Mund auf, mein sexy Mädchen."

Mit einem weiteren Lächeln schlang sie ihre Lippen um die Spitze meines Schafts.

Ich fluchte innerlich. Ihr Mund war heiß und feucht. Ich konnte ein Stöhnen nicht unterdrücken. Sie leckte und saugte, nahm mich tiefer auf.

„*Verdammt*. Ja, Mila. Genau so."

Sie bearbeitete mich weiter, ließ mich tiefer gleiten. Ich hatte noch nie etwas so Heißes gesehen wie Milas Lippen um meinen Schwanz. Sie würgte leise und ich streichelte ihre Wange. Aber meine kluge, sexy Mila war keine Drückebergerin.

Sie saugte mich wieder ein, wippte mit ihrem Kopf und nahm noch mehr von meiner Länge in sich auf.

Ich presste einen Fluch hervor. Ich wollte nicht in ihrer Kehle kommen, aber die Lust, die sie in mir heraufbeschwor, war fast zu viel.

„Mila ..." Meine Stimme war ein dumpfes Murmeln.

Sie ließ mich aus ihrem Mund gleiten, kletterte an meinem Körper hinauf und küsste mich.

Stöhnend fiel ich über ihre Lippen her und stieß

meine Zunge in ihren Mund. Sie gab einen Laut von sich, den ich in meinem Schwanz spürte.

Während sie an meiner Zunge saugte, ließ ich eine Hand zu ihrem Arsch wandern und drückte ihn. Sie rieb sich an meinem Schwanz.

„Ich will in dir sein", sagte ich. „*Jetzt.*"

Sie bewegte ihre Hüften und ihre Augen leuchteten vor Verlangen. Mit einer Hand griff sie nach unten und umfasste meinen Schwanz. Ihre andere Hand lag auf meiner Schulter.

Dann drückte sie meinen Schwanz an ihren feuchten Eingang und sah mir dabei tief in die Augen. Sie senkte sich langsam auf mich herab und ihre Lippen öffneten sich bei dem herrlichen Gefühl.

Verdammte Scheiße. Meine Hände packten ihren Hintern fester. Sie war heiß und eng und fühlte sich so gut an. Ich biss die Zähne zusammen.

„So groß, so dick", stöhnte sie.

Mit einem Fluch stemmte ich meine Hüften hoch und füllte sie ganz aus.

Sie schrie auf und vergrub ihre Nägel in meiner Schulter.

„Mila, beweg dich." Ich benutzte meine Hände, um sie anzutreiben.

Wir verloren uns ineinander. Sie ritt meinen Schwanz, ich half ihr. Dabei sahen wir uns tief in die Augen und unsere Körper klatschten aneinander, als unser Liebesspiel wilder und intensiver wurde.

Ich küsste sie. Unsere Körper waren schweißnass.

„Dante. *Bitte.*"

Ich schob eine Hand zwischen uns, fand ihre Klitoris und rieb sie.

Mit einem spitzen Schrei warf sie den Kopf zurück.

„Mein schönes, sexy Mädchen."

Ihre Muschi spannte sich um meinen Schwanz herum an und melkte ihn. Sie schrie meinen Namen und ritt mich immer noch, als ich kam.

Ein Blitz der Lust durchfuhr mich und mit einem Stöhnen stieß ich in sie und pumpte meinen Samen tief in sie hinein.

Mila sackte auf mich und ihr Kopf sank auf meine Schulter.

„Fick mich." Ich ließ eine Hand über ihren Rücken gleiten.

Sie lachte. „Das habe ich gerade."

Wir hatten beide feuchte Haut und mein Sperma zog eine Spur an ihren Schenkeln hinab.

„Wie wäre es mit einer Dusche?" Ich würde ihr den Rücken waschen und uns dann etwas zu essen machen. Ich verspürte ein tiefes Bedürfnis, sie zu umsorgen.

„Klingt gut, wenn du mich tragen kannst. Ich bin mir ziemlich sicher, dass meine Beine gleich nachgeben."

Ich stand auf und hob sie vom Bett. Sie quietschte auf und schlang ihre Arme um meinen Hals.

„Oh, Mr. Fury, Sie sind ja so stark und männlich."

Ich schnaubte. „Ich zeige dir gleich stark und männlich. Unter der Dusche." Mit ihr in meinen Armen machte ich mich auf den Weg ins Bad.

„Wir gehen heute Abend nicht zur Arbeit."
Nur mit meiner Unterwäsche bekleidet, drehte ich mich zu Dante um. Er stand am Waschtisch im Badezimmer, lediglich in ein Handtuch gehüllt.

Meine Aufmerksamkeit schweifte ab. Das Handtuch war strahlend weiß auf seiner gebräunten Haut. Ich sah mehrere Kratz- und Bisswunden auf seinem Rücken und wurde rot. So etwas hatte ich noch nie gemacht.

„Mila?"

Ich blinzelte und sah ihn lächeln. Er wusste genau, was mich abgelenkt hatte.

„Was meinst du damit, nicht zur Arbeit gehen?"

„Ich lasse den Club heute Abend geschlossen. Ich denke, alle haben nach der letzten Nacht einen zusätzlichen freien Tag verdient. Das verschafft uns drei volle Tage, um uns auszuruhen und zu erholen."

Ich hatte Clarissa bereits heute Nachmittag getextet. Sie hatte mir versichert, dass es ihr gut geht und ihr Mann sie nach Strich und Faden verwöhnte.

Dante zog mich näher an sich, lehnte sich an den Waschtisch und sah mich verträumt an.

„Wir werden nicht noch mehr Sex haben", sagte ich entschlossen.

Er berührte meine Schulter mit einer warmen Hand. Natürlich bildete sich eine Gänsehaut, und ich zitterte.

„Hast du Schmerzen?"

„Ja." Ich hatte einen guten Grund. Er war nicht sanft gewesen.

Aber jede Sekunde war perfekt gewesen.

„Meine Brüder kommen vorbei. Sie bringen Essen mit und wir werden auf meiner Terrasse grillen und abhängen." Er strich mir das feuchte Haar aus dem Gesicht. „Und du wirst meine Nichte kennenlernen."

Meine Augenbrauen schossen hoch. „Nichte?" Ich konnte mir nicht vorstellen, welcher Fury-Bruder ein Kind hatte.

„Daisy", sagte er. „Colts Mädchen."

„Colt? Ist Vater?" Ich versuchte, mir den mürrischen Kopfgeldjäger mit dem kleinen Mädchen vorzustellen, aber das war mir nicht möglich.

„Genau genommen ist sie seine Nichte. Seine leibliche Schwester starb kurz nach Daisys Geburt an einer Überdosis."

„Wie traurig."

„Colt hätte nicht zugelassen, dass sie im System landet. Er ist ein toller Vater." Dante küsste meine Nasenspitze. „Zieh dich an. Sie werden bald hier sein."

Ich zog marineblaue Shorts und ein rotes T-Shirt mit Rundhalsausschnitt an. Dann ging ich in die Küche, um einen Salat zu machen. Dabei schaute ich immer wieder zu Dante auf der Dachterrasse, der den Grill anzündete. Die Schiebetüren standen alle offen. Er sah so domestiziert aus. Häuslich. Der Mann hinter der Maske des sexy Nachtclubbesitzers.

Hibbelig schnippelte ich die Gurke für den Salat klein. Ich war ein wenig nervös. Immerhin war ich hier, mit Dante, nachdem ich ihm so viel Ärger bereitet hatte. Ich konnte mir nicht vorstellen, dass seine Brüder darüber sehr glücklich sein würden.

Ich hörte das dumpfe Geräusch von Schritten auf der Treppe und sah auf.

Die Fury-Brüder waren angekommen.

Reath kam als Erster herein. Er trug Jeans und ein enges schwarzes T-Shirt, das seine muskulöse Brust umschloss. Er entdeckte mich und lächelte.

Wow. Das Lächeln des Mannes war der Hammer.

„Hi, Mila." Er umarmte mich kurz. „Du siehst gut erholt aus nach dem ganzen Theater." Er stellte ein Sechserpack Bier auf die Kücheninsel. „Ich bin verdammt froh, dass Edwards hinter Schloss und Riegel sitzt."

Ich nickte nur.

„Mila, ich habe Wein mitgebracht, falls deine Geschmacksnerven mehr als Bier brauchen." Kavner stellte eine Flasche Wein neben das Bier. Wie immer sah der Mann top aus und sein Lächeln war echt.

„Ein Glas Wein wäre wirklich toll."

„Ausgezeichnet. Endlich mal jemand hier, der Geschmack hat."

Beauden grunzte in Kavs Richtung, dann berührte er meinen Arm. „Du hast dich gestern Abend gut gemacht, als du Edwards niedergeschlagen hast. Ich werde es Shay sagen. Sie wird stolz sein."

Ich lief rot an. „Es hat sich ziemlich gut angefühlt."

Er lächelte, und mir wurde klar, wie attraktiv er unter seiner Schroffheit war. „Es fühlt sich immer gut an, jemandem in den Arsch zu treten, der es verdient hat." Er klopfte mir auf die Schulter.

„Du bist hübsch."

Die sanfte Stimme ließ mich herumwirbeln. Ein kleines Mädchen, keine zehn Jahre alt, sah zu mir hoch. Sie trug einen Jeansrock und ein gerüschtes rosa Top und musterte mich mit einem unverhohlenen Blick. Sie trug ihr wunderschönes, glänzend braunes Haar in einem schiefen Pferdeschwanz und hielt Coltons Hand.

Okay, jetzt könnte ich ihn mir schon viel eher als heißen, alleinerziehenden Dad vorstellen.

Ich hockte mich hin. „Hallo. Du bist auch hübsch. Mein Name ist Mila."

„Ich bin Daisy." Sie schenkte mir ein Lächeln voller Zahnlücken.

„Nun, Daisy, ich bin auch ziemlich klug und fleißig. Ich meine, hübsch ist super, aber klug und fleißig zu sein, das ist noch viel besser."

Daisys Lächeln wurde breiter. „Ich bin auch klug und fleißig. Mrs. Dawson, meine Lehrerin, hat das gesagt. Und Daddy hat gesagt, dass ich auch auf Zack bin."

Meine Lippen zuckten. „Auf Zack zu sein, schadet bestimmt auch nicht." Ich begegnete Colts Blick und er schenkte mir ein verhaltenes Lächeln.

„Hey, Daisy." Dante schlenderte in die Küche.

„Onkel Dante!" Daisy rannte los und stürzte sich auf

ihn, mit solcher Sicherheit wusste sie, dass sie in seinen Armen willkommen war.

Er fing sie auf, küsste sie auf die Wange und setzte sie auf seine Hüfte.

Ich erstarrte und konnte nicht anders, als ihn anzuschauen. Der gefährliche, wunderschöne Dante hielt ein kleines Mädchen im Arm. Ich konnte meinen Blick nicht von ihm lösen.

Er schaute zu mir herüber und ich sah etwas in seinen Augen aufblitzen.

„Hier, Mila." Kav reichte mir ein Glas Weißwein.

„Lass uns anfangen zu kochen, Dante, ich bin am Verhungern", sagte Beau. „Ich habe Steak mitgebracht." Er deutete auf die Kühltasche, die jemand auf die Kücheninsel gelegt hatte, während ich damit beschäftigt gewesen war, Dante anzuglotzen.

„Und ich habe den Kartoffelsalat mitgebracht, den Lola gemacht hat", sagte Colt.

„Ich habe einen Salat mit Walnüssen, Ziegenkäse und Spinat gemacht", fügte Kav hinzu.

Beau verdrehte die Augen. „Du wieder mit deiner Haubenküche."

„Das nennt man *Klasse haben*, Beau. Ich werde es dir beibringen."

Schon bald saß ich zwischen Dante und Beauden an einem Tisch unter freiem Himmel. Ich nippte an meinem Wein, lachte, bis mir der Bauch wehtat, aß gutes Essen und amüsierte mich köstlich über die Scherze. Die fünf Männer konnten nicht anders, als sich gegenseitig aufzuziehen.

Ich betrachtete Dante und in meinem Inneren überschlugen sich meine Gefühle. Sie machten mir Angst. Ein Teil von mir wollte ihm sagen, was ich für ihn empfand, und ein anderer Teil wollte, dass ich auf mich aufpasste. Ich biss mir auf die Zunge. Für den Moment würden wir einfach sehen, wie die Dinge liefen.

Nach dem Essen hatte Daisy ein kleines Tablet herausgeholt und sah sich Musik- und Tanzvideos an. Sie war kurz auf meinen Schoß gekrabbelt und saß auch auf den Knien all ihrer Onkel, aber es war klar, dass sie Daddys Mädchen war. Und Colt war eindeutig in sie vernarrt.

„Ich brauche Nachschub." Ich hielt mein leeres Weinglas hoch. „Braucht sonst noch jemand etwas?"

„Ein Bier für mich, bitte", sagte Beau. Er klopfte sich auf den flachen Bauch. „Aber verdammt, essen kann ich nichts mehr."

„Onkel Beau, das sind fünfzig Cent für die Schimpf-wortkasse", sagte Daisy belehrend.

Er griff in seine Tasche und warf Daisy zwei Münzen zu. Sie fing sie mit einem Kichern auf.

Ich ging hinein. Zufällig klingelte genau in diesem Moment mein Handy. Ich zog es heraus und sah Elis Namen.

„Hey, Eli. Genießt du einen zusätzlichen freien Tag?"

„Mila. Geht es dir gut?"

Ich runzelte die Stirn. Er klang angespannt. „Ja, alles bestens. Und dir?"

Es herrschte Schweigen.

„Eli?"

„Ich habe ein … Problem. Bitte sag es nicht Dante.

Ich glaube, du kannst mir helfen, es zu lösen. Hast du vielleicht eine Minute?"

„Sicher. Sag mir, was los ist."

„Nicht am Telefon. Ich bin unten."

Mein Stirnrunzeln vertiefte sich. „Vor Dantes Haus?"

„Ja. Ich brauche nur eine Minute. Bitte sag es nicht dem Boss."

Ich fragte mich, in welchen Schwierigkeiten Eli steckte. Ich blickte hinaus auf die Terrasse. Alle lachten und tranken noch immer.

Kav kam herein. „Brauchst du Hilfe mit dem Wein?"

„Kav, einer der Barkeeper aus dem Ember ist unten. Er will kurz mit mir sprechen. Ich bin gleich wieder da."

Er runzelte die Stirn. „Bleib in der Nähe. Und denk daran, dass die Sicherheitsleute rund ums Gebäude im Dienst sind."

„Ich weiß. Aber es ist nur Eli. Er ist ein Freund. Schenk mir schon mal ein Glas Wein ein, ich bin gleich wieder da." Ich joggte die Treppe hinunter und öffnete die Haustür.

Eli stand da, die Hände in den Hosentaschen, mit einem besorgten Gesichtsausdruck.

„Hey, was ist denn los?"

Er kniff sich in den Nasenrücken. „Ich brauche nur ein paar Minuten, Mila. Kannst du mit mir zu meinem Auto kommen?"

Ich trat hinaus. Sein Auto sah ich nicht auf dem Parkplatz, aber einen der Jungs vom Sicherheitsdienst. Ich nickte ihm zu.

„Ich parke vorn auf der Straße", sagte Eli.

„In Ordnung. Aber ich kann nicht weit weggehen."

„Ich weiß. Es wird nicht lange dauern."

Seufzend folgte ich ihm zur Straße.

Elis Auto sah ich immer noch nicht, aber in diesem Moment hielt eine schwarze Limousine vor uns und die Türen öffneten sich. Ich verspürte ein unangenehmes Kribbeln.

Ein kleiner Mann in einem Anzug stieg hinten aus dem Auto aus. „Miss Clifton. Endlich."

Als er meinen richtigen Namen sagte, überkam mich eine eisige Kälte.

Ein weiterer Mann stieg vorn auf der Beifahrerseite aus. Ich keuchte und mir wurde schwindlig.

Er war einer der Männer, die mich verfolgt und angegriffen hatten. Ich erkannte das Schlangentattoo, das sich über seinen Unterarm zog.

„*Nein.*" Ich schüttelte den Kopf und wich zurück, bewegte mich auf Eli zu.

„Es tut mir leid." Elis Gesicht lief kreidebleich an. „Es tut mir so leid."

Der Mann, der hinten ausgestiegen war, machte einen Schritt auf mich zu. Sein Lächeln hatte etwas Fieses an sich. „Sie haben mir eine Menge Probleme bereitet. Wir machen jetzt eine Spazierfahrt."

„Nein!", schrie ich.

Ich wollte mich umdrehen und weglaufen, aber der Kerl mit dem Schlangentattoo machte einen Satz auf mich zu und packte mich.

„Sie sagten, Sie wollten nur mit ihr reden", rief Eli.

„Idiot." Der Mann im Anzug zog eine Handfeuerwaffe, zielte auf Eli und feuerte. Als Eli zu Boden ging, schrie ich verzweifelt auf.

Dann wurde ich in das Auto geschoben.

„Machen Sie sich keine Sorgen, Miss Clifton. Es wird bald vorbei sein."

Das Auto fuhr los. Ich konnte nicht glauben, dass das wirklich geschah.

Ich wehrte mich, aber starke Hände drückten mich nieder.

„Hol das Klebeband", knurrte der Mann im Anzug.

Panische Angst überkam mich. *Dante.*

35

DANTE

Ich lachte über den Witz, den Beau gerade erzählt hatte, und stellte mein Getränk auf dem Tisch ab. Mein Blick wanderte in Richtung Küche.

Wo blieb Mila?

Ich lächelte. Sie verschwand für eine Minute aus meinem Blickfeld und ich vermisste sie bereits.

Kav schlenderte wieder heraus.

„Wo ist meine Frau?"

Mein Bruder lächelte. „Es macht Spaß, dich so verknallt zu sehen."

Ich knurrte.

„Sie ist kurz nach unten gegangen. Einer der Barkeeper wollte mit ihr reden."

Ich verharrte in der Bewegung und meine Instinkte schlugen Alarm. Die Instinkte, die mir mein ganzes Leben lang geholfen hatten, Schwierigkeiten aus dem Weg zu gehen. „Wer?"

„Eli."

Eli war ein guter Junge. Ich vertraute ihm. Trotzdem

sprang ich ruckartig auf die Beine. Irgendetwas fühlte sich nicht richtig an. „Da stimmt etwas nicht."

Reath runzelte die Stirn. „Meine Jungs sind unten und passen auf, Dante."

„Und halten Ausschau nach Fremden, die hinter Mila her sein könnten. Dass es einer unserer eigenen Leute sein könnte, damit rechnen sie nicht."

Reath fluchte und stand auf.

„Daddy?" Daisy spürte die Spannung.

„Bleib kurz hier, Knirps." Colt zerzauste ihr das Haar. „Wir holen nur Mila und sind gleich wieder da."

Das kleine Mädchen nickte und schaute wieder auf sein Tablet.

Meine Brüder waren direkt hinter mir, während ich die Treppe hinunterhetzte. Als ich nach draußen stürmte, war keine Spur von Mila zu sehen.

Ich entdeckte einen der Sicherheitsleute auf der anderen Seite des Parkplatzes. „Wo ist sie?"

Der Mann deutete in Richtung Straße. „Sie redet mit deinem Barkeeper. Eli Jackson."

Eli war mit Mila befreundet. Er würde ihr nicht wehtun.

Dann hörte ich den Schuss.

Ich vermutete das Schlimmste und rannte los.

Als ich die Straße erreichte, sah ich gerade noch eine schwarze Limousine, die davonraste.

Für den Bruchteil einer Sekunde sah ich Milas angst-erfülltes Gesicht auf dem Rücksitz des Wagens.

Neben ihr saß Carlos Salazar.

Eine Wut, wie ich sie noch nie zuvor gespürt hatte, breitete sich in mir aus wie ein Lauffeuer.

Ich war wütend auf Salazar, weil er gestohlen hatte, was mir gehörte. Wütend auf mich selbst, weil ich zugelassen hatte, dass mein Feind sie in die Hände bekam.

Ich hörte ein Stöhnen und drehte mich um. Eli lag ausgestreckt auf dem Bürgersteig und hielt sich den Arm.

Ich biss die Zähne zusammen und stürzte auf den jungen Mann zu.

„Dante", sagte Beau.

„Du hast sie herausgelockt."

Eli zuckte zusammen.

Beau und Colt packten meine Unterarme.

„Er wurde angeschossen." Reath kniete sich neben Eli.

„Ich wollte nicht, dass das passiert," schluchzte Eli. „Er sagte, er wolle nur mit ihr reden."

„Streifschuss." Reath lehnte sich zurück. „Er wirds überleben."

„Nein, wird er nicht", knurrte ich.

„Dieser Mann ... er hat meine Schwester bedroht. Er hatte Fotos von ihr in der Schule, beim Cheerleader-Training ..." Elis Stimme überschlug sich. „Er sagte, er wolle nur mit Mila reden. Ich musste meine Schwester beschützen, aber Gott, Mila." Es war der Ausdruck der Verzweiflung in seinem Gesicht, der mich dazu brachte, mich nicht mehr gegen den Griff meiner Brüder zu wehren.

„Ich werde ihn nicht umbringen." Ich riss mich los und drehte mich zu meinen Brüdern um. „Ist das Rache? Salazar, der uns eins reinwürgen will?"

Reath gab einen unglücklichen Laut von sich. „Es ist mehr als das."

„Rede mit mir."

„Ich habe noch nicht genügend Beweise beisammen, aber ich gehe stark davon aus, dass das Moreno-Kartell hinter der Sache mit Chuck Edwards steckt."

„Was?" Ich presste meine Hände in den Nacken. „Verfluchte Scheiße."

„Aber Edwards sitzt im Gefängnis", sagte Colt. „Warum sollten sie es jetzt auf Mila abgesehen haben? Ihr Drogengeschäft ist am Arsch."

„Ein paar meiner Männer beobachten immer noch Edward Industries", sagte Reath. „Erst gestern ist eine große Lieferung Drogen in Baton Rouge angekommen."

Ich schüttelte den Kopf. Das war alles nicht wichtig. „Wir müssen Mila finden."

Verdammt. Wo würde Salazar sie hinbringen?

„Ich werde alle Grundstücke heraussuchen, die ihm gehören", sagte Colt. „Er kann sie nicht allzu weit wegbringen."

„Das würde zu lange dauern." Er könnte sie verletzen. Oder schlimmer.

Mir wurde schlecht. Ich könnte sie nicht verlieren.

Ich sah meine beiden Brüder an. „Ich kann nicht zulassen, dass er ihr wehtut. Ich kann sie nicht verlieren."

Kav packte meine Schulter. „Das wissen wir, Dante. Wir halten zusammen."

Reath zückte sein Handy. „Ich weiß, wie wir ihn finden."

Mein Herz pochte schmerzhaft in meiner Brust. „Wie?"

„Ich habe einen Peilsender an ihm angebracht", sagte Reath schlicht. „Als er das letzte Mal im Ember war, habe ich einen Peilsender an dieser grässlichen Goldkette angebracht, mit der er herumläuft."

Beau runzelte die Stirn. „Wie zum Teufel hast du einen Peilsender an Salazar angebracht, ohne dass er es gemerkt hat?"

Reath warf uns nur einen gelangweilten Blick zu und hielt sein Handy hoch. „Er fährt gerade über den Lake Pontchartrain. Na los."

„Sofort." Meine Hände ballten sich zu Fäusten.

„Wir nehmen meinen Geländewagen", sagte Reath. „Der ist bestückt."

Womit er sagen wollte, dass er darin ein kleines Waffenarsenal spazieren fuhr. Reath wechselte immer zwischen einer Vielzahl von Handfeuerwaffen. Er sagte, er wolle sich nie zu sehr an eine bestimmte Art von Waffe gewöhnen.

Colt zückte sein Handy. „Ich rufe Lola an, damit sie Daisy abholt."

Meine Hände ballten sich wieder zu Fäusten. „Holen wir meine Frau zurück."

Meine Brüder nickten alle.

Halte durch, Mila. Ich komme.

36

MILA

Ich versuchte, mich zusammenzureißen.

Meine Hände waren vor meinem Körper mit Klebeband zusammengebunden. Der Mann im Anzug saß neben mir und schrie auf Spanisch in sein Telefon.

Ich schluckte und versuchte, meine Angst zu verdrängen. Ich hielt meine Hände zwischen meinen Beinen versteckt und versuchte behutsam, das Klebeband zu lösen.

Dante würde mich retten.

Während mein Herzschlag schmerzhaft in meinem Kopf pochte, hielt ich mir diese Tatsache vor Augen. Trotzdem hatte ich panische Angst. Würde er mich rechtzeitig finden?

Ich hätte nicht so feige sein dürfen. Ich hätte ihm sagen sollen, dass ich dabei war, mich in ihn zu verlieben.

Der Verlust meiner Eltern hatte mich gelehrt, dass das Leben viel zu kurz sein konnte.

Ich musste diese Sache überleben und zu ihm zurückkehren.

Der Mann beendete sein Gespräch.

„Sie sind der Mann, der mit Chuck unter einer Decke steckt", sagte ich.

„Ja. Wie ich schon sagte, Sie haben mir eine Menge Ärger bereitet und mich viel Geld gekostet." Er schenkte mir ein Lächeln, das mir einen Schauer über den Rücken jagte. „Und dann sind Sie auch noch mit meinem Erzfeind ins Bett gestiegen. Fury. Dieses arrogante Arschloch." Die dunklen Augen des Mannes funkelten. „Jetzt fange ich zwei Fliegen mit einer Klappe. Ich kann mein Geschäft in Baton Rouge schützen und Dante Fury einen Schlag versetzen. Ich werde ihm zeigen, dass er Carlos Salazar nicht unterschätzen darf."

Ich schwieg. Ihn zu verärgern, würde mir nicht helfen. Als ich aus dem Fenster schaute, sah ich, dass wir die andere Seite des Lake Pontchartrain erreicht hatten.

Der Fahrer bog auf eine kurvenreiche Straße und etwas später erreichten wir eine lange Einfahrt. Eichen, die mit Louisianamoos bewachsen waren, säumten die Straße. Ein Haus kam in Sicht. Ich vermutete, dass es einmal schön gewesen war, aber jetzt war es baufällig. Der Anstrich blätterte ab und der Garten war verwildert.

Das Auto hielt und ich merkte, dass ein zweiter Wagen bereits wartete.

Mein Blick wanderte hinaus auf den See. Ich sah einen langen hölzernen Steg, der genauso baufällig war wie das Haus.

Salazar stieg aus und zerrte mich hinter sich her.

In dem Moment sah ich den Mann, der auf uns wartete.

„Charlie!" Ich starrte Charlie Edwards an, Chucks Sohn. „Gott, Charlie, hilf mir."

Aber als er in meine Richtung sah, war da kein netter, freundlicher Blick in seinen Augen. Sein hübsches Gesicht wirkte ernst.

„Scheiße, Mila. All diese Probleme, nur weil du ein verdammter Workaholic bist. Als du bei dem Gespräch gelauscht hast, ist mein Dad ausgerastet. Du hast alle unsere Geschäfte aufs Spiel gesetzt."

Entgeistert sah ich ihn an. „Du steckst da mit drin."

Er gab einen spöttischen Laut von sich. „Es war von Anfang an meine Idee. Ich habe Dad und Salazar einander vorgestellt. Mein Dad kann sehr gut Geld ausgeben, aber er ist zu dumm, um es zu verdienen." Charlie lächelte. „Jetzt habe ich ihn endgültig vom Hals. Und wenn wir erst einmal mit dir fertig sind, wird alles endlich glattlaufen."

„Dann mach schon und leg sie um", befahl Salazar. „Die ganze Sache hat schon viel zu lange gedauert."

Charlie packte mich am Arm und zerrte mich vorwärts. Salazars Männer, die beiden, die meine Eltern umgebracht hatten, folgten uns.

Angst stieg in mir auf und überwältigte mich. Ich versuchte jetzt krampfhaft, das Klebeband an meinen Händen zu lösen.

Ich hatte alles verloren, aber ich hatte überlebt.

Und ich hatte Dante gefunden.

Der Gedanke an ihn verdrängte die blanke Angst in meinem Kopf und ich konnte wieder klar denken.

Ich hatte einen wundervollen Mann kennengelernt, der mich so viel fühlen ließ. Einen Mann, der mir das

Gefühl gab, wertgeschätzt zu werden und lebendig zu sein.

Das würde ich nicht verlieren.

Ich würde diesen Arschlöchern *nicht* erlauben, mir noch mehr wegzunehmen.

Und wenn sie mich schon umbrachten, dann würde ich keinesfalls kampflos untergehen.

Als wir auf den Steg traten, sah ich ein aufgerolltes Seil, an dem ein Betonblock befestigt war. Mein Magen drehte sich um.

Und ich wurde wütend. Ich begrüßte diese Wut, die sich in mir zusammenbraute. Sie wollten mich also ertränken, ja?

Charlie drehte sich um. „Es ist Zeit ..."

„Fick dich, Charlie." Ich nahm mir nicht die Zeit, mir meine Bewegungen zu überlegen, sondern ließ mich von meinen Instinkten und meinem Training leiten.

Ich wirbelte herum und verpasste einem der Wachmänner einen kräftigen Tritt. Mit einem Aufschrei stürzte er laut platschend ins Wasser.

Der Typ mit dem Schlangentattoo war bereits in Bewegung. Ich packte ihn vorn am Shirt und versenkte mein Knie zwischen seinen Beinen.

Er gab einen schrecklichen Laut von sich und tat mir kein bisschen leid. Ich gab ihm einen Stoß gegen die Brust. Er balancierte für einen Moment auf der Kante des Stegs und fiel dann in den See.

Ich drehte mich um und sah, wie Charlie mich mit überraschten Augen anstarrte.

„Hast du erwartet, dass ich losheule und um Gnade flehe?" Ich schritt auf ihn zu. „Ich habe überlebt, Charlie.

Ich habe gelernt, wie das geht. Und ich bin dabei, mich in einen Mann zu verlieben, den ich nicht verlieren will." Ich riss meinen Ellbogen hoch und rammte ihn in sein Gesicht.

„Aua!" Er taumelte einen Schritt zurück.

Ich boxte ihn in den Bauch und als er sich vornüber krümmte, stieß ich ihm mein Knie mit voller Wucht ins Gesicht. Ich hörte das Knirschen von Knorpel und lächelte. Das hatte sich richtig gut angefühlt. Ich gab ihm einen Tritt und er fiel mit rudernden Armen rücklings vom Steg.

Mit einem wilden Platschen schlug er im Wasser auf.

Ich drehte mich um ...

Und erstarrte.

Salazar schritt auf mich zu, die Waffe direkt auf mich gerichtet.

Ich hörte das Aufheulen eines Motors und das Quietschen von Reifen, hielt aber meinen Blick auf die Waffe gerichtet. Mein Puls ging durch die Decke.

„Alles muss ich selbst machen", spie Salazar.

Er feuerte einen Schuss ab und ich zuckte zurück. Aber mir wurde klar, dass er absichtlich danebengeschossen hatte, nur um mich zu erschrecken.

Ich sog scharf Luft ein. Er blieb vor mir stehen und fluchte vor sich hin.

Mit der freien Hand hob er das Seil an. „Jetzt stirbst du."

Ich hatte die Schnauze voll.

Mit der ausgestreckten Handfläche schlug ich ihm die Waffe aus der Hand. Er knurrte und stürzte sich auf mich.

Shay hatte uns mehrfach eingetrichtert, in einer Situation, in der es um Leben und Tod ging, niemals zu zögern.

Ich riss Salazar das Seil aus den Händen und schlang es um seinen Hals. Dann zog ich daran. Kräftig.

Er röchelte und würgte und fuchtelte wild mit den Armen. Er war es nicht gewohnt, seine eigene Drecksarbeit zu erledigen. Verzweifelt schlug er nach mir, aber ich hielt das Seil fest. Ich spürte, wie er mich am T-Shirt packte.

Meine Antwort war ein Schlag mit dem Handballen von unten in Richtung Nasenbein.

Der Knorpel knirschte befriedigend. Ich setzte nach, indem ich ihm meine Finger in die Augen bohrte.

Sein schmerzerfüllter Aufschrei hallte über den See.

„Ich sterbe nicht für dich, Salazar. Dante wird kommen und dich holen."

Ich sah die Angst in seinen Augen.

„Du solltest auch Angst haben."

Seine Hand schnellte hoch und packte mich an der Kehle. Als seine Finger sich in meine Haut gruben, hörte ich Schritte und drehte den Kopf.

Dante sprintete den Steg entlang auf uns zu und der Ausdruck auf seinem Gesicht war alles andere als erfreut.

Seine Brüder waren dicht hinter ihm.

Dante drängte sich vor mich. Er befreite mich aus Salazars Griff und stieß mich hinter sich.

Starke Arme schlossen sich um mich.

„Ich habe dich", ertönte Beaus tiefe Stimme.

Dante trat Salazar gegenüber.

„Fick dich, Fury." Salazars Blick glühte vor Hass. „Ich bin Carlos Antonio Salazar. Ich bin ..."

„Du hast meine Frau entführt. Du hast deine schmutzigen Hände an sie gelegt. Du hast versucht, sie zu töten."

Seine Stimme war leise und triefte vor Mordlust. Ich klammerte mich an Beaus Arme und konnte den Blick nicht abwenden.

Dante packte das Seil, das lose um Salazars Hals lag. Der Mann warf ihm Worte auf Spanisch an den Kopf, aber Dante hörte nicht auf. Er zog an dem Seil und knüpfte blitzschnell einen Knoten. Dann trat er den Mann.

Mein Mund klappte auf. Ich sah zu, wie erst Salazar ins Wasser fiel, und einen Augenblick später der Beton-block. Binnen Sekunden verschwand er im dunklen Wasser.

Dann schritt Dante auf mich zu.

Ich riss mich von Beau los und lief in seine Arme.

„*Mila.*"

Ich prallte gegen seine Brust. „Dante, ich wusste, dass du kommen würdest."

„Gottverdammt." Er legte die Hände an meinen Kopf und sah mich mit gequälten Augen an. „Jetzt bist du in Sicherheit."

Das war ich. Ein Hochgefühl breitete sich in mir aus. „Ich muss dir etwas sagen."

„Geht es dir gut? Bist du verletzt?"

Ich schüttelte den Kopf. „Es geht mir gut. Dante, ich hätte es dir schon viel früher sagen sollen."

„Mir was sagen?"

Ich holte tief Luft. „Dass ich dabei bin, mich in dich zu verlieben."

In seinen Augen blitzte etwas auf, dann küsste er mich.

Ich erwiderte seinen Kuss und zog ihn fest an mich. Seine Zunge glitt in meinen Mund, und er küsste mich, als ob ich das Einzige wäre, was er in seinem Leben bräuchte.

Meine Beine gaben nach und er fing mich auf und zog mich in seine Arme.

Nirgendwo sonst wollte ich sein.

37

DANTE

Nachdem ich Mila hochgehoben hatte, trug ich sie über den Steg zurück.

Zwei Streifenwagen fuhren vor, aber ich ignorierte sie und ging zu den baufälligen Stufen des alten Seehauses hinüber.

Ich setzte mich und hielt Mila auf meinem Schoß. Ich vergrub mein Gesicht in ihren Haaren. Meine Hände waren nicht ruhig, als ich sie streichelte.

Um mich zu versichern, dass sie in Sicherheit war.

Sie war am Leben.

Das sagte ich mir immer wieder vor.

Zusehen zu müssen, wie sie sich gegen Salazar gewehrt, wie er seine Waffe auf sie gerichtet hatte ... Mein ganzes Leben war in Gedanken an mir vorübergezogen.

„Es tut mir leid, dass er dich in die Finger gekriegt hat, Baby."

Sie neigte den Kopf und drückte mir einen Kuss auf

den Kiefer. „Ich hatte keine Angst. Ich meine, am Anfang schon. Aber ich wusste, dass du nicht lange brauchen würdest." Sie runzelte die Stirn. „Eli. Er hat Eli erschossen."

„Es war nur ein Streifschuss." Ich gab einen Laut von mir. „Salazar hat Elis Schwester bedroht. Er hat Eli gesagt, er wolle nur mit dir reden." Ich schnaubte.

„Dann hat Eli mich nicht verraten."

„Nein."

Sie stieß einen langen Atemzug aus. „Es war Charlie, Chucks Sohn. Das alles war er, Dante."

Ich blickte hinüber und sah, wie die Polizisten einen klatschnassen Charlie Edwards zusammen mit Salazars Schlägern Handschellen anlegten.

Ein weiterer Beamter führte Wiederbelebungsmaßnahmen an Salazar durch, der reglos auf dem Boden lag.

Meine Brüder warteten in der Nähe, die Hände in die Hüften gestemmt, und schauten teilnahmslos zu.

„Ich konnte es nicht glauben", fuhr Mila fort. „Charlie hatte immer so nett und bescheiden gewirkt. Als er sagte, er würde mich ins Wasser stoßen und ertränken ..."

Meine Hände krampften sich zusammen und ich starrte zu Charlie Edwards hinüber.

Mila streichelte mein Gesicht und lenkte meinen Blick zurück zu ihr. „Mir geht es gut, Dante. Als mir klar wurde, was sie geplant hatten, wurde ich so verdammt wütend. Ich dachte an dich und wollte nicht sterben. Ich wollte nicht noch einmal alles verlieren, was mir wichtig ist."

„Du hast deine Wut benutzt."

Sie nickte. „Es hat mich angetrieben, mich beflügelt. Ich habe gekämpft."

„Ich weiß, Baby."

Sie streichelte mir über den Bart. „Ich habe das ernst gemeint, was ich vorhin gesagt habe. Ich bin dabei, mich in dich zu verlieben. Ich erwarte nichts von dir ..."

Ich knurrte. „Das solltest du aber. Weil ich mich auch in dich verliebe."

Sie riss die Augen auf, die vor Rührung feucht glänzten. „*Dante*." Sie bewegte sich und setzte sich rittlings auf mich.

Ich packte ihre Hüften. „Nichts zwischen uns war jemals gespielt, Mila. Das hier ist alles echt."

„Bei dir fühle ich mich so lebendig", flüsterte sie.

Gott, diese Frau war mein Untergang. „So wird es ablaufen. Du ziehst nicht aus, du wohnst ab jetzt bei mir. Und du wirst mit Clarissa im Bereich PR und Marketing arbeiten."

„Kommandierst du mich wieder herum?" Aber sie grinste breit.

„Wir werden Tag und Nacht heißen Sex haben und ich werde dich zu Dates ausführen. Du kehrst nicht in dein altes Leben zurück."

„Das will ich auch gar nicht. Dort wartet nichts mehr auf mich. Ich bin nicht mehr Amelia Clifton. Ich bin Mila."

„Bleib bei mir. Gemeinsam fangen wir ein neues Leben an." Ich küsste sie, bis sie atemlos war.

„Okay", hauchte sie.

„Irgendwann in der Zukunft werde ich einen Ring besorgen und du wirst mich heiraten."

Dann würde sie mir gehören. Für immer und ewig.

„Ja, Dante."

Dann küssten wir uns wieder. Ich stöhnte und zog sie näher an mich heran, meine Hände auf ihrem Hintern. Sie rieb sich an mir und ihre Finger gruben sich in meine Schultern.

„Eigentlich wollte ich fragen, ob es ihr gut geht, aber so wie es aussieht, fehlt ihr nichts."

Mila schnappte nach Luft bei der unbekannten Stimme mit dem Hauch eines Südstaaten-Akzents. Ich blickte an ihr vorbei zu einem Mann, der dunkle Jeans und ein weißes Hemd trug. Er hatte ungekämmtes braunes Haar mit goldenen Strähnen und an seinem Gürtel hing eine Dienstmarke.

Mila drehte sich auf meinem Schoß um.

„Mila, das ist Detective Simon Broussard von der Polizei."

Broussard neigte den Kopf. „Miss Clifton."

„Hi. Bitte, nennen Sie mich Mila."

Ich legte eine Hand auf ihre. „Broussard ist einer von den Guten."

Die Lippen des Detektivs schürzten sich. „Ich bin mir nicht sicher, ob ich dasselbe über Fury sagen kann." Er blickte hinüber, als ein Krankenwagen vorfuhr. Die Sanitäter kletterten heraus und liefen auf den immer noch am Boden liegenden Salazar zu.

„Salazar atmet, aber es ist zu erwarten, dass er unter Sauerstoffmangel gelitten hat", sagte Broussard. „Dein Bruder sagte, du hättest mit ihm gekämpft, um Mila zu befreien. Leider hat er sich dabei in dem Seil verheddert und ist in den See gefallen."

„Ja."

Mila versteifte sich für einen Moment, nickte dann aber schnell. „Er hat versucht, mich umzubringen. Sie alle. Und sie haben meine Eltern ermordet."

„Reath hat mir alles erzählt, Mila. Es sollte nicht allzu lange dauern, bis alles geklärt und Ihr Name reingewaschen ist."

Ich spürte, wie sie zitterte.

„Und die Drogenabteilung wird sich freuen, das kleine Geschäft von Salazar und Edwards zu zerschlagen", fügte Broussard hinzu.

Ich nickte. „Gut."

„Mila, hier ist meine Karte." Broussard überreichte sie ihr. „Werden Sie zurück nach Baton Rouge gehen?"

Ich drückte sie fester an mich. „Verdammt, nein."

Sie streichelte mit einer Hand über meinen Arm. „Nein."

Broussard lächelte. „Habe ich auch nicht vermutet."

„Ich meine, ich würde gern die Gräber meiner Eltern besuchen."

Ich küsste ihre Schläfe. „Das werden wir. Und alles aus deiner alten Wohnung holen, was du behalten willst."

Ihr Gesicht war traurig, aber sie lächelte mich an.

Broussard schüttelte den Kopf. „Der erste Fury-Bruder, der sich verliebt."

„Verpiss dich, Broussard."

„Pass auf dein Mädchen auf, Dante."

„Das habe ich vor."

Wir saßen da und sahen zu, wie Charlie und Salazars Männer in Streifenwagen verladen wurden. Meine Brüder waren auf dem Weg zu uns.

„Es ist vorbei", murmelte Mila.

„Nein, Baby, das ist erst der Anfang."

„Bereit, nach Hause zu fahren?", fragte Reath.

Mila lächelte. „Auf jeden Fall."

Ein paar Wochen später

„K omm, meine Schönheit."
Stöhnend hielt ich mich an der Kücheninsel fest, um das Gleichgewicht zu halten, als Dante von hinten wieder und wieder in mich stieß.

Gott, er fühlte sich so gut an. Ich schob ihm meine Hüften entgegen.

Die Vorderseite seines Körpers drückte gegen meinen Rücken. Er umgab mich. Beanspruchte mich. Beschützte mich.

Wie er es immer tat.

Hundertmal am Tag berührte er mich, küsste mich und vergewisserte sich, dass ich wusste, dass wir zusammengehörten.

Sein Schwanz glitt tief in mich und ich stöhnte auf.

„Ich liebe dieses Geräusch, das du machst", knurrte er in mein Ohr.

Er passte perfekt zu mir.

Wir passten perfekt zusammen.

Eine seiner Hände bewegte sich und streichelte mich zwischen meinen Schenkeln, während er seine harten Stöße fortsetzte. Er rieb meinen Kitzler und ich war verloren.

Ich warf meinen Kopf zurück. „Dante!"

Ich spürte, dass er mich ansah, als ich kam, und dann, als die Lust mich noch immer durchströmte, stieß er seinen Schwanz ein letztes Mal tief in mich.

In mir begraben, stöhnte er meinen Namen und kam.

Einen Moment später berührten warme Lippen meinen Nacken. Ich trug immer noch mein hübsches Sommerkleid. Dante hatte es buchstäblich nur hochgeschoben und mir den Tanga vom Leib gerissen, um sich Zugang zu verschaffen.

Es war eines meiner Kleider aus Baton Rouge. Ich hatte endlich den Inhalt meines Kleiderschranks zurück. Er hatte mich in der Woche zuvor nach Baton Rouge gefahren. Wir hatten Blumen auf den Gräbern meiner Eltern niedergelegt und ich hatte in seinen Armen geweint. Und nach einigem juristischen Hin und Her hatte ich meine persönlichen Sachen zurückbekommen. Wir hatten auch den Verkauf des Grundstücks, auf dem das Haus meiner Eltern gestanden hatte, und meiner Wohnung arrangiert.

„Das beste Geburtstagsgeschenk aller Zeiten", murmelte er in mein Ohr und ließ seinen Schwanz langsam aus mir herausgleiten.

Ich lächelte. „Das hast du doch schon von deinem

Geburtstagsblowjob gesagt, als wir heute aufgewacht sind."

Er drehte mich zu sich um und küsste mich innig. Seine Liebe erfüllte mich mit einer Wärme, die ich durch und durch spürte.

„Der beste Geburtstag aller Zeiten", sagte er.

Endlich konnten wir beide uns entspannen und darauf vertrauen, dass ich in Sicherheit war. Mittlerweile ließ er mich allein aus dem Haus, ohne einen Bodyguard.

Salazar hatte den Sturz in den See überlebt, aber er würde nie wieder derselbe sein. Er saß im Knast, zusammen mit seinen Männern und Charlie Edwards. Sie waren für den Mord an meinen Eltern verurteilt worden.

Ich war in Sicherheit.

Und ich wurde geliebt.

Hände glitten meine Beine hinauf und unter mein Kleid. „Ich schätze, wir machen uns besser für die Party fertig."

Ich nickte. „Bald werden alle hier auftauchen." Seine Brüder kamen vorbei, um seinen Geburtstag zu feiern. Lola machte ihre fantastische Lasagne. Ich hatte einen Kuchen gebacken und ihn in Schwarz und Gold dekoriert. Ich hatte auch ein paar Muffins gemacht, die ich mit rosa und lila Glasur bestrichen hatte. Daisys Lieblingsfarben.

„Du weißt, dass es schwer ist, dir etwas zu schenken?", beschwerte ich mich. „Du bist einer dieser Männer, die sich das, was sie haben wollen, einfach holen."

Sein Lächeln war langsam und legte sich nur träge auf seine Lippen. „Ich habe alles, was ich brauche."

Aber ich hatte ihm etwas Besonderes schenken wollen. Um ihm zu zeigen, dass ich zu ihm gehörte, dass ich ihn niemals verlassen würde.

Seine Finger waren immer noch auf Wanderschaft unter meinem Kleid und schließlich berührte er meinen Hüftknochen.

Er runzelte die Stirn. „Was ist das?"

Ich leckte mir über die Lippen. „Dein Geburtstagsgeschenk."

Fragend zog er die Augenbrauen zusammen. „Warum hast du ein Pflaster an der Hüfte?" Er schob mein Kleid nach oben.

Eine Sekunde lang war er von meiner nackten Pussy abgelenkt, aber dann wanderte sein Blick zum Pflaster.

„Ich habe es für dich machen lassen", flüsterte ich.

Er zog das Pflaster ab und sein Gesichtsausdruck sagte alles. „*Mila.*"

Ich hatte mir das Tattoo auf die Hüfte stechen lassen. Beau hatte mich zu einem Laden mitgenommen, den er mir empfohlen hatte. Das Tattoo bestand aus dornigen Zweigen und Flammen in Form eines Herzens.

„Ich wollte dir zeigen, wie viel du mir bedeutest. Ich wollte es für alle Ewigkeit auf meiner Haut tragen."

Seine Finger gruben sich in meine Seite. Sein dunkler Blick fand meinen.

„Ich liebe dich, Dante Fury."

Er packte mich an der Taille und hob mich auf die Kücheninsel. „Ich liebe dich auch, Mila. So verdammt sehr." Er schob mein Kleid bis zu meiner Taille hoch und griff nach seiner Gürtelschnalle. „Ich muss dich noch mal ficken."

Ich keuchte und mein Verlangen entbrannte von Neuem. „Wir haben keine Zeit."

„Ich mache schnell." Seine Lippen verschmolzen mit meinen.

39

DANTE

Ich ging die Unterlagen auf meinem Schreibtisch durch und unterzeichnete einen Vertrag für einen neuen Standort für das zweite Smokehouse im Garden District. Ich hatte auch einen dritten Standort in Mid-City ins Auge gefasst.

Das Geschäft lief gut.

Ich lächelte. Das Leben war schön.

Es klopfte an meiner Bürotür und Mila kam hereinspaziert.

„Heute Abend ist da draußen viel los", sagte sie.

Ich warf einen Blick aus dem Fenster. „Das muss deine neue Marketingkampagne sein."

Sie grinste.

„Was führt dich in mein Büro, Miss Clifton?"

Sie war bei Mila geblieben, benutzte aber wieder ihren Nachnamen.

Bis ich ihr meinen geben konnte.

„Ich habe die neuen Anzeigen, die du genehmigen musst."

Sie hatte so viel Spaß dabei, sich mit Clarissa ums Marketing zu kümmern. Clarissa würde früher oder später nicht mehr hier sein, wenn das Baby kam. Mit den geplanten Erweiterungen brauchte ich Mila an ihrer Stelle.

„Oh, Eli ist heute Abend wieder hinter der Bar."

Ich sah sie finster an. Ich hatte Eli feuern wollen, aber Mila hatte sich für den jungen Mann eingesetzt. Als sie gehört hatte, dass er seine Schwester beschützen wollte, hatte sie ihm sofort verziehen.

„Er ist nervös, dich zu sehen, also sei nachsichtig mit ihm."

„Das sollte er auch sein."

„Dante."

Ich seufzte. „Ich werde nett zu ihm sein."

„Danke." Sie küsste mich auf die Schläfe, dann legte sie mir einige Hochglanzabzüge auf den Schreibtisch. „Die sind für das Ember."

Die Anzeigen waren alle stilvoll und in Schwarz und Gold gehalten.

„Und die hier sind lässiger. Für das Smokehouse."

Ich lehnte mich näher heran. Sie duftete köstlich. „Die sehen toll aus."

„Du siehst sie dir nicht einmal an."

„Weil ich weiß, dass sie großartig sind." Ich zog sie auf meinen Schoß. Sie trug einen schwarzen Rock, der ihr bis zu den Knien reichte, und die Art, wie er ihren Hintern umspielte, war reine Poesie.

Sie sah aus wie eine sexy Sekretärin.

„Mr. Fury, ich arbeite."

„Mhmm." Ich küsste sie.

Jedes Mal, wenn ich sie küsste, wurde es besser.

Der vorsichtige, verletzte Blick war aus ihrem Gesicht gewichen. Sie schlief jede Nacht tief und fest in meinen Armen und keine Albträume plagten sie mehr.

Und ich wusste in meinem Herzen, dass sie mir gehörte, und ich ihr.

Irgendwann würde sie meine Kinder zur Welt bringen. Sie würde mein Leben sein. Sie war die Eine für mich.

Wir würden zusammen leben, lachen, uns lieben und zusammen alt werden.

Sie würde mich niemals verlassen. Ich war nicht nur genug für sie, ich war ihr Ein und Alles. Das zeigte sie mir jeden Tag.

Ich vertiefte unseren Kuss und saugte ihr Stöhnen in mich auf. Dann ließ ich meine Hand nach unten gleiten und umfasste ihren Hintern.

„Ich dachte, du fängst nichts bei der Arbeit an", sagte sie an meinen Lippen.

„Früher habe ich das auch nicht. Aber eine gewisse Verführerin bringt mich dazu, meine eigenen Regeln zu brechen. Sehr oft."

Plötzlich flog die Tür auf. Mila schnappte nach Luft. Colt stolperte herein und sah drein wie sieben Tage Regenwetter.

„Du könntest anklopfen." Ich warf ihm einen verärgerten Blick zu.

Mein Bruder grunzte, ging direkt zum Schrank und schenkte sich einen Bourbon ein.

„Du könntest Mila irgendwo anders als in deinem Büro ficken", sagte er.

„Ich werde Mila ficken, wo immer ich will."

Sie ließ ihren Kopf auf meine Schulter sinken und gab einen Laut von sich. Ich war mir ziemlich sicher, dass sie versuchte, nicht laut loszuprusten.

„Das nächste Mal klopfe ich an." Colt kippte die Hälfte seines Drinks hinunter.

„Das nächste Mal schließe ich die Tür ab." Ich hielt inne. „Warum bist du nicht bei Daisy?"

„Lola ist mit ihr ins Kino gegangen. Irgendwas mit Prinzessinnen."

Colt ging nicht ins Kino. Er konnte nicht lange genug stillsitzen. Vor allem, wenn es um Prinzessinnen ging.

„Und Macy zwingt mich, den Papierkram zu erledigen." Er starrte düster in seinen Bourbon.

„Ein notwendiges Übel, Bruder."

Ich sah, wie Mila Colt fragend ansah. Dann legte sie den Kopf schief. „Du bist also hergekommen, um dich ... vor Macy zu verstecken?"

Colt versteifte sich. „Ich verstecke mich nicht."

„Genau", sagte Mila.

„*Sie* arbeitet für *mich*." Er trank den letzten Schluck seines Bourbons.

„Mhmm." Mila grinste mich an. Sie war so verdammt schön.

Colts Handy klingelte. Er holte es heraus, bedachte es mit einem weiteren finsteren Blick und ging schließlich ran.

„Was?" Eine Pause. „Ich bin im Ember. Ich musste etwas mit Dante besprechen." Er wirkte auf einmal streitlustig. „Nein, ich werde den verdammten Papierkram nicht erledigen." Eine längere Pause. „Nein." Eine kurze

Pause. „Gut, ich bin in fünf Minuten da, verdammt." Er schob das Telefon in die Tasche seiner Jeans und knallte das leere Glas auf meinen Schreibtisch. „Ich muss los."

„Viel Glück mit dem Papierkram", rief ich ihm nach.

„Fick dich." Das Wort hing noch in der Luft, als er die Treppe hinunterging.

„Was ist denn los?", fragte Mila.

„Mein Bruder ist ein mürrischer Sturkopf und ein Trottel, der sich etwas vormacht."

„Manchmal könnt ihr Männer nicht anders. Ich glaube, es ist das viele Testosteron."

„Ist das so?" Ich drückte meine Lippen auf ihren Hals und glitt mit den Zähnen über ihre Haut.

Sie atmete durch geöffnete Lippen aus und ihr Kopf kippte nach hinten.

„Ich denke, du schließt besser die Tür ab, sexy Mädchen, und ich zeige dir die Vorteile von Testosteron."

Sie lächelte mich an. Es war ein strahlendes, herzliches, glückliches Lächeln.

Ich spürte es in meiner Brust.

Sie war der Grund dafür. Sie erwärmte mein Herz und umhüllte diese düstere Wut in mir mit Fürsorge und Liebe.

Und meine Wut war da, tief in meiner Brust vergraben, und froh, nicht gebraucht zu werden.

Ja, das Leben war schön.

Ich schloss meine Bürotür ab und fickte meine Frau auf meinem Schreibtisch.

Ich hoffe, dir hat die Geschichte von Dante und Mila gefallen!

DIE SERIE rund um das Fury-Brüder geht mit Keep weiter - kommt bald. In diesem Band lernst du Colton Fury und Macy Underwood. **Lies weiter und erhalte einen Vorgeschmack auf das erste Kapitel.**

Verpasse nichts! Für Informationen über Neuerscheinungen, kostenlose Bücher und andere Geschenke, melde dich für meine VIP-Mailingliste an und erhalte deine kostenlose Bücherbox, bestehend aus drei englischen Liebesromanen, in denen es auch an Action nicht fehlt.

Hier klicken und anmelden: www.annahackett.com

Would you like
a FREE BOX SET
of my books?

VORGESCHMACK: KEEP

Macy

„*Mmm.*" Mein Stöhnen war lang und tief.

Das war einfach zu gut. Der Himmel auf Erden.

Ich aß den letzten Bissen des leckeren, köstlichen Krapfens und stöhnte erneut. Natürlich war das ausgerechnet der Moment, in dem mein Chef beschloss, das Büro zu betreten.

Er war wegen eines Auftrags zwei Tage lang unterwegs gewesen. Er war ein knallharter Kopfgeldjäger und genauso sah er auch aus. Normalerweise nahm er kleinere Aufträge hier in der Gegend an, aber gelegentlich wurde er auch zu größeren Jobs außerhalb des Bundesstaates gerufen.

Weil er gut war. Wirklich gut.

Colton Fury war außerdem umwerfend.

Er war groß, mit einem muskulösen Körperbau, und an den Unterarmen tätowiert. Dazu kamen dunkelbraunes Haar und ein gepflegter dunkler Bart, was ihm irgendwie eine mürrische, kompetente Ausstrahlung verlieh. Die Miene dieses Mannes war immer finster. Zu seinem Glück stand ihm das.

Heute trug er dunkle Jeans und ein marineblaues Longsleeve, dessen Ärmel ihm in den Bizeps schnitten, sowie Motorradstiefel.

Ich hatte wirklich, wirklich Glück, dass mein bescheuerter Ex mich dazu gezwungen hatte, den Männern abzuschwören. Denn das bedeutete, dass ich gegen Colton Fury immun war. Meistens jedenfalls.

Er blieb abrupt stehen und fixierte mich, mit seinen blauen Augen und einem bedeutungsschweren, intensiven Blick. Wenn Colt einem seine volle Aufmerksamkeit schenkte, spürte man das.

Ich saß gerade im Schneidersitz auf meinem Schreibtisch. Ich leitete sein Büro, machte die Verwaltung, bezahlte die Rechnungen und bemannte das Telefon. Oder eher: befraute es. Er hatte mich vor sechs Monaten als Verwaltungsassistentin eingestellt, aber ich hatte meinen Titel in Büroleiterin geändert.

Wenn es mich nicht gäbe, würde hier alles zusammenbrechen.

Colt spürte vielleicht die bösen Jungs auf, aber ich kümmerte mich um den Rest. Und ich meine wirklich den ganzen Rest. Der Mann war allergisch gegen Papierkram.

„Hey." Ich leckte den letzten göttlichen Puderzucker von meinen Fingern.

Sein Blick richtete sich auf meinen Mund und sein finsterer Blick vertiefte sich. „Was machst du da?"

„Ich genieße das letzte Stück himmlischer Köstlichkeit, aka einen Krapfen von Uptown Coffee. Die haben die besten Krapfen der Stadt. Ich habe es mir zur Aufgabe gemacht, sie alle zu probieren, und die im Café Du Monde sind zwar gut, aber ein bisschen überbewertet."

Er grunzte.

„Ich würde dir ja einen anbieten, aber ich habe sie alle aufgegessen."

Ein weiteres Grunzen. Ich beäugte seinen flachen Bauch. Ich war mir ziemlich sicher, dass Colt weniger als ein Prozent Körperfett an sich hatte und üblicherweise selten Krapfen aß. Ich dagegen hatte das Glück, von meiner Mutter – Gott habe sie selig – einen unglaublichen Stoffwechsel geerbt zu haben. Ich besaß zwar mehr als ein Prozent Körperfett, aber zumindest konnte ich essen, was ich wollte.

Ich hüpfte vom Schreibtisch und richtete meinen Rock. Colt meckerte ständig über meine Kleidung, aber das war mir egal. Heute trug ich einen koketten grauen Rock, der bis zum Knie ausgestellt war, und ich hatte ihn mit einem roten schulterfreien Top kombiniert. Es war Sommer. Und ich fand, mein Outfit strahlte sommerliche Kompetenz aus.

In seinem Blick flackerte etwas auf und er runzelte die Stirn.

„Wie ist der Auftrag gelaufen?"

„Gut."

Ich machte mir nicht die Mühe nachzufragen, ob er den wegen mehrfachen Mord gesuchten Mann geschnappt hatte. Colt schnappte seine Männer immer.

„Was hast du da an?" Seine Stimme war ein tiefes, dumpfes Knurren.

Ich ließ eine Hand über meine Hüfte gleiten. „Das nennt man einen Rock, Colt. Professionelle Büro-kleidung."

Er verschränkte seine muskulösen Arme vor der Brust und ich versuchte, meinen Blick nicht über seine Tätowierungen schweifen zu lassen. Sie stellten eine interessante Ansammlung verschiedener Objekten dar. Ein Haus, unter dem das Wort *Home* stand. Ein Herz mit dem Buchstaben *DF* darin. Und ein paar weitere Bilder, deren Bedeutung ich nur erahnen konnte.

„Dieses Outfit ist *nicht* professionell." Er drehte sich um und stapfte in sein Büro.

Ich folgte ihm. „Hey, was zum Teufel weißt du schon über Frauenmode? Oder über professionelle Klei-dung? Du trägst doch jeden Tag Jeans und Stiefel im Büro."

Er hielt kurz inne und starrte auf seinen Schreibtisch. Einen Schreibtisch, der jetzt blitzsauber war. Ich hatte ihn heute Morgen abgestaubt. Zum Glück hielt Colt ihn wegen seiner Allergie gegen Papierkram aber grundsätzlich ziemlich ordentlich.

„Was zum Teufel ist das?" Er deutete mit dem Finger auf den neuen Gegenstand in der Ecke seines Schreibtischs.

Ich versuchte, seinen Finger oder den Rest seiner Hände nicht zu bemerken. Mir war schon früh aufgefallen, dass Colt erstaunliche Hände hatte – groß, stark, mit langen Fingern.

„Das ist eine Pflanze. Um dein Büro zu verschönern."

Sein Kopf wirbelte zu mir. Oh, sein düsterer Ausdruck war in Bestform. Ich hatte mittlerweile ein Bewertungssystem für das grimmige Gesicht von Mr.-Grumpy-Kopfgeldjäger entwickelt. Stufe 1 war sein ruhender mürrischer Blick. Stufe 2 bedeutete, dass er über irgendetwas leicht verärgert war. Stufe 3: Richtiger Ärger bahnte sich an, also war Vorsicht geboten. Stufe 4: Er war stinksauer und hatte kein Problem damit, es dich spüren zu lassen. Stufe 5: In Deckung, gleich ging er in die Luft.

Ich tippte mir nachdenklich gegen das Kinn und bewertete seinen finsteren Blick mit 3,5.

„Ich will keine Pflanze."

„Doch, willst du."

„Tue ich nicht."

Ich schmollte. „Sie ist ein Geschenk, Großer. Und jetzt ist es eh zu spät."

Er seufzte. „Na schön. Aber sie wird nicht überleben."

„Deshalb habe ich dir einen Kaktus geschenkt." Ich drehte den kleinen Topf herum, der in bunten Farben bemalt war. „Außerdem passt er zu deiner stacheligen Persönlichkeit. Ihr seid praktisch Zwillinge."

Seine blauen Augen verengten sich.

Ich lächelte. „Sieht aus, als bräuchtest du das hier auch." Ich zog das gefaltete Papier aus meiner Rocktasche.

Colt nahm den braunen Origami-Bären entgegen und warf mir einen ausdruckslosen Blick zu. Der Bär war auf allen Vieren und sah aus, als ob er gleich zum Angriff übergehen würde. Manchmal bastelte ich einfach Bärengesichter – alle mit einem mürrischen Blick.

Meine Mom hatte mir Origami beigebracht. Ich liebte es, für ein paar kostbare Sekunden alles hinter mir zu lassen, während ich etwas Buntes und Lustiges kreierte.

Colt schenkte ich Bären, weil er so mürrisch war wie ein Bär. Er zog seine Schreibtischschublade auf und ich erhaschte einen Blick auf seine wachsende Papierbären-sammlung, bevor er das neuste Exemplar hineinlegte.

„Ich weiß, dass du gerade erst zurückgekommen bist, aber ich habe einen Job für dich hier in der Gegend. Es sollte schnell gehen." Ich lehnte meine Hüfte an die Kante seines Schreibtischs.

„Was für einen Job?"

„Lenny Bridges hat die Kaution nicht bezahlt."

Colt verdrehte die Augen. „Schon wieder?"

Ich nickte.

„Er wird halb betrunken auf seinem Hocker in seiner Lieblingsbar sitzen."

„Ja." Lenny war vor allem eins: ein Gewohnheitstier.

„Na gut." Colt strich sich mit der Hand durch die Haare. „Es sollte nur eine Stunde dauern."

In diesem Moment hörte ich leichtfüßige, schnelle Schritte im Vorzimmer.

Ein hübsches siebenjähriges Mädchen stürmte herein. Sie lächelte mich an. „Hi, Macy. Ich *liebe* dein rotes Top."

„Danke, meine Süße."

Dann wirbelte Daisy Fury herum. „Daddy, du bist zu Hause!"

Ein seltenes Lächeln erhellte Colts Gesicht. Als sich diese starken Arme um das kleine Mädchen legten, konnte ich nicht wegsehen. Dabei spürte ich ein seltsames Flattern in meinem Magen.

Wenn er lächelte, sah Colt wirklich verboten gut aus.

„Ich habe dich vermisst, Knirps."

Ich verließ das Zimmer und winkte Lola zu – Daisys Kindermädchen und Haushälterin der Fury-Brüder. Die grauhaarige Frau kochte und putzte für alle Furys. Colt hatte vier Brüder, denen zusammen dieser ganze Block im Warehouse District in New Orleans gehörte. Sie alle hatten ihre Häuser und Unternehmen in der Gegend.

Ich musterte Colt und Daisy verstohlen. Das war eine weitere, viel zu attraktive Eigenschaft an Colton: Er war ein großartiger alleinerziehender Vater. Er liebte Daisy und sie liebte ihn.

Wussten Männer eigentlich, wie sexy es war, wenn sie sich als gute Väter präsentierten? Ich schüttelte den Kopf und setzte mich wieder an meinen Schreibtisch.

Ich hatte wirklich, wirklich Glück, dass ich den Männern abgeschworen hatte.

Mein Telefon läutete und ich nahm ab. „Büro von Colton Fury."

Schweigen.

Meine Hand hielt den Hörer fester. „Hallo?"

Mich überfiel ein leichter Schauer der Unruhe. Dies war bereits der vierte Anruf dieser Art in nur zwei Tagen. Ich konnte spüren, dass jemand in der Leitung war.

„Sobald Sie bereit zum Reden sind, stehe ich Ihnen zur Verfügung." Ich legte auf und zuckte mit den Schultern.

Das Leben war zu kurz, um sich Sorgen zu machen. Das war das Motto meiner Mom gewesen: *Hab Spaß, finde Abenteuer und bereue nichts, Macy Moo.*

Und ich tat mein Bestes, um ihren Worten jeden Tag gerecht zu werden.

Colt

Nun, Lenny erwies sich in der Tat als so berechenbar wie immer.

Als ich in die Spelunke in Mid-City trat, entdeckte ich einen verlotterten Lenny Bridges, der mit einem halbleeren Glas Bier an der Bar saß. So wie sein Oberkörper schwankte, war zu vermuten, dass es nicht sein Erstes war.

Ich blieb hinter ihm stehen. „Lenny, Zeit zu gehen."

„Fury?" Er drehte sich um und beäugte mich trübe. „Oh, Mann. Kann ich mein Bier noch zu Ende trinken?"

„Nein." Ich zog ihn von seinem Hocker und sah den Barkeeper an. Der griesgrämige Kerl sah aus, als hätte er schon alles in seinem Leben gesehen, und es langweilte ihn. „Hat er bezahlt?"

Der Mann schüttelte den Kopf. „Nein."

Ich schüttelte wiederum Lenny. „Los, bezahlen."

Lenny runzelte die Stirn und klopfte seine Hosentaschen ab. „Ähm, ich habe kein Geld dabei."

Seufzend zog ich mein Portemonnaie hervor und legte etwas Geld auf die Theke. Dann zerrte ich Lenny am Billardtisch vorbei zur Tür.

„Wenn du wieder in meinen Wagen kotzt, Lenny, dann haben wir echt ein Problem."

Die Antwort meiner Zielperson war ein lautes Rülpsen. Ein Biker-Babe stellte sich uns mit einem Billard-Queue in der Hand in den Weg.

„Hallo, Großer."

Mein finsterer Blick verdunkelte sich noch mehr. Es gefiel mir nicht, dass sie mich so nannte. Nur Macy nannte mich so. Und ich mochte es auch nicht, wenn sie es tat. Meistens zumindest.

Die Frau hatte langes Haar, so schwarz wie meine Stiefel, und trug einen hautengen Rock, der fünf Zentimetern zu kurz geraten war. Ihr rotes Bandeau-Top schmiegte sich eher schlecht als recht an ihre Vorzüge.

„Bleib doch noch", sagte sie mit einem Lächeln. „Wir könnten eine Runde spielen."

Ihr Tonfall ließ keinen Zweifel daran, dass sie nicht von Billard sprach. Als ich sie betrachtete, erinnerte ich mich augenblicklich an das rote Neckholder-Top, das meine zierliche Büroassistentin trug, und an eine Masse blonder Haare mit sanften Locken. Und an die großen, grünen Augen, die mich ständig anstrahlten.

„Ich bin am Arbeiten." Ich wich der Frau aus und stiefelte zur Tür.

„Wir würden Spaß haben, Großer. Auf die heiße und schweißtreibende Art."

Ich winkte mit der Hand ab, ohne mich noch einmal umzusehen.

„Ich mag Spaß", rief Lenny.

Ich hörte die Frau schnauben. „Nein, danke."

Ich verfrachtete Lenny auf die Rückbank meines Suburban. Es dauerte nicht lange, bis ich ihn in der Haftanstalt von New Orleans abgesetzt hatte.

Dann war ich schon wieder auf dem Weg zum Warehouse District. Nach Hause.

Es war schön, zurück in der Stadt zu sein, nachdem ich ein paar Tage den Abschaum der Welt gejagt hatte. Meine Hände wickelten sich fester ums Lenkrad. Wann immer ich die schlimmsten Taten, zu denen Menschen fähig waren, miterlebt hatte, freute ich mich auf meine Tochter und meine Brüder. Daisys Lächeln trug viel dazu bei, dass ich den Verstand nicht verlor.

Seit meiner Geburt hatte ich schon einen weiten Weg zurückgelegt. Hätte ich damals meine Brüder nicht gefunden, wäre ich heute vielleicht derjenige, der von Kopfgeldjägern verfolgt wurde.

Ich wurde in einer kleinen Stadt in der Gemeinde St. Bernard geboren. Meine Eltern waren beides Ratten gewesen, die eine Vorliebe für weißes Pulver gehabt hatten. Eines Tages, nach einem heftigen Streit, hatte mein Vater meine Mutter erschossen. Er war ins Gefängnis gekommen und ich ins System.

Ich erwischte einige gute Pflegefamilien, aber auch einige echt beschissene. Insgesamt waren es neunzehn. Als trotziger Teenager, der sich nichts gefallen ließ, landete ich schließlich bei den Tuckers.

Die beiden waren keine guten Menschen. Das Ehepaar verkaufte anderen die Geschichte, sie nähmen missratene Jungen auf, um die sich sonst niemand scherte. In Wirklichkeit schlug Harvey Tucker gerne Jungen, während seine Frau verbale Gewalt bevorzugte.

Du bist ein Nichts, Junge. Abschaum.

Du bist ein Schandfleck für die Gesellschaft. Du verdienst nichts.

Niemand interessiert sich für dich, Junge. Niemand wird das jemals tun.

Meine Finger schlossen sich noch enger ums Lenkrad. Eine gute Sache hatte das Haus der Tuckers aber gehabt: Ich hatte dort meine Brüder kennengelernt.

Wir fünf hatten zusammengehalten und waren den Tuckers entkommen, nachdem wir gemeinsam die brutalen Schläge von Harvey Tuckers gegen unseren Bruder Reath abgewehrt hatten.

Sie waren zwar nicht meine Blutsbrüder, dafür aber meine Wahlbrüder. Wir waren zusammen weggelaufen und sobald wir konnten, hatten wir unsere Nachnamen in Fury geändert. Es war die eine Sache gewesen, die uns motivierte. Uns antrieb. Uns überleben ließ.

Wir schworen einander, uns ein besseres Leben aufzubauen.

Und wir schafften es.

Heute gehörte uns ein ganzer Häuserblock im Warehouse District und wir leiteten jeder ein erfolgreiches Business.

Ja, wir waren weit gekommen seit der Kindheit, der wir entfliehen konnten.

Ich parkte vor meinem Büro. Das Backsteingebäude hatte große Fenster, in die nur mein Name, Colton Fury, eingefasst war.

Ich stieg aus. Mein umgebautes Lagerhaus lag hinter dem Büro und war mit dem Familienhaus verbunden, das meine Brüder und ich als zentralen Ort für uns alle renoviert hatten. Daisy lebte dort mit Lola, unserer Haushälterin, die ein Geschenk Gottes war. Sie kümmerte sich um Daisy, wenn ich nicht da war.

Dante und Reath besaßen beide angrenzende Lagerhäuser. Dantes Nachtclub und seine Restaurants befanden sich einen Block weiter. Reath dagegen leitete eine Sicherheitsfirma nur ein paar Türen von meinem Büro entfernt. Beauden betrieb sein Fitnessstudio – Hard Burn – und wohnte in der Wohnung darüber.

Und Kavner hatte an der Ecke einen schicken Business Tower erbaut, um seine milliardenschweren Geschäfte unterzubringen. Er wohnte in der Penthouse-Wohnung.

Ich steckte meine Hände in die Hosentaschen. Ja, die Fury-Brüder hatten es geschafft.

Ich stieß die Bürotür auf und Musik schlug mir entgegen. Eine fröhliche und poppige Melodie, die mich zusammenzucken ließ.

Meine Assistentin tanzte, während sie Dokumente in den Aktenschrank einordnete. Mein Blick fiel auf ihren

Hintern. Sie war winzig, aber kurvenreich, und sie hatte einen Knackarsch, den ich schon viel zu oft inspiziert hatte.

Es spannte in der Vorderseite meiner Jeans. *Scheiße.*

Ich versuchte, nicht an Macy Underwoods Arsch, ihre schlanken Beine oder ihre weichen Lippen zu denken.

Aber wenn sie so in ihren süßen kleinen Outfits im Büro herumtänzelte, fiel es mir wirklich schwer. Mein Gott, ich musste dringend in irgendeine Bar und mich flachlegen lassen.

Sie wirbelte herum. „Du bist zurück? Wie ist es mit Lenny gelaufen?"

„Gut."

Ihre Augenbrauen hoben sich. „Du bist schlecht drauf. Noch schlechter als sonst." Sie verschränkte die Arme vor der Brust, was ihre Brüste nach oben drückte.

Scheiße. Etwas in meinem Brustkorb zwickte. Das gefiel mir ganz und gar nicht.

Mein Blick wanderte zu dem verdammten Band um ihren Hals. Ein einfaches Ziehen daran und das Top würde sich lösen.

Es war Sommer und Macy braun gebrannt. Aber es gab sicher Körperteile an ihr, die die Sonne niemals sahen, die weiß und glatt waren. Körperteile, die nie jemand sah.

Körperteile, die ich sehen wollte.

„Hallo?" Sie trat näher und wedelte mit einer Hand vor meinem Gesicht herum. „Bist du anwesend, Großer?"

Ihr Duft umhüllte mich. Sie roch immer nach Beeren.

Macy war nicht mein Typ. Sie war zu nett, zu sonnig, zu frech. Ich war ... nichts von alledem. Ich trieb mich in Bars herum und vögelte fremde Frauen. Aber das auch nur selten, denn ich hatte ein kleines Mädchen zu Hause und nahm deshalb keine Frauen mit dorthin. Wann hatte ich das letzte Mal eine Frau abgeschleppt? Ich runzelte die Stirn. Es musste Monate her sein.

„Ich muss los."

Macy hob die Augenbrauen. „Aber du bist doch gerade erst gekommen?"

„Hab zu tun." Ich drehte mich um und ging hinaus.

Weg vom Beerenduft und weg von diesem süßen, kleinen Körper, der eine viel zu große Versuchung für mich war.

BÜCHER VON ANNA

Der Ermittler

Der Troubleshooter

Der Spezialist

Der Bodyguard

Der Hacker

Der Drahtzieher

Der Detective

Der Lebensretter

Der Beschützer

Mr. & Mrs. Norcross

Englisch

Fury Brothers

Fury

Keep

Burn

Take

Claim

Also Available as Audiobooks!

Unbroken Heroes

The Hero She Needs

The Hero She Wants

The Hero She Craves

The Hero She Deserves

The Hero She Loves

Also Available as Audiobooks!

Sentinel Security

Wolf

Hades

Striker

Steel

Excalibur

Hex

Stone

Also Available as Audiobooks!

Norcross Security

The Investigator

The Troubleshooter

The Specialist

The Bodyguard

The Hacker

The Powerbroker

The Detective

The Medic

The Protector

Mr. & Mrs. Norcross

Also Available as Audiobooks!

Billionaire Heists

Stealing from Mr. Rich

Blackmailing Mr. Bossman

Hacking Mr. CEO

Also Available as Audiobooks!

Team 52

Mission: Her Protection

Mission: Her Rescue

Mission: Her Security

Mission: Her Defense

Mission: Her Safety

Mission: Her Freedom

Mission: Her Shield

Mission: Her Justice

Also Available as Audiobooks!

Treasure Hunter Security

Undiscovered

Uncharted

Unexplored

Unfathomed

Untraveled

Unmapped

Unidentified

Undetected

Also Available as Audiobooks!

Oronis Knights

Knightmaster

Knighthunter

Knightqueen

Also Available as Audiobooks!

Galactic Kings

Overlord

Emperor

Captain of the Guard

Conqueror

Also Available as Audiobooks!

Eon Warriors

Edge of Eon

Touch of Eon

Heart of Eon

Kiss of Eon

Mark of Eon

Claim of Eon

Storm of Eon

Soul of Eon

King of Eon

Also Available as Audiobooks!

Galactic Gladiators: House of Rone

Sentinel

Defender

Centurion

Paladin

Guard

Weapons Master

Also Available as Audiobooks!

Galactic Gladiators

Gladiator

Warrior

Hero

Protector

Champion

Barbarian

Beast

Rogue

Guardian

Cyborg

Imperator

Hunter

Also Available as Audiobooks!

Hell Squad

Marcus

Cruz

Gabe

Reed

Roth

Noah

Shaw

Holmes

Niko

Finn

Devlin

Theron

Hemi

Ash

Levi

Manu

Griff

Dom

Survivors

Tane

Also Available as Audiobooks!

The Anomaly Series

Time Thief

Mind Raider

Soul Stealer

Salvation

Anomaly Series Box Set

The Phoenix Adventures

Among Galactic Ruins

At Star's End

In the Devil's Nebula

On a Rogue Planet

Beneath a Trojan Moon

Beyond Galaxy's Edge

On a Cyborg Planet

Return to Dark Earth

On a Barbarian World

Lost in Barbarian Space

Through Uncharted Space

Crashed on an Ice World

Perma Series

Winter Fusion

A Galactic Holiday

Warriors of the Wind

Tempest

Storm & Seduction

Fury & Darkness

Standalone Titles

Savage Dragon

Hunter's Surrender

One Night with the Wolf

For more information visit www.annahackett.com

ÜBER DIE AUTORIN

Ich bin eine USA-Today-Bestsellerautorin für Liebesromane. Meine Leidenschaft sind Romane, in denen es an Action nicht mangelt, Science-Fiction Platz findet und auch die Liebe nicht zu kurz kommt. Ich liebe es, über Menschen zu schreiben, die entgegen allen Erwartungen die schwierigsten Situationen lösen und sich beim Erreichen ihrer Ziele selbst übertreffen.

Ich lebe mit meinem eigenen persönlichen Helden und zwei sehr aktiven Söhnen in Australien.

Für Erscheinungstermine, einen Blick hinter die Kulissen, kostenlose Bücher und andere tolle Goodies, melde dich hier an und verpasse nichts mehr: www.annahackett.com